KB106929

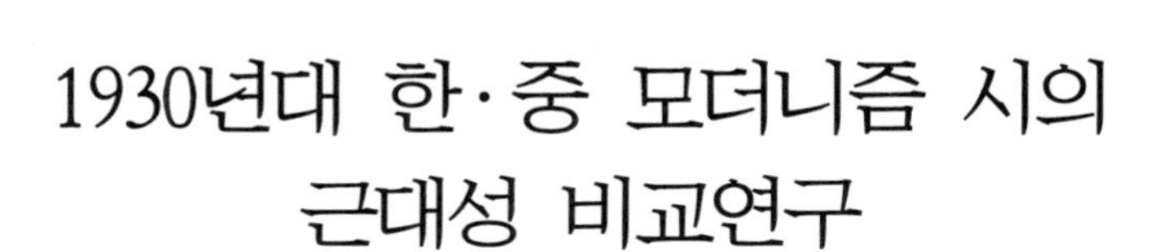

1930년대 한·중 모더니즘 시의 근대성 비교연구

趙萍

박문사

이 책 『1930년대 한·중 모더니즘 시의 근대성 비교연구』는 한·중 모더니스트 김광균(金光均)과 변지림(卞之林)의 30년대 시 세계를 대상으로 시의 이미지와 시 의식의 모더니티, 그리고 문학관의 차원에서 시적 태도와 시작 기법의 근대성 추구 등 두 시인 시 세계의 본질과 특성을 구명하고자 한 것이다.

이 책은 각기 다른 문화적 환경에 처한 1930년대 한국과 중국에서 양국의 모더니즘 시가 어떠한 유사성과 차이성을 드러내며 형성되는지를 고찰하려고 했던, 필자의 박사학위 논문 「1930년대 한·중 모더니즘 시 비교 연구」를 수정 보완한 것이다. 원래의 내용에서 큰 변함은 없으나, 마지막 부분에서 卞之琳의 『심년시초(十年詩草)』·『삼추초(三秋草)』·『어목집(魚目集)』 등 시집에서 가장 대표적으로 평가받은 30년대의 시작품 25수를 선택, 번역하여 부록으로 추가해 보완하려고 노력했다. 물론 깊이가 얕은 지식으로 보완된 이 책은 여전히 거칠고 미숙한 상태이다. 그러나 이 서틀고 미숙한 열정에 붙들려 보낸 시간이 태반이고, 겨우 트이기 시작한 생각이니, 책은 책대로 내기로 결심했다.

제1부는 서구 모더니즘 이론과 1930년 한·중 모더니즘 수용 및 정착 과정을 살펴보았는데, 학문의 깊이가 얕아 부끄러움이 앞선다. 특이 20세기 초의 서구문학에서 발생한 모더니즘이라는 개념은 단일한 의미로 정의하기에 난해할 정도로 매우 광범위하고 복합적인 성격을 나타내고 있기 때문에 그 개념을 이해하는 데 많은 어려움이 있었다. 그러나 현대시가 형성된 근본적 요인이 여기에

있었다는 사실을 구명하면서 시의 본질을 재확인하는 계기를 마련하기 위해 논의로 삼을 만하다.

제2부는 이 책의 중심이라 할 수 있다. 먼저 시적 태도와 시작 기법에 대한 비교 분석에서 공통적으로 영미계 모더니즘 기법을 활용한 김광균과 卞之琳의 시론을 중심으로 감상적 낭만주의의 배격과 현실비판정신, 현대적인 시어와 시형에 대한 추구, 주지적 태도와 전통의 현대화에 대한 추구 등 세 가지 측면에서 두 시인의 모더니즘적 성격에 대해 살펴보았다. 그리고 시작품에 대한 비교 분석에서는 두 시인의 30년대 시작품을 대상으로 작품 속에 중점적으로 형상화된 이미지의 특성을 비교 분석하여 시인의 의식세계를 구명해보고자 하였다.

그리고 마지막 부록은 卞之琳의 30년대 대표 시작품을 번역하고 해설한 것이다. 부족한 학문지식으로 번역하면서 서툰 점, 미흡한 점도 많았지만 책으로 내는 것은, 그간 내가 지녀온 중국 문학에 대한 나의 해설적 내공을 함께 점검해보고 싶은 욕심이 있었기 때문이다.

돌이켜보면 그동안 많은 분들의 사랑과 은혜를 받아왔다. 삶의 여정에서 힘들 때마다 많은 분들의 도움으로 이겨낼 수 있었기에 오늘을 맞이할 수 있었다. 한국 문학의 길을 열어주신 은사 신익호 교수님의 이끌어주심과 가르치심에 크게 힘입어 이 책의 출판이 가능할 수 있었기에 진심으로 존경과 감사의 마음을 올린다. 대학원 재학 기간 동안 다양한 학문을 접하게 해주신 한남대학교 국어국문학과 교수님들, 그리고 박사학위논문 심사 과정에서 부족했던 논문이 구색을 맞추고 완성도를 높일 수 있도록 지도해주신 손종호 교수님, 엄귀덕 교수님께도 감사드린다. 또한 출판을 맡아 애써 주신 박문사 여러분들에게도 깊은 감사를 드린다. 마지막으로, 삶을 겪을 수 있게 해 주시고 학문에 결정적으로 기여해주신 부모님, 언제나 믿어주고 내 손을 잡아준 남편 손파, 그리고 가족 여러분께 이 책을 바친다. 당신들을 사랑한다.

2018.1

조평

1930년대 한·중 모더니즘 시의 근대성 비교연구

서론

01 연구의 목적

한자 공동체 문명권에 속하는 한국과 중국은 지리적 · 역사적 · 문화적으로 동질성과 공유성을 동시에 유지하며 동아시아 문명의 발생과 성장에서 중심적인 역할을 담당해왔다. 한 · 중 양국을 비롯한 동아시아 각국은 한자를 통해 문화를 수용 · 공유하였고, 또 그 나름의 창조 과정을 거치면서 독특한 문화권을 형성하였다. 이렇듯 동양 한자문화권 나라들로서의 한국과 중국은 그 문화와 전통에 있어 밀접한 연관성을 보이고 있다.

한국 고전의 가장 큰 자산으로서 그 역사적 가치가 인정된 한국 한문학은 일찍부터 중국에서 수입된 한자를 차용하여 표현한 한자 문학을 비롯하여, 한글이 창조된 이후의 한문학까지 모든 작품을 가리킨다. 한시, 한문소설, 한문수필 등과 같이 한자를 기록 수단으로 사용한 한문학은 양반관료 또는 문인·학자 등과 같은 지배계층이 주로 창작하고 향유하였다. 비록 한민족이 낳은 한문학과 당시 중국문학의 차이점이 존재했음은 부인할 수 없더라도, 한국의 사대부가 애용하던 한시에서는 중국문학과의 차이점을 찾기 어려울 정도로 한국 한문학은 중국 고전문학의 영향을 많이 받았음을 확인할 수 있다. 수천 년 전에 중국에서 발달한 온유돈후(溫儒敦厚)의 유교사상은 13세기에 한국에 들어오면서 한국문학에 깊은 영향을 미치게 되었다. 이후 뿌리 깊은 동양 고전문학 전통이 한·중 양국의 현대문학에도 발현되고 있음은 부인할 수 없다. 즉 고전문학을 보면 한·중 양국의 문학은 직접 주고받는 영향 관계로 이 분야에 관한 비교 연구가 역시 활발하게 이루어져 왔다.

이에 비해 근대 이후 한국과 중국문학에 대한 비교 연구는 매우 뒤떨어진 실정이다. 한자문명권의 쇠락과 분열, 자기극복을 이루는 근대 시기부터 서양의 문화를 수용하고 전이시키는 과정에서 갈등했던 양국은 문화적인 충격과 변용을 거치면서 각자의 정체성과 위상을 확고히 다지기에 급급했다. 하지만 양국이 전혀 영향을 주고받지 않았다 해도 근대화 과정에 있어 많은 유사성과 차이를 보이고 있기 때문에 비교를 진행할 수 있는 것이다. 평행적인 비교 방법으로 양국 문학의 이념과 형식의 미학적 측면에 대한 비교도 가능할 것이며, 이로써 양국 근대문학의 특성을 조명해 볼 수 있을 것이다. 특히 1930년대 한·중 모더니즘 시의 경우 직접적인 연관이 없으면서도 매우 흡사한 문화 수용적 환경에서 공통적으로 나타나는 현상과 특징, 그리고 서로 구별되는 특질을 검토하는 일은 의미 있는 연구라고 본다.

1930년대 한・중 모더니즘[1] 시 비교 연구에 앞서, '1930년대'에 대한 시기 구분을 명확히 할 필요가 있다. 먼저 중국 현대문학사의 시기 구분은 문학 자체와 구체적 사회 현실의 상응관계 및 문학의 양면성 등의 문제로 인해 시기 구분에 있어 연구자들 간에 적지 않은 견해차가 나타난다. 하지만 1930년대 문학사에 대해 지역이나 저자에 상관없이 모두 1926년 혹은 1927년에서 1937년까지 10년간으로 잡고 있다.[2] 다른 한편, 한국 문학사에 있어서 10년 단위의 세대론적 분법으로 1930년대는 1930년에서 1939년까지의 10년간으로 잡는다는 것이 관례였지만, 본고에서는 한국 모더니즘 시의 기점을 고려해서 1926년으로 설정한다.[3] 이와 같은 관점에서 이 논문의 '1930년대'는 1926년부터 1930년대 말에 걸친 약 10여 년간으로 제한할 것이다.

한국과 중국의 현대문학에서 1930년대는 우연의 일치처럼 같은 시기에 이미지즘과 주지주의로 대표되는 모더니즘 시문학의 수용과 탐색이 시도되었다. 모더니즘은 양국 근대문학 형성과 정착에 핵심적인 사조이고, 아울러 현대문학사에서 모더니즘 시문학이라

1 본고는 모더니즘과 아방가르드를 구분하는 관점을 취한다. 이때의 모더니즘은 T.E. 흄의 세계관에 바탕을 둔 이미지즘에서 발단하고, 주지주의에 이론적 근거를 둔 영미 모더니즘을 의미한다. 칼리니스쿠는 그의 저서(M. 칼리니스쿠, 백지숙 외 역, 『모더니티의 다섯 얼굴』, 시각과 언어, 1996)에서 모더니티의 다섯 가지 서로 다른 얼굴 — 모더니즘, 아방가르드, 데카당스, 키치, 포스트모더니즘 — 을 구분한 바 있다. 이러한 관점에서 본다면 모더니즘과 아방가르드는 어디까지나 모더니티의 특성을 지니는 하나의 유형이라 할 것이다. 따라서 아방가르드는 모더니즘과 매우 밀접한 관련을 맺고 있으면서도 엄격히 구별되는 독립된 현상이다.

2 김하림 외, 『중국 현대문학의 이해』, 한길사, 1991, 12~15쪽 참조.

3 한국의 모더니즘 시는 1926년부터 비집단적인 양상으로 나타나기 시작하였다. 1926년에 정지용이 경도 유학생 잡지인 『學潮』에 영미 이미지즘, 다다이즘, 미래주의 등의 영향을 받은 흔적이 짙은 작품들을 발표했다. 뿐만 아니라 동년에 김광균도 「가신 누님」이라는 작품을 『中外日報』(1926.12.14)에 발표하였다.

는 새로운 형식을 통하여 현대성의 특징을 표출함으로써 현대시의 발전에 중요한 토대를 이루고 있다. 30년대의 모더니즘은 한·중 양국 문학 역사상 각각 중요한 의미를 지닌다. 한국의 경우 이 시기는 1920년대 낭만주의가 지닌 과잉 감상과 프로문학이 띤 목적성에서 벗어나 문학을 하나의 가치체계로 인식했다는 것이다.[4] 20세기 초 일제치하에서 밀려드는 서구사조의 유입을 능동적으로 수용할 수 있는 시대적 여건이 성숙되어 있지 않았기 때문에 전통적 경험과 서구적 경험의 통과의례 절차가 없는 비극적 양면성의 단절을 보여주었다. 1930년대에 들어와 문학의 소통 환경은 전 시대에 비해 훨씬 더 성숙해졌다. 이때가 새로운 탐구 방법을 통해 현대성을 자각하는 시기였기 때문에 한국 현대시가 1930년대 모더니즘 시와의 연속선상에서 발전해온 것은 부인할 수 없는 사실이다. 이와 같이 30년대의 모더니즘 시는 한국 현대시의 근간이 될 수 있었다.[5]

다른 한편 중국 현대문학사상 '두 번째 10년'이라 불리는 30년대는 중국 현대시가 탄생한 이래 맞이한 첫 번째 황금기이다. 이 시기에는 여러 유파가 형성되면서 시적 다양성을 표출하였다. 어찌보면 당대의 시인들이 서구 현대예술의 여러 사조와 문학적 기법을 수용하면서 자기의 소리를 찾아가는 과정이었다고 평가할 수도 있을 것이다. 다시 말하면 이 시기 시인들은 자본주의 현실이 가져다주는 근대성 체험에서 기인한 주체성의 상실과 방황, 나아가 자신의 내면에 깃든 진정성을 표출하고자 새로운 미적 형태의 시문학을 창작하여 민족적 삶과 시의 형상적 결합을 성취하게 되었다.

---

4 조연현, 『한국현대문학사』, 성문각, 1978, 463쪽.
5 박종철, 「1930年代 모더니즘 詩 硏究－정지용·김기림·김광균을 중심으로」, 서남대학교 대학원 석사학위논문, 2002, 5쪽 참조.

문학은 그 시대의 현실 상황과 매우 밀접한 관련이 있다. 역사의 흐름에서 30년대의 한국과 중국은 모두 외침이라는 위기의 시대를 경험했고 시대적 상황 또한 유사한 면을 지니고 있다. 이를 반영하여 문학적 전개 양상에서도 역시 비슷한 점이 많다. 즉 일본 제국주의의 대륙 침략과 식민지 수탈 정책이 본격화되면서 시문학에서는 순수 서정시의 융성과 함께 다양한 외래 문예사조를 바탕으로 한 시적 변화 양상이 나타난다. 이 시기에 세계적 사조인 모더니즘이 일본 유학을 다녀온 지식인을 통해 본격적으로 보급·수용되어 다양한 창작·이론 활동으로 나타나게 되었다. 그러나 이런 외래사조는 일본을 통한 재수입이었기 때문에 그렇게 완벽하지는 않았다. 게다가 외래 문물이란 그들의 삶에 원래부터 고유성을 지니는 것이 아니기 때문에 이론을 도입할 때 한계를 지닐 수밖에 없다.

모더니즘 운동의 성패가 어떻든 간에 한·중 30년대에 있어 모더니즘은 양국 신문학사 가운데 각별한 의미를 지닌다. 따라서 본고는 이러한 한계를 인정하면서 서구문학에서 유래된 모더니즘의 경향이 1930년대 한·중 문단에서 어떻게 수용 전개되었으며, 비록 양국의 모더니스트들 간에는 직접적인 영향 관계가 없었으나 그들이 창작한 구체적인 시 작품의 이미지에 관해 보여준 의식과 시의 기교 및 표현 기법에 대한 평행적 비교를 통해 당시의 문학적 세계 인식의 이동성 및 의의를 가늠해보려고 한다.

02 연구사 개관

한 · 중 양국의 1930년대 모더니즘 시작품을 중심으로 전개한 본격적인 비교 연구는 별로 없는 것이 사실이다. 嚴紅花의 『韓 · 中 모더니즘 詩文學 比較硏究』[6] 외에는 찾아보기 어렵다. 엄홍화는 한 · 중 모더니즘 시문학의 발전 양상을 살펴본 뒤, 한 · 중 모더니즘 시문학 이론과 시문학 작품에 대한 비교를 중심으로 1930년대 한 · 중 모더니즘 시문학을 체계적으로 분석하였다. 양국 모더니즘 시문학의 발전 양상에 있어서 그는 시기별로 두 나라 모더니즘 시문학의 발전궤적을 정리하였다. 그는 모더니즘 시문학 이론에 있어 김기림의 『詩論』과 袁可嘉의 『論新詩現代化』, 그리고 김광균과 何其芳의 문학관을 중심으로 양국 모더니즘 시론의 이동성을 규명하는 동시에 상호 보완성까지 찾아보았다. 마지막으로 시문학 작품에 대한 비교에서 김광균의 『瓦斯燈』과 何其芳의 『預言』의 시세계를 비교 분석하였고, 정지용과 卞之琳 시의 모더니즘 전통성 및 창작 방법을 비교하였다. 이와 같이 엄홍화의 이 논저는 한 · 중 양국 모더니즘 시문학 비교 연구의 시금석을 마련했다고 평가할 수 있다. 다만 아쉽게도 김광균과 卞之琳의 시세계에 대해선 언급하지 않았다.

6 嚴紅花, 『韓 · 中 모더니즘 詩文學 比較硏究』, 심지, 2015.

1) 김광균에 관한 연구사 정리

김광균(1914~1993)은 1930년대를 대표할 만한 시인으로, 1939년 『瓦斯燈』과 『寄港地』 등의 시집을 발간하여 한국 시단에 경이적인 자취를 남겼다. 그는 한국 현대시사에서 이미지즘 혹은 주지주의 계열의 모더니즘 시인으로 알려져 있다. 김광균에 대한 연구는 현재까지 작가 중심으로 전개된 시인론에서부터 텍스트 중심으로 진행된 작품론에 이르기까지 많은 성과를 거두어왔다. 그는 길지 않은 근대시 연구사에도 불구하고 집중적으로 조명을 받은 얼마 안 되는 시인 중의 하나이다.[7] 그에 대한 연구 성과를 종합해보면, 통시적 연구보다 주로 1930년대에 발표된 작품을 중심으로 진행한 연구가 대부분이었다. 시인론으로는 모더니즘이라는 문예사조와 관련된 시사적 측면의 공과를 해명하는 데 주로 다루어졌으며, 작품론으로는 시작품 자체의 구조와 형식을 분석하는 형식주의적 방법에 의한 텍스트 중심의 기호학적 연구와 정서적 흐름과 세계관의 지향성 또는 주제에 대한 연구가 있다. 그 외 김광균과 타 시인과의 비교문학적 연구도 이루어졌다.

김광균은 1920년대 경향시와 낭만주의 시를 방법적으로 극복하여 30년대 모더니즘 운동을 적극적으로 실천한 시인으로서 김기림과 정지용으로부터 호평을 받았다. 김광균의 시에 대한 최초의 언급은 1938년 10월 『詩學』에 실린 이병각[8]의 글에 담겨 있으나, 그에 대해 본격적인 관심을 가진 사람은 김기림[9]이다. 그는 김광균이 "전하는 의

---

7 최동호, 「형성기의 현대시」, 『현대시의 정신사』, 열음사, 1985, 29쪽.
8 이병각, 「향수하는 小市民-'와사등'의 세계」, 『시학』, 1938.10.
9 김기림, 「삼십년대 悼尾의 시단 동태」, 『인문평론』, 1940.12.

미의 비밀은 임화 씨도 지적한 것처럼 그 회화성에 있는데, 사실 그는 소리조차를 모양으로 번역하는 기이한 才操를"[10] 가진 이미지 중심의 회화적 수법을 사용한 성공적인 모더니스트였다고 평가한다.

김기림의 논평은 이후 그의 시를 이해하고 평가하는 데 많은 영향을 끼쳤다. 특히 백철은 "그는 鍊金師와 같이 모든 무형적인 것을 일정한 형태로 바꿔놓고야 만족하는 시인"[11]이라고 호평하였다. 여기서 무형적인 것이란 시인의 내면적 의식 혹은 세계관을 의미하므로 이 논평은 김광균의 내면세계의 시각화라는 공감각적 이미지를 잘 구사함을 언급한 것이다. 또한 장윤익은 "金光均은 이미지즘의 폭과 질을 높여준 시인"[12]이라고 평가하였다. 이와 유사한 관점에서 "김광균은 황혼과 노래소리와 심지어는 사람의 의식까지도 하나의 유형적인 것으로 개조해서 본다"[13]라는 극찬도 나왔다.

그러나 1970년대에 이르러 김광균 시에 대한 평가는 긍정적인 것만이 아니라 상반된 관점을 보여주기도 하였다.[14] 많은 연구자들

---

10 조연현, 『한국현대문학사』, 人間社, 1968, 692쪽.

11 백철, 『新文學思潮史』, 민중서관, 1957, 306쪽.

12 장윤익, 「한국적 이미지즘의 특성」, 『문학이론의 현장』, 문학예술사, 1980, 50쪽.

13 김재홍, 「김광균－방법적 모더니즘과 서정적 진실」, 『한국 현대 시인 연구』, 일지사, 1986, 250쪽.

14 박철희, 『한국현대시사 연구』, 일조각, 1980, 217~218쪽; 정태용, 「김광균론」, 『30년대의 모더니즘』, 범영사, 1987, 15~27쪽; 김종철, 『시와 역사적 상상력』, 문학과 지성사, 1978, 21쪽; 문덕수, 「김광균론」, 『30년대의 모더니즘』, 범양사, 1987, 78쪽. 이들은 사조상의 모더니즘에 맞추어 김광균 시 속의 시각적 심상이 감상에 치우친 작위적 세계란 점과 그의 시적 이미지들이 객관성은 없고 견고하고 명확한 이미지의 조직에 실패했다고 한계를 지적하였다. 김종길(『詩論』, 탐구사, 1981, 24쪽 참조)은 김광균을 포함한 모더니스트들이 현대적 관념과 현대적 사고, 현대적 의미 파악의 수립에 있어 빈약했다고 주장하였다. 이외에도 수많은 학자가 그의 시의 한계를 지적했다. 이를 반박하여 정태용(「김광균론」, 『30년대의 모더니즘』, 범영사, 1987, 12쪽)은 김광균의 시가 모더니즘의 수용과 실천이라는 기준으로만 작품을 평가하는 것을 지양하고 작품 그 자체에 주목해야 한다고 주장하였다.

이 그의 시적 한계를 지적했지만 그가 모더니즘을 수용하고 실천하는 데에는 처음부터 한계가 있을 수밖에 없었다. 그는 모더니즘의 세례를 서구로부터 직접 받은 것이 아니라, 일본에서 유행했던 신감각파의 영향을 받았을 것으로 추측된다. 일본의 모더니즘 운동이 대체로 프랑스의 초현실주의적 색채가 강했고, 한국의 모더니즘은 영미의 주지주의를 주축으로 했다는 차이는 있으나 일본의 미래주의 열풍이 김기림 등에게 상당한 영향력을 행사했고, 그것이 김광균의 수사적 기교와 밀접한 연관성이 있다는 사실을 고려할 때 설득력이 있다.[15]

유성호[16]는 부정적 평가와 긍정적 평가 사이의 논리적 접촉점을 찾아 당대의 한국 현실 속에서의 김광균 시학의 의의를 구명해보았는데, 결론적으로 그의 비극적 세계인식이 식민지 시대의 타율적 도시화에 따라 일방적 소외와 상실의식을 방법적 이미지즘에 의해 형상화한 시적 전략이었다는 것으로 요약하였다. 그러나 아쉬운 점은 김광균이 시에 관한 전문적 체계적인 논술이 극히 제한되어 있기 때문에 시에 관한 자신의 태도를 명확히 밝히지 않았다는 점이다. 그는 다만 몇 편[17]의 글을 통해서 시의 언어와 형식, 구조 등을 언급했을 뿐이다.

김광균에 대한 서구 모더니즘이라는 사조적 입장에서 접근한 이론적 연구들도 다수 발견된다. 장윤익은 1930년대 한국 시단의 모

15 김은전, 「김광균의 시풍과 방법」, 『30년대의 모더니즘』, 범양사, 1987, 157~159쪽 참조.

16 유성호, 「김광균론－이미지즘 시학의 방법적 수용과 그 굴절」, 『1930년대 한국 모더니즘 작가 연구』, 평민사, 1999, 9~32쪽 참조.

17 「나의 시론－서정시의 문제」, 『인문평론』, 1940.2; 「시의 정신－회고와 전망을 대신하여」, 『경향신문』, 1947.1.15; 「전진과 반성－시와 시형에 대하여」, 『경향신문』, 1947.7.20; 「화가 · 화상 · 화족」, 『경향신문』, 1948.2.29.

더니즘을 대체로 주지주의와 이미지즘으로 분류하고, 김광균은 "이미지즘의 폭과 질을 높여준 시인"[18]이라 주장하였다. 김춘수는 1930년대의 "이미지즘은 이미지즘의 철학(사상)이 마땅히 있다. 그것을 자각하고 시를 쓰는 경우도 있고 그것을 자각하지 못하고 있거나 기질적으로 철학(사상)을 등지고 있는 경우도 있으리라. 그 후자가 곧 김광균"[19]이라고 하였다. 그리고 이승훈[20]은 30년대 대표시인 정지용, 김기림, 김광균 가운데 나름대로 현대성(모더니즘)이 비교적 강하게 드러난 시인은 김광균이라는 입장을 강조하였다.

작품론에서의 김광균 시에 관한 연구는 주로 세 가지 측면에서 이루어지고 있다. 첫째는 구조적인 특성의 해명에 중점을 둔 연구[21]이다. 문덕수는 김광균 시의 특질로 현재와 과거(현장공간과 회상공간), 자연과 문명(혹은 지리적으로 단절된 두 공간) 사이의 이원적 구조를 들며, 이들 양자 사이의 긴장 관계는 모더니즘 특유의 불연속적 실재관에 의거해 있다고 보기에는 너무도 단순하다고 평가한다.[22] 반면에 홍성순[23]은 김광균 시의 구조적 특징은 이중성이라

---

18 장윤익, 앞의 책.

19 김춘수, 「기질적 이미지스트－김광균과 30년대」, 『30년대의 모더니즘』, 범양사, 1987, 9쪽.

20 이승훈, 『모더니즘 시론』, 문예출판사, 1995, 23쪽 참조.

21 이명자, 「김광균의 공간 분석」(『심상』, 1976.8), 이유식, 「김광균 시의 플롯 구조 연구」(『세종어문연구 3 · 4』, 세종대학교 세종어문학회, 1987), 윤홍로, 「공감각 은유의 구조성」(『국어국문학』 49 · 50 합병호, 1970.9), 장기주, 「김광균 시의 해석－주제와 표현, 구조론을 중심으로」(『목원어문학』, 1983.2), 박태일, 「김광균 시의 회화적 공간과 그 조형성」(『국어국문학』 23, 부산대 국어국문학과, 1986), 정의홍, 「생명 상실의 감상적 공간－김광균의 〈추일서정〉」(『문학과비평』, 1990.6), 홍성순, 「김광균 시의 이원적 구조」(경기대학교 석사학위논문, 1990), 최은지, 「김광균 시의 의미 구조 연구」(중앙대학교 석사학위논문, 1998) 등의 논의가 여기에 속한다.

22 김유중, 『김광균』, 건국대학교 출판부, 2000, 17쪽.

23 홍성순, 「김광균 시의 이원적 구조」, 경기대학교 대학원 석사학위논문, 1990, 49쪽.

고 하였다. 공간의 이중성은 대립적 이미지를 남기고 있으며, 대립적 이미지의 이원적 요소는 대부분이 밝고 명랑하기보다는 고독감과 애상성을 담고 있다고 평가하였다.

둘째, 기호론적 연구에 대해서는 김광균 모더니즘 시의 기법과 관련하여 시의 회화성, 이미지의 내적 주제의식, 현상학적 방법론에 근거한 분석 등을 중심으로 이루어졌다.[24] 최영규[25]는 김광균 시인이 한국 현대시사에서 차지하는 위상은 로맨티스즘의 평면성을 이미지스트들의 회화성, 또는 조형성으로 그 형상화에 성공했다고 보았다. 그 방법론으로 "이종감각(異種感覺), 또는 동종감각(同種感覺) 간의 감각의 전이(轉移)" 즉 '공감각적 표현기법'을 광범위하게 사용하여 한국 현대시의 회화성을 한 차원 높게 끌어올렸던 점을 다시 확인하였다. 김창원은 이미지의 내적 주제의식에 관하여 김광균 시의 미학적 바탕을 소멸 의식으로 규정하고, 이와 같은 내적 의미를 파악하기 위해 주의를 기울여야 할 중심 소재들로 황혼, 눈, 기차, 등불 등을 꼽는다. 더 나아가 김광균 특유의 소멸의 미학이

24 이사라, 「金光均 詩의 現象學的 研究－그의 詩에 나타난 物質的 想像力의 探究」, 이화여자대학교 대학원 석사학위논문, 1979; 김두수, 「金光均의 詩意識 考察」, 조선대학교 대학원 석사학위논문, 1986; 조영복, 「모더니즘 시의 '현실'과 그 기호적 맥락－김광균의 「서정시 문제」를 중심으로」, 『한국현대문학연구』 6, 한국현대문학회, 1998; 권오욱, 「김광균 시의 기호론적 연구」, 명지대학교 대학원 박사학위논문, 1998; 김윤정, 「김광균 시에 나타난 자아 정체성 연구」, 『한국시학연구』 3, 한국시학회, 2000; 김유중, 『김광균』, 건국대출판부, 2000; 이영주, 「김광균 시의 기호학적 연구－시집 『瓦斯燈』을 중심으로」, 명지대학교 대학원 석사학위논문, 2001; 김학동 외, 『김광균 연구』, 국학자료원, 2002; 김진아, 「김광균 시의 이미지 연구」, 조선대학교 대학원 박사학위논문, 2002; 박현수, 「형태의 사상성과 이미지즘의 수사학」, 『한국모더니즘 시학』, 신구문화사, 2007; 박민영, 「김광균 시 연구－이미지의 조형성을 중심으로」, 『돈암어문학』 23, 돈암어문학회, 2010; 김진희, 「1930년대 중・후반 김광균 시의 낭만과 모던」, 『한국시학연구』 41, 한국시학회, 2014.

25 최영규, 「金光均 詩 研究－繪畫性과 metaphor를 중심으로」, 안양대학교 교육대학원 석사학위논문, 2003, 49쪽.

자리 잡게 된 근거로 그의 개인적 이력과 관련된 고향 상실과 주변 인들의 죽음, 비극적 모성 정조 등을 지적한다.[26]

더 세분화하여 신익호[27]는 소멸과 그리움의 정서인 죽음 의식이 '꽃·바람·등불·황혼' 등 이미지의 상관관계 속에 어떠한 양상으로 나타나는지 분석하였다. 정형근[28]은 김광균 시에 드러나는 시간 의식과 생사의 문제를 통해 김광균의 시세계를 조망하였는데, 그는 김광균의 시는 삶이란 것이 죽음으로 흘러드는 과정이라는 것과, 또한 죽음이라는 것이 지속적으로 삶의 영역으로 흘러나오고 있음을 보여주었다. 즉 김광균에게서 삶과 죽음은 하나인 것이다. 또한 한영옥[29]은 김광균 시의 주제의식과 표현의 특성을 살펴봤는데, 주제에서는 사라지는 것에의 연민, 세계와 자아의 괴리감, 견고한 삶에의 희구 등으로 나누었다. 이 주제의식이 표명하는 구체적 방식으로는 공간과 처소의 적확한 설정, '차가움'의 시각화, 인사(人事)와 풍경의 교응 등이 쓰이고 있음을 조명하였다.

다음으로 현상학적 방법론을 원용하여 이사라[30]는 김광균 시에 나타난 물질적 상상력에 대한 탐구를 시도하였다. 그에 의하면 김광균은 그의 내적 경험을 통해 외계와의 접촉에 있어서 그의 존재 의식을 뚜렷하게 나타내 보여주는 시적 공간을 지니고 있으며, 이 시적 공간은 그의 의식과 그의 대상인 사물 '눈(雪)'의 현상적 이미지가 역동적인 물질적 상상력에 의해서 色·빛·熱에서 차가운 하

26 김유중, 앞의 책, 18쪽.

27 신익호, 「김광균론」, 『한국현대시인연구』, 한국문화사, 1998, 51~71쪽.

28 정형근, 「죽음에로 흘러드는 삶, 삶에로 흘러나오는 죽음」, 김학동 외, 『김광균 연구』, 국학자료원, 2002, 275~306쪽.

29 한영옥, 「김광균론-'차단-한 등불'의 감각」, 『한국 현대 이미지스트 시인 연구』, 푸른사상, 73~100쪽 참조.

30 이사라, 「金光均詩의 現象學的 硏究-그의 詩에 나타난 物質的想像力의 探究」, 이화여자대학교 대학원 석사학위논문, 1979.

야 빛의 세계, 소리에서의 침묵의 세계, 속도 감각에 있어 斜線의 세계, 형태에 있어 粉末化의 세계를 지니고 있다.

마지막으로 김광균과 타 시인과의 비교문학적 연구[31]도 이루어졌다.

이제까지 언급한 연구 방향들 외에도 특정 부분에 있어 김광균에 대한 구체적이고 세분화된 내용의 논의는 다양하게 이뤄졌다. 이러한 사실은 그의 문학이 지닌 매력과 아울러 문학사적 중요성에 대한 유력한 반증이 될 수 있을 것이다. 여기서 한 가지 더 지적하려 한 것은 중국 측에서도 김광균에 대한 연구가 있다는 점이다. 그것은 김호[32]의 「1930年代朝鮮意象主義詩歌研究－以金起林・鄭芝溶・金光均爲中心」, 윤해연[33]의 「關於金光均詩歌之意境的研究」이다.

31 김상태, 「김광균과 이상의 시 그 대비적 고찰」, 『논문집』 14, 전북대학교, 1972; 한영옥, 「張萬榮・金光均 詩의 特質 比較」, 『연구논문집』 15, 성신여자대학교, 1982, 1～15쪽; 신은경, 「김영랑과 김광균 시를 통해 본 1930년대 시의 두 방향」, 한국정신문화연구원 석사학위논문, 1982; 이사라, 「김광균・윤동주 시의 상상적 질서－'눈 오는 밤의 시'와 '눈 오는 지도'의 구조 분석」, 『이화어 문논집』 6, 이화여대 국어국문학과, 1983,10; 박태일, 「김광균과 백석 시에 나타난 친족 체험」, 『경남어문논집』 1, 경남대학교 국어국문학과, 1988; 김태진, 『金光均와 金朝奎의 比較 研究』, 보고사, 1996; 조상준, 「김광균과 김조규 시의 비교연구」, 성균관대학교 대학원 박사학위논문, 2008; 선효원, 「한용운・김광균 시의 대비연구」, 동아대학교 대학원 박사학위논문, 1999; 엄홍화, 「金光均과 何其芳의 比較研究」, 충남대학교 대학원 박사학위논문, 2010.

32 金豪, 「1930年代朝鮮意象主義詩歌研究－以金起林・鄭芝溶・金光均爲中心」, 延邊大學, 碩士學位論文, 2010.

33 尹海燕, 「關於金光均詩歌之意境的研究」, 『韓國文化研究』, 1995.8.

2) 卞之琳에 관한 연구사 정리

30, 40년대는 卞之琳이 그의 작품 창작의 성숙기와 고조기를 맞은 시기였다. 그의 대표적인 시집 『삼추초(三秋草)』(上海新月書店代售, 1933.5), 『어목집(魚目集)』(上海文化生活出版社, 1935.12), 『한원집－수행집(漢園集－數行集)』(與何其芳의 『燕泥集』, 李廣田의 『行雲集』 合集, 上海商務印書館, 1936.3), 『십년시초(十年詩草)』(1930~1939, 桂林：明日社, 1942.5), 『慰勞信集』(昆明：明日社, 1940) 등이 바로 이 시기에 창작되었다.

중국 모더니즘시의 선구자 卞之琳(1910~2000)은 자기 시 세계를 '냉혈동물'로 자평하며, 1930년부터 60여 년 동안 줄곧 시의 예술주의를 신앙하고 실천했던 사람이자 표현주의의 의무를 버리지 않은 유일한 30년대 시인이다. 袁可嘉는 卞之琳의 시사적 중요성에 대해서 卞之琳의 시는 동서양 문학을 융합하여 위아래를 연결시키는 역사적 역할과 위치를 차지하고 있다고 보았다. 그는 "신시에서 선행기의 '신월파'를 계승하고, 중간의 '현대파'에 처하고, 후행시기의 '구엽파'를 양성하며 (…중략…) 신시 유파의 발전을 보면 신시 우수한 전통 속에서 현실주의 시파와 동시 발전한 다른 하나의 선을 형성시켰다"[34]고 높이 평가하였다.

卞之琳에 대한 논의는 그의 시 창작 초기부터 거의 동시에 진행되어 왔다. 이 시기의 비평과 연구는 卞之琳의 시에 대해 상반된 관점을 내놓았다.[35] 논의는 대체로 시 작품의 예술적 특징과 시풍에

---

34 袁可嘉·杜運燮·巫寧, 『卞之琳與詩藝術』, 河北教育出版社, 1990. "卞之琳的詩歌有着融古化歐, 承上啓下的歷史作用和地位……在新詩內部, 上呈 '新月', 中處'現代', 下啓'九葉'……從新詩流派的發展來看,這就形成新詩優秀傳統中與現實主義詩派平行發展的另一條線".

중점을 두었다. 처음에 卞之琳은 신월파 시인의 신분으로 문단에 등단하였다. 1931년에 陳夢家가 卞之琳의 「황혼(黃昏)」과 「망(望)」 등의 작품을 『신월시선(新月詩選)』에 수록하였다. 그는 서언(序言)에서 卞之琳의 시가 "항상 평범하면서도 깊이가 스며 있으며, 마치 눈에 보이지 않는 모래 속에 들어 있는 수분같이(常常在平淡中出奇，像一盤沙子看不見底下包容的水量)"[36] 헤아릴 수 없는 깊은 내적 주제의식과 광범한 상징 의미를 내재하고 있다고 평가하였다. 다시 말하면 卞之琳의 시는 전체적으로 평범하나, 전달하는 시 의식에 있어서는 심도가 아주 깊다고 볼 수 있다.

卞之琳에게 격려와 도움을 주었던 선배 沈從文은 그의 시는 "소박한 시(朴素的詩)"이며, 그는 "평상시의 언어를 능숙히 사용하여 평범한 보통사람들의 정서를 그려내며(善於運用平常的文字，寫出平常的人情)", 시의 "풍격은 질박하고 성실하다"[37]고 언급하였다. 아울러 1934년에 沈從文은 上官碧이라는 필명으로 『卞之琳浮雕』(『大公報文藝』, 1934.12.1)를 발표하여 卞之琳이 다정한 시인이자 퇴폐와 비관적인 색채를 가진 비관 정서가 아주 강한 사고자라고 설명하였다.

35 먼저 긍정적인 관점을 가진 사람은 이건오(「『魚目集』－卞之琳先生作」, 『李健吾文學評論選』, 寧夏人民出版社, 1983, 112쪽)와 주자청(「三秋草」(天津 『大公報 · 文學副刊』 第281期, 1933.5.22; 『秋草清華』, 延邊人民出版社, 1966, 169~170쪽 참조) 등이 있다. 李健吾는 인상주의적 비평방법론을 원용하여 시집 『어목집(魚目集)』의 해석을 통해서 卞之琳 시에 나타난 현대성을 최초로 밝혀내고 "시적 경험"이라는 점을 규명하였다. 朱自清은 卞之琳이 신시에 도입한 새로운 창작 기법을 찾아내고 긍정적으로 평가하였다.
반면에 胡適(「談談胡適之體的詩」, 『獨立評論』, 1936.12, 12쪽)과 梁實秋의 경우에는 부정적으로 평가하였는데, 그들은 卞之琳 시의 난해성을 "문풍의 타락(文風墮落)"으로 보았다. 이러한 편파적인 평가는 卞之琳의 중국 현대시의 예술적 성취에 대한 기여를 충분히 인식하지 못하였기 때문에 내린 것으로 보인다.

36 楊匡漢 · 劉福春, 『中國現代詩論』(上), 花城出版社, 1985, 153쪽 참조.

37 沈從文, 「『寒鴉集』 附記」(『創作月刊』 第1卷 第1期, 1931.5), 『沈從文文集』 11, 花城出版社, 1984, 9쪽 참조.

위의 언급과 달리 좌파 시인들은 시의 정치공리주의(政治功利主義)와 대중시가의 시각으로 卞之琳의 시를 비판하였다. 물론 卞之琳의 시가 지나치게 시대와 동떨어져 있는 경향이 있다는 지적은 어느 면에서 정확히 짚어내고 있다. 그러나 그들은 卞之琳의 시 속에 나타난 이미지의 소극적이고 비관적인 측면만을 보았고, 그의 시 속에도 현실의 삶을 주목한 면이 있다는 사실을 소홀히 하고 있다. 이 외에도 비좌파 시인들은 卞之琳 시의 난삽·난해성에 대해 긍정적인 관점과 부정적인 관점이 엇갈리고 있다. 1940년대에 들어서 많은 학자들은 卞之琳의 시에 나타난 서구 모더니즘의 수용 양상을 인식하기 시작하였으며, 그의 시는 동서양문화의 영향을 동시에 받았다는 결론을 내렸다.

'한원삼시인(漢園三 詩人)'의 한 사람인 李廣田[38]은 '장법과 구법(章法與句法)', '격식과 운법(格式與韻法)', '용자와 이미지(用字與意象)' 세 각도를 중심으로 卞之琳 시 창작의 기교적 특징을 규명하는데 기여하였다. 그는 卞之琳 시 속의 "지성적 이미지(智性化意象)"를 세밀하게 분석하여 정확히 파악하였다. 특히 卞之琳 시의 주제의식과 표현 기법에 대한 이해는 색다르다.

馮文炳은 1948년에 베이징대학교 중문학과에서 신시에 대한 강좌를 개설하여 卞之琳의 대표시 11수를 상세히 분석하였는데, 당시의 강의노트를 정리하여 1984년에 『신시 담론(談新詩)』이란 책을 출판하였다. 시풍에 있어 "卞之琳의 신시는 마치 고풍과 같다. 그의 시 격조는 가장 현대적이지만 그 흥미는 가장 예스럽다(卞之琳的新詩好比是古風, 他的格調最新, 他的風趣卻最古了)"고 하면서 "卞之琳

38 李廣田, 「詩的藝術－論卞之琳的『十年詩草』」, 『李廣田文集 第三卷』, 山東文藝出版社, 1984, 15~58쪽.

의 시 속에는 아름다운 애상이 담겨 있다(卞之琳詩裏美麗的哀傷)"라고 평하였다. 미적 특징에 있어서 "시의 경지가 아름답고, 문장 또한 극히 새롭다……卞之琳 시의 이미지가 연관성이 없지만 용어 사용이 적절하고 문맥이 잘 통하고, 생각이 활동적이지만 보편성이 있어 참으로 좋은 시이다(詩意佳, 句子亦極新鮮……卞之琳跳動的詩而能文從字順, 跳動的思想而詩有普遍性, 真是最好的詩了)"라며, 卞之琳의 시는 "내 자신의 실존적인 감각을 쓴다(寫我自己的實在感覺)"라고 시의 사실주의적 특징에 대해 극찬하였다.[39]

이상 정리한 바와 같이 비교적 자유로운 문학 분위기 때문에 30, 40년대의 卞之琳 시의 미적 가치에 대한 연구가 활발하게 이루어졌다고 볼 수 있다. 그러나 해방 이후[40]의 30여 년간은 "사회주의 건설 및 개혁개방 시기"라는 특수한 시대적 여건과 문예에 대한 마르크시즘적 평가 원칙이라는 단일한 정치적, 미학적인 잣대가 적용되어, 문학비평계에서 무시되기도 하였다. 이런 정치적 영향으로 1980년 이전까지 모더니즘 계열 시인인 卞之琳은 국내에서 일방적으로 소외당해 왔다. 비록 극소수의 평자들이 卞之琳을 언급하더라도 역사의 특수성 때문에 연구의 학술적인 가치가 전혀 없었다.

문혁이 끝나고 '사상 해방'과 개혁개방정책이 이루어지면서 모더니즘에 대한 관심은 다시 주목받기 시작했다. 특히 1982년 이후 3년간 '현대파' 논쟁이 활발해지기 시작하였다. 卞之琳에 관한 연구는 1980년대 이후부터 본격적으로 진행되기 시작하였다. 연구 범위를 보면 주로 작가의 전성기였던 1930년대, 즉 중일전쟁 이전의

39 馮炳文, 『談新詩』, 人民文學出版社, 1984, 167~172쪽 참조.

40 한국에게는 일본의 항복이 곧 해방이었지만, 중국은 공산당이 국공내전에서 승리하고 베이징에서 중화인민공화국을 세운 1949년 10월 1일을 중국 인민이 해방된 날이라고 한다. 따라서 여기서 해방 이후는 1949년 이후를 말한다.

시를 중심으로 진행되어 왔다. 연구 내용을 종합해 보면 대체로 다음과 같이 세 가지로 나눌 수 있다. 첫째는 특정한 한 시집이나 하나의 작품에 대한 구체적인 연구[41]이다. 둘째는 시의 내적 주제의식과 세분화된 시 창작 기교적(격률, 시언의 특징, 예술적 특징 등) 측면에 대한 연구,[42] 셋째는 영향학적 원리에 근거하여 卞之琳 시가 지닌 동서양 문화에 대한 융합적 양상에 관한 연구[43] 등이 있다.

이와 같은 80년대의 노력을 바탕으로 90년대 이후에는 卞之琳에 대한 연구가 전성기를 맞이하였다. 연구 대상은 시 이외에도 그의 시학이론, 번역본, 소설이나 산문 등으로 광범위하게 확산되었다. 이 가운데 시인으로서의 卞之琳에 대한 대표적인 연구들로는 袁可嘉, 藍棣之, 王澤龍 등의 연구를 들 수 있다.

袁可嘉[44]는 시사적 입장에서 卞之琳이 신시 발전에 기여한 공로를 찾아냈는데, 신시의 구어체화, 희극화, 격율화, 현대화 등 네 분야로 나눠 卞之琳 시가 지닌 특성(独特性)을 강조하였다. 袁可嘉는 卞之琳이 전형적인 희극 수법을 형상화하는 데 중점을 두었고, 객관적인 사물을 빌려서 주관적인 감정을 표현해내는 방법에 능숙했다고 하였다(憑借客觀事物來表達主觀情思). 그리고 신시의 격율화(新詩的格律化)에 있어서 卞之琳은 중국어의 내재 규율과 객관적 법

41 屠岸의 「精微與冷雋的閃光－讀卞之琳詩集 『雕蟲紀歷』」(『詩刊』, 1980), 黃維樑의 「雕蟲精品－卞之琳詩選析」(『中外文學』, 1980), 高慶琪의 「探索新路的詩人－略談卞之琳的 『雕蟲紀歷』」(『青海湖』, 1981.1) 등의 논의가 속한다.

42 張北鴻의 「卞之琳早期詩的深層意蘊」, 張曼儀의 「"當一個年輕人在荒街上沉思"－試論卞之琳早期新詩(1930～1937)」, 杜榮根의 「卞之琳導現代格律詩」, 肖韓의 「新詩的音組, 韻律和成型問題－讀卞之琳同志文章後的一點感想」, 周景雷의 「淺談卞之琳三十年代詩歌的語言特色」 등이 그것이다.

43 張曼儀의 「卞之琳與奧頓」, 孫玉石의 「『荒原』 衝擊下現代詩人們的探索」, 袁可嘉의 「卞之琳與外國文學」 등이 이러한 유형이다.

44 袁可嘉, 「略論卞之琳對新詩藝術的貢獻」, 『文藝研究』, 1990.

칙에 대한 연구를 바탕으로 '돈(頓)' 혹은 '음조(音組)'는 한어 백화시(漢語白話詩)의 기본 격율 요소라고 명확하게 제시하였다.

藍棣之[45]는 卞之琳 시의 맥락과 숨어 있는 경향의 규명을 시도하였다. 그는 卞之琳의 시 창작 과정을 세 단계로 나누었는데, 1930~1932년 초창기, 1933~1937년 성숙기 그리고 1938년부터 '전향(轉向)' 이후의 창작 시기 등이다. 그의 초창기 시는 프랑스 시인 보들레르의 영향을 받아 사회 현실을 표현하는 데 중점을 두어 사회 하류층의 소인물에 기탁하여 감정을 표현했다. 그는 卞之琳이 시를 쓴 목적을 밝히기 위해 卞之琳의 성숙기 시의 이미지, 텍스트와 구조의 의미, 내재하는 깊은 의식 등 시각을 중심으로 상세히 논술하였다. 결론적으로 卞之琳에게 시는 자기 삶에 관한 사고와 독백과 같은 존재이다. 즉 卞之琳의 시는 쓸쓸한 삶의 불안을 그리고 있는 것이고, 거대한 시대 속에 생명의 체험을 썼다고 말할 수 있다.

王澤龍[46]은 "卞之琳은 모더니즘 시인 가운데 현대 미적의식과 문체의식을 가장 강하게 드러내고 있는 시인 중의 한 명이라(卞之琳是現代主義詩人中最具有現代審美意識與文體意識的詩人之一)"고 보았다. 그는 卞之琳 주지시의 특징에 대해 지성과 감성의 조화를 통해 그 개성을 나타낸다고 보았다. 구체적인 방법으로는 첫째, 구상적인 이미지와 추상적인 사상을 하나로 융합시킨 것, 둘째는 평담과 내재의 심각이 예술에서 하나로 일치된다는 것이며, 셋째는 언어예술 측면에 구상적 단어와 추상적 단어를 교묘하게 결합시켰다고 논의하였다. 卞之琳 시의 '비개인화(非個人化)' 적인 예술성에 대해 王澤龍은 "卞之

45 藍棣之, 「論卞之琳詩的脈絡與潛在趨向」, 『中國現代文學研究叢刊』 1, 1990.

46 王澤龍, 「卞之琳與廢名－三四十年代中國現代主義詩歌的橋樑」, 『中國現代主義詩潮論』, 華中師範大學出版社, 2008, 129~148쪽 참조.

琳 시는 엘리엇 등 서구 모더니즘 시의 직접적인 영향을 받아 형성된 것"이라고 보면서 그의 시 작품에 나타난 특징을 지적하였는데, '주체의 변위(主體變位)'와 '희극적인 대화(戲劇性對白)'가 그것이다.

지금까지 살펴본 바와 같이 이 시기의 연구의 폭과 시각은 전보다 훨씬 다양해진 양상을 볼 수 있다. 게다가 연구의 학술적인 가치 또한 부인할 수가 없다. 2000년대에 들어서 卞之琳의 죽음에 따라 시인 평전과 연구를 결합한 글[47]들이 집중적으로 나타나기 시작하였다. 특히 이 시기의 두드러진 현상 가운데 하나는 각 대학에서 석·박사학위논문[48]들이 많이 발표되었다는 점이다.

夏螢[49]은 신시의 구어화(口語化), 낯설게 하기 수법 및 시어의 지성화(知性化) 등 세 각도의 분석을 통해 卞之琳 시가의 언어적 예술

47 袁可嘉,「卞之琳老師永垂不朽－在卞之琳先生追思會暨學術討論會上的發言」, 北京, 2000.12.7; 王聖思,「詩誼如水－辛笛與卞之琳的多年交往」,『詩探索』 第1－2輯, 2001; 章品镇,「从神往到亲炙－卞之琳同志给我的教益」,『寻根』, 2003年 第2期.

48 黃瑛蓓,「卞之琳詩歌意象及意象思維西方化」, 廣東技術師範學院碩士學位論文, 2014.5; 張瑋思,「尋求智性的棲息－卞之琳詩歌流變探索」, 黑龍江大學碩士學位論文, 2014.4; 張海洋,「融合與超越－論卞之琳三十年代詩歌創作與早期西方象徵詩派」, 遼寧師範大學碩士學位論文, 2001; 王晨晨,「卞之琳智性詩歌與宋詩理趣」, 華中師範大學碩士學位論文, 2012.4; 張艷,「也論卞之琳的"新格律"理論」, 東南大學碩士學位論文, 2011; 孫嘉琪,「論卞之琳三十年代詩歌的"化古"」, 南京大學碩士學位論文, 2011.5; 夏瑩,「卞之琳詩歌語言藝術研究」, 華中師範大學碩士學位論文, 2010.4; 戴皓,「論卞之琳早期詩歌藝術」, 華中師範大學碩士學位論文, 2006.5; 董燕,「論卞之琳詩歌的"非個人化抒情"策略」, 安徽師範大學碩士學位論文, 2007.5; 劉子琦,「徘徊在古典與現代之間－三十年代卞之琳詩歌的"意象"研究」, 西南師範大學碩士學位論文, 2004.4; 程振興,「卞之琳早期詩歌與古典詩歌傳統」, 武漢大學碩士學位論文, 2003.6; 夏小霞,「於空白外延伸－卞之琳之文學思想研究」, 蘇州大學碩士學位論文, 2007.5; 臧青,「卞之琳詩人論研究」, 清華大學碩士學位論文, 2008; 石娉娉,「卞之琳新詩理論研究」, 揚州大學碩士學位論文, 2012.4; 萩原日易,「來自城市的細處－談1929～1939年卞之琳詩歌的寫作與閱讀」, 北京大學碩士學位論文, 2007; 玄春妍,「中韓現代主義詩人卞之琳和鄭芝溶詩歌之比較」, 延邊大學 碩士學位論文, 2009; 易莉,「梁宗岱與卞之琳詩學思想比較研究」, 湖南師範大學 碩士學位論文, 2014.5; 吳晶晶,「論阿索林對卞之琳早期詩歌創作的影響」, 天津師範大學 碩士學位論文, 2012.5.

49 夏瑩,「卞之琳詩歌語言藝術研究」, 華中師範大學 碩士學位論文, 2010.

성에 대해 논의했다. 그는 평범한 일상적 백화문의 표현 방법에 있어서 전통을 계승하면서도 서구적인 것을 수용해 나가며, 언어의 수사 기법에는 아이러니(언어적 아이러니, 상황적 아이러니, 총체적 아이러니)와 도탈(跳脫, 언어의 도탈과 사상의 도탈)을 잘 활용하며, 지성화의 구현에는 구상 단어와 추상 단어의 교묘한 결합을 통해 추상적 주제의식을 표현해냈다고 평하였다.

易莉[50]는 梁宗岱와 卞之琳의 시학 사상에 대해 비교 연구했다. 그들은 중국 고전시학 인식의 이동성(異同性), 서구시학에 대한 수용과 발전, 시학 이론에 나타난 시 형식 및 심미사상의 공통점과 차이점, 그리고 신시 발전 과정의 중요한 역할과 기여 등 네 부분으로 나누어 논의함으로써 梁宗岱의 시론은 진(眞)을 추구하는 반면에 卞之琳의 시론은 이성과 지성(理和智)을 추구한다고 결론 내렸다. 그리고 두 사람은 각각 시가 이론 발전의 두 방향을 대표하기 때문에 신시를 연구할 때는 두 사람의 시론을 결합해봐야 바람직하다고 하였다.

玄春妍[51]은 비교문학적 방법론을 적용하여 한국 시인 정지용과 중국 시인 卞之琳에 대해 비교 연구하였는데, 논의의 주점은 20년대 초의 모더니즘은 한·중 양국에서의 수용양상의 이동성과 향수의식, 고전적 정서, 주지성 등 세 시각으로 두 사람의 시창작의 이동성(異同性) 해명에 중점을 두었다.

마지막으로 한국 측에서도 卞之琳에 대한 연구가 있었다. 현대파 문학 전체가 아닌 卞之琳만을 주제로 다룬 학위논문으로는 9편,[52]

50 易莉, 「梁岱宗與卞之琳的詩學思想比較研究」, 湖南師範大學 碩士學位論文, 2014.
51 玄春妍, 「中韓現代主義詩人卞之琳和鄭芝溶詩歌之比較」, 延邊大學 碩士學位論文, 2009.
52 최자경, 「卞之琳詩研究－현실 대응 태도에 따른 시 변화」, 가톨릭대학교 대학원

학술논문이 1편,[53] 비교문학에 있어서 卞之琳과 정지용에 관한 논의가 1편[54] 있다. 이러한 사실은 卞之琳 문학이 지닌 매력과 학술적 연구 가치에 대한 유력한 반증이라고 하겠다.

1930년대 한・중 모더니즘 시 문학사에서 대표성이 충분히 확보된 시인으로서, 김광균과 卞之琳의 시 작품에 대한 연구는 오늘날까지 꾸준히 지속되어 왔다. 그러나 두 사람의 문학에 관한 비교 연구는 아직 전무한 실정이다. 이런 점을 고려한다면 본 논문의 연구 가치가 높다고 할 수 있다. 본 논문이 하나의 시도로써 다양한 시인들과 유파를 포괄하는 폭넓은 한・중 문학의 비교 연구를 활성화하는 데 기여하기를 기대한다.

한・중 양국은 지금까지 1930년대 모더니즘에 대한 논의가 초기의 외래 문예사조의 무조건적 수용이라는 비판론에서 나름대로 시대 상황을 극복하기 위한 모색을 시도했다는 긍정론에 이르기까지 다양하게 진행되어 왔다. 그러나 모더니즘이 지닌 난해성과 개념 설정의 불확정성 때문에 대부분의 논의는 모더니즘을 제대로 구명하지 못하고 있는 실정이다. 이러한 점을 고려하여 김광균과 卞之琳의 모더니즘 시작품을 비교 연구하기 위해 제2장에서는 모더니즘에 대해 구체적으로 구명해볼 것이다.

석사학위논문, 2001; 白池雲, 「卞之琳 시를 통해본 30년대 모더니즘 시문학 연구」, 연세대학교 대학원, 석사학위논문, 1996.8; 衣建美, 「卞之琳 시 연구」, 고려대학교 대학원 석사학위논문, 1994.2; 張松建, 「形式詩學的洞見與盲視－卞之琳詩論探微」, 『中國語文學』 제48집, 2011.4, 291～307쪽; 具洸範, 「淺談卞之琳早期詩歌」, 『中國語文學』 제18집, 2005.8, 333～344쪽; 鄭聖恩, 「卞之琳의 愛情詩 解讀」, 『中國語文學』 제13집, 2003.6, 263～292쪽; 鄭雨光, 「『漢園集』에 나타난 卞之琳의 詩－서구 모더니즘의 受用과 그 變容」, 『中國語文學』 제4집, 1997.12, 231～281쪽; 鄭聖恩, 「卞之琳 詩에 나타난 물의 이미지 분석」, 『中國語文學』 제13호, 1997.12, 345～383쪽.

53 정성은, 앞의 글.

54 고봉, 「정지용과 벤즈린(卞之琳)의 모더니즘 시 비교 연구」, 대전대학교 대학원 석사학위논문, 2011.

03 연구의 범위와 방법론

한국문학을 비롯한 여러 나라의 문학에서 널리 보이는 공통 양상에 근거를 둔 이론 수립이 문학연구에 긴요한 과제인데, 그렇게 하기 위해서는 비교문학 연구가 반드시 필요하다. 비교문학이란 명칭이 발생한 것은 나라마다 그 시기가 다르다. 이 명칭에 대한 명확한 정의나 개념에 대해 나라마다 또는 학자마다 자국의 문학적 전통이나 특징에 따라 나름대로 정의나 방법을 설정하여 연구를 진행하고 있는 것이 오늘날의 실정이다.

비교문학이 19세기 말엽부터 정식 명칭을 지닌 학문으로 태동한 것은 주로 모국어에 대한 애정과 애국정신에서 비롯되었다. 메리안-제나스트(Ernest Merian-Genast)에 의하면 최초의 비교문학자는 볼테르이며, 그가 영국 체류 기간 동안에 집필한 『서사시론 Essai sur la poésie épique』(원래는 1727년 영어로 발간)을 비교문학의 원조로 보았다. 비교문학은 19세기 중엽부터 20세기 초까지 자국문학에 대한 새로운 인식, 비교문학자라는 호칭의 공식적인 사용, 비교문학 관계 잡지의 창간 및 대학에서의 비교문학 강좌 개설 등에 힘입어 발전하게 되었다. 나중에 프랑스학파의 기여와 미국학파의 참여로 비교문학이 현대적인 의미의 비교문학으로 그 성숙기를 맞이하였다.[55]

프랑스학파에서는 문학 간의 '비교'를 강조하였는데, 그것은 '비교문학'이라기보다는 '문학의 비교 연구'에 해당된다. 방 띠겜(Van Tieghem), 귀야로(Guyard, M. F.) 등 주요 프랑스학파 비교문학자

55 윤호병, 『비교문학』, 민음사, 1994, 57~89쪽 참조.

들이 비교문학을 문학사의 한 분야로 간주하였는데, 이 학파의 특징을 다음 네 가지로 정리할 수 있다. 첫째, 국제간의 문학 교류사를 전제로 한다. 둘째, 영향과 수용을 입증할 수 있는 분명한 자료를 전제로 한다. 셋째, 문학작품 자체의 비교를 강조한다. 넷째, 영향관계가 없는 문학 간의 비교는 '비교'가 아니라 '대비'이다.

이에 대한 공격에서 출발한 미국학파의 기수인 르네 웰렉(Rene Wellek)은 "문학을 전체로서 생각하고, 언어적 차이를 고려하지 않고 문학의 성장과 발전을 추적"[56]하는 것이라고 주장함으로써 프랑스학파의 실증주의를 강력하게 비판하였다. 그는 비교문학에 대한 기본 입장을 이렇게 언급하였다.

> 진실한 비평을 위하여 나와 많은 학자들이 주장한 것은, 19세기로부터 이어온 기계적이고 사실 존중의 개념에서 벗어나자는 것이다. 비평은 가치와 특성에 대한 관심을 의미하고, 또 역사성을 구현하는 原典을 이해한다. 그러한 이해를 위하여 비평사를 필요로 한다. 결국 비평은 일반적인 문학사와 학문에 대한 먼 이상에 직면하는 국제적 안목을 의미하게 된다. 비교문학은 확실히 민족적 편견과 지방주의적 편향을 극복하려고 한다. 그러나 그것 때문에 다른 민족의 전통의 존재와 생명력을 무시하거나 과소평가해서는 안 된다. 우리는 잘못되고 불필요한 선택을 조심해야 한다. 우리는 국민문학도 일반문학도 필요한 것이며, 문학사와 문학비평도 필요하다. 우리는 폭넓은 시야도 필요하다. 그리고 바로 비교문학만이 이와 같은 넓은 시야를 가져다 줄 것이다.
>
> —「비교문학의 명칭과 본질」 부분[57]

56 R. Wellek & A. Warren, "Theory of Literature", Penguin Books, 1949, p.49.

문학과 문학 이외 분야와의 비교를 비교문학 영역에 넣어야 한다고 주장한 미국의 학자 리마크(Henry H.H. Remark)는 「十字路에 선 비교문학」(Comparative Literature at the Cross-road, 1960)과 「비교문학, 그 정의와 기능」(Comparative Literature—Its Definition and Function, 1961)이라는 두 논문에서 확대된 비교문학의 개념을 전개하였다.

> 비교문학이란 특정한 나라의 국경을 넘어선 문학의 연구이며, 한편으로는 문학과 다른 예술(예를 들면 회화, 조각, 건축, 음악), 철학, 역사, 사회과학(정치학, 경제학, 사회학), 과학, 종교 등 다른 분야의 지식과 교양과의 관계를 연구하는 학문이다. 간단히 말해서 한 나라의 문학과 다른 나라, 혹은 수 개의 다른 나라 문학과의 비교이며, 또한 인간이 표현하는 다른 영역의 것과 문학을 비교하는 일이다.[58]

결국 위의 주장에서 읽을 수 있는 것은 미국학파는 비교문학이 본질적으로 문학 연구여야 하므로 문학의 가치와 질을 추구하는 것이며, 또한 문학의 벽을 넘어 다른 학문 분야와의 비교 연구도 비교문학에 귀속시킨다는 점이다. 그리하여 세계문학이 지닌 공통점을 찾아내는 것을 바탕으로 각국 문학의 특질이 밝혀질 수 있다는 것이다.

앞에서 말한 대로 비교문학은 프랑스학파(영향 비교)와 미국학파(수용 연구)라는 두 갈래로 나누고 있는데, 여기서 영향 비교란 문학작품들 사이에 존재하는 관계를 나타내고, 수용은 비교 작품

57 Rene Wellek, "The Name of Nature of Comparative Literature", Discriminations(Yale Univ. Press, sencond Printing, 1991), p.36.

58 Henry H. H. Remark, "Comparative Literature Its Definition and Function", Comparative Literature(southern Illinois Uni. Press, 1973), p.1.

과 저자, 비평가 출판업 및 환경을 포함한 주위의 관계를 나타낸다는 것이다. 즉 전자는 서로 영향을 주고받은 사실관계를 나타내고, 후자는 그들 상호 간의 사실 관계에 있었는지 여부에 있지 않고 작품을 바라보는 시각에 있는 것으로 간주하고, 따라서 후자의 범위는 훨씬 더 넓은 것이다.[59]

한국과 중국에서 1930년대의 모더니즘 문학은 서로 직접적인 영향을 주고받은 일이 없으면서도 공통적으로 나타나는 현상과 그 특징 및 서로 구별되는 차이의 비교가 가능하다고 생각한다. 그래서 이 논문은 미국학파의 수용관계 이론을 적용할 것이다.

영향과 수용에 대한 비교문학적 개념은 1970년대를 중심으로 활발히 적용되었다. 미국 문학비평에서 '예일학파'를 형성한 바 있는 블룸의 견해는 진보적인 견해라고 하는 반면, 프랑스학파의 견해는 전통적인 견해를 말한다.[60] 비교문학에서의 진보적 의미의 수용론은 두리친(D. Durisin)의 견해를 통해서 볼 수 있다. 그는 '수용하는 문학현상'은 물론 '수용되는 문학현상'까지도 고려하였으며 '수용되는 현상'은 보편적인 요인(문화 · 사회적 관점)과 특수한 요인(문학의 발전과 예술의 전반적인 발전)으로 구분하였다. 두리친은 비교문학이 '수용하는 현상'이 만들어내는 창조적 생성뿐 아니라 '수용된 현상'이 자국문학 속에 잠재되어 만들어내는 잠재성까지도 연구해야 한다고 보았다. 그에 의하면 진보적 의미의 수용과 발전은 어떤 분명한 영향과 수용 관계에 대한 자료가 없다 하더라도 외국문학과 자국문학 간의 유사성 — 구절, 어법, 문체, 비유, 주인공, 주제, 구성 — 을 바탕으로 할 수 있다는 것이다.[61]

59 울리히 바이스슈타인, 이영유 역, 『비교문학론』, 홍성사, 1981, 65~69쪽 참조.
60 윤호병, 앞의 책, 91쪽 참조.

두리친 등의 비교문학론에서 진보적 의미의 수용과 변형에 대한 가능한 연구는 크게 두 영역으로 나누어진다. 하나는 문학 텍스트의 특별한 형성 요소에 관계되는 사상, 유형, 주제, 모티프, 원형, 구성 등의 영역이고, 다른 하나는 문학텍스트에 나타난 표현 기법에 관계되는 주제의 반복과 이미지의 반복 등의 영역이다. 전자와 후자의 영역에서 진보적 의미의 수용과 변형에 중요한 영역은 주제, 원형, 이미지 등이다. 이 외에도 시대적 배경의 유사성, 장르의 유사성, 작가의 성장 과정의 유사성, 사상적 경향의 유사성, 작가와 작품의 명성의 유사성, 문학유파의 유사성 등 요소로 수용과 변형을 파악할 수 있다.[62]

이에 따라 본 논문의 연구 방법으로는 먼저 비교문학의 수용 관계라는 비교 방법을 적용하고자 한다. 논문에서는 김광균과 卞之琳이 똑같이 보여준 시의 모더니즘을 향한 지향과 시에서 고전전통과 현대성을 융화시키려 했던 토착화 지향, 또는 동일한 시대적 여건과 담론 주제를 공통된 매개로 삼아 두 시인이 보여준 문학적 수용을 밝혀보고자 한다. 그리고 비교문학 연구에서 사용되는 '비교, 참고로 대조하기, 한계 뛰어넘기와 관통시키기(比較－參照－跨越－打通)'[63] 등의 방법과 이론도 본 연구에 적용하고자 한다. 즉 차이점을 인정하며 공통점을 추구(求同存異)할 것이다.

그 외에 본고는 모더니즘 문학에 내포되어 있는 어떤 철학적 관념에 관심을 갖는다. 문학은 우리가 세계를 인식하는 사유의 힘으로 살아남는 것이며, 시에는 시인의 개인적 경험과 창작을 통하여

61 위의 책, 114~117쪽 참조.
62 위의 책, 118~119쪽 참조.
63 徐揚尙, 「打通研究－－種於比較文學的研究方法」, 『鹽城師範學院報(哲學社會科學版)』, 2000.1, 81쪽.

드러나고 표현된 인간의 삶과 감정, 사상이 담겨 있다. 그래서 이데올로기를 반영하는 문학은 언어예술을 통하여 작가의 인식 능력 속에 구성된 추상적 관념을 이미지화하여 미적 형식으로 나타내는 예술이라 할 수 있다. 이와 같은 생생한 이미지들이 인간을 중심으로 그려지기 때문에 문학이 인간 세상을 담은 예술로서 인간의 심미 요구를 충족시키는 관점을 고려하면 문학은 근본적으로 일종의 인학(人學)이라고도 할 수 있을 것이다.

작가는 세계에 대한 지각작용을 시행하여 그가 체험한 세계를 문학작품을 통해 표출해내려고 한다. 철학의 역사와 더불어 오래된 개념인 세계는 하나의 논리적이고 개념적인 문제이며 구체적인 직관으로서 주어진 전체가 아니라 하나의 이념에 불과하다. 따라서 여기서 세계라고 하는 것은 개개인이 그리는 이미지이며 표상일 뿐, 세계 그 자체는 어디에도 존재하지 않는다.[64] 바꿔서 말하자면 세계란 한 개인의 의식 속에 투영한 인류사회 전체를 포함한 경험의 대상을 의미한다. 한자 어원을 따져보면 세(世)는 과거·현재·미래로 흘러가면서 변한다는 뜻, 계(界)는 동서남북·사유(四維)·상하(上下)를 가리킨다. 이와 같이 세계란 시간과 공간 속에 존재하고 있다는 것이다. 따라서 필자는 세계인식의 수단인 동시에 모더니즘 문학의 중요한 기초를 이루는 시간체험과 공간체험, 그리고 이러한 체험과 인식들을 언어로 구체화한 서술구조와 기법 양상 등 측면에서 김광균과 卞之琳의 모더니즘 시에 나타난 세계인식의 양상 및 문학사적 의의를 비교하고자 한다. 이러한 문제들은 모더니즘의 본질적 핵심을 가장 잘 드러내는 동시에 그 구체적 현

64 고명수, 「한국 모더니즘시의 세계인식 연구－1930년대를 중심으로」, 동국대학교 대학원 박사학위논문, 1995, 102쪽.

상으로서 뚜렷한 변별성을 지녔다고 판단되기 때문이다.

한 시기의 문학사적 의의나 가치는 역사적 조건에 입각한 개념으로만 평가될 수 없다. 문학사란 구체적인 개별 작품들을 바탕으로 한 보편적 총화인 것이다.[65] 따라서 본 논문은 1930년대 한국의 대표적인 모더니즘 시인 김광균(金光均, 1914~1993)과 중국의 대표적인 모더니스트인 卞之琳(1910~2000)의 시 작품을 바탕으로 전개할 것이다.

김광균은 1920년대 한국 근대시의 역사가 지녀온 병폐, 곧 경향시의 편내용주의와 낭만주의 시의 감상적 퇴폐성을 방법적으로 극복한 1930년대 모더니즘 운동의 실천적 시인이었으며,[66] 1939년 『瓦斯燈』과 『寄港地』 등의 시집을 발간하여 한국문단에 경이적인 시의 소리를 전달한 시인[67]이다. 그리고 卞之琳은 중국 동서양 문학을 모두 융합하여 관통시킨 30년대 대표적인 모더니즘 시인으로서 그는 서구적인 현대시의 수법과 율격 형식으로 중국의 현실적인 감정을 표현하였으며,[68] 중국 현대시의 철학적 깊이를 역사상 유례없이 새로운 수준에 도달케 하였다.[69]

본고에서 김광균과 卞之琳을 선택한 이유는 무엇보다 자국의 현대시사에 있어 현대시 발전 과정의 앞뒤 맥락을 이어주는 중요한 매개적 역할을 한 시인으로 파악되기 때문이다. 두 시인은 모두 30년대 문

65 김동근, 「1930년대 시의 담론체계연구－지용 시와 영랑 시에 대한 기호학적 담론 분석」, 전남대학교 대학원 박사학위논문, 1996.

66 유성호, 「이미지즘 시학의 방법적 수용과 굴절」, 『1930년대 한국 모더니즘 작가 연구』, 평민사, 1999, 12쪽.

67 金海星, 『韓國現代詩人論』, 금강출판사, 1973, 11쪽.

68 王佐良, 「中國新詩的現代主義－一個回顧」, 『文藝研究』, 1983.4. 29쪽. "卞之琳是一個融貫東西的詩人, 他用西歐似的現代手法, 格律形式表達了中國現實的感情" 참조.

69 羅振亞, 「一支蘆笛兩色淸音－現代派中主情與主知的審美分野」, 『北方論叢』, 2002.2, 81쪽. "卞之琳把新詩的哲理性傳達提高到一個前所未有的階段" 참조.

학사에서 중요한 영미계 모더니즘 기법을 활용했다는 점에서 비교 가능성의 의미를 지닌다. 즉 모더니즘 시사에서 두 시인이 어느 정도 대표성을 확보하고 있다고 보이기 때문이다. 이들은 모더니즘의 핵심인 '현대성'을 비교적 강하게 드러낸 시인들이기도 하다. 두 시인은 모두 이미지즘에서 발단한 영미 모더니즘을 수용하면서 새로운 시대에 대한 비판적인 의식이나 과학적인 사고에 변화가 왔고, 그것은 그들의 시 작품 속에 반영되어 이전의 구시대 시와는 훨씬 발전된 새로운 시 작품을 탄생시켰다. 구체적인 작품은 두 시인의 대표적인 1930년대 작품들이 수록되어 있는 시집 ―『김광균 문학전집』[70]의 『와사등(瓦斯燈)』과 『卞之琳文集』[71]의 『十年詩草(1930~1939)』 ― 를 1차 텍스트로 삼아 다음과 같은 순서로 서술할 것이다.

본격적인 작품 분석에 들어가기 전에 제2장은 1930년대 한국과 중국 모더니즘의 수용 양상에 대해, 먼저 모더니티의 개념에 대한 검토를 통해 서구 모더니즘의 개념과 특성을 간단히 정리하고, 1930년대 한국과 중국 모더니즘 유입의 역사적 배경과 수용 양상을 살펴보며, 나아가 한·중 모더니즘의 수용 양상을 비교할 것이다. 이를 바탕으로 모더니즘의 본질적 정신 및 핵심을 가장 잘 드러내며, 동시에 구체적 현상으로서 뚜렷한 변별성을 지닌다고 생각하는 이미지를 통해 시인의 내면적 세계인식의 비교, 주지적 태도와 시작 방법의 비교 등의 두 장으로 나눠서 체계적으로 논의할 것이다.

제3장에서는 김광균과 卞之琳의 주지적 태도와 시작 방법의 양상을 검토한다. 이 부분은 주로 1) 모더니즘 시학에 대한 추구, 2) 새로운 표현 형식에 대한 추구, 3) 지성(知性)에 대한 추구 등 세 범주에

70 오영식·유성호 편, 『김광균 문학전집』, 소명출판, 2014.
71 卞之琳, 『卞之琳文集』, 安徽教育出版社, 2002.

서 두 시인의 시세계를 비교 검토할 것이다. 먼저 모더니즘 시학에 대한 추구에 있어 두 시인의 시론에서 공통적으로 강조된 감상적 낭만주의의 배격과 현실비판 정신의 추구를 중심으로 논의를 전개해 나가고자 한다. 시의 형식적 특성에 있어서 두 시인의 문명과 도시에 관계되는 일상용어와 감각적 표현을 통한 현대적인 시어의 혁신을 분석하며, '형태의 사상성'과 신격율의 활용을 통한 새로운 시형의 추구를 논의할 것이다. 그리고 지성에 대한 추구에 있어 김광균이 시각적 이미지와 공감각 이미지의 중시와 관조적 태도 등 방법을 통해 시인 내면의 감성세계를 어떻게 공감각 세계로 형상화시켰는지를 고찰할 것이고, 卞之琳이 동양철학을 적용하여 시에 지성을 도입함으로써 현대성을 어떻게 획득하였는가에 대해 중점적으로 살펴볼 것이다. 마지막으로 두 시인의 시에 나타나는 전통적 애상성과 전통적인 요소의 현대화에 대해도 고구해보고자 한다.

제4장에서는 텍스트를 집중적으로 읽고 분석하는 객관적 관점을 취하여, 시를 시작으로 시인의 삶과 세계와의 연관성을 찾아내는 것까지 확대하여 이에 내재된 세계인식을 구명해보기로 한다. 작가의 세계인식을 구명할 때 먼저 자아가 세계를 인식하는 근본구조를 가능하게 해주는 타자 이미지, 세계인식의 중요한 소산인 시간과 공간적 이미지 등 세 가지 측면에서 두 시집의 유사성을 고구하며, 이와 같은 세 유형의 이미지에 유사하게 드러난 죽음의식, 소멸의식과 현실비판의식까지 밝혀보겠다.

위와 같은 비교·검토를 통해서 김광균과 卞之琳 모더니즘 시세계의 본질적 국면을 구명할 것인즉, 이러한 연구를 통해 한·중 1930년대 모더니즘 시의 특질들을 어느 정도 밝힐 수 있을 것으로 기대한다.

1930년대 한·중 모더니즘 시의
근대성 비교연구

제1부

근대성과 1930년대 한·중 모더니즘

1930년대 한·중 모더니즘 시의 근대성 비교연구

제1장
현대시와 모더니즘 이론

모더니즘 문학의 특성을 전통이나 인습에서 벗어나 새로운 정신을 추구하는 것이라 한다면 이는 바로 모더니티의 형상화에 다르지 않을 것이다. 또한 다다이즘, 미래파, 입체파, 초현실주의, 이미지즘, 주지주의 등을 포괄하는 20세기 초 서구 산업사회의 급격한 발달로 인한 문화적 산물인 모더니즘에 제대로 접근하려면 모더니티와 자본주의의 관계 역시 간과할 수 없을 것이다. 따라서 이 장에서는 먼저 모더니티의 개념에 대한 고찰을 통해 서구 모더니즘이 생기는 시대적 상황과 시대정신 및 모더니즘의 특징을 정리하고, 1930년대 한국과 중국 모더니즘 유입의 역사적 배경과 수용양상을 살펴보며, 더 나아가 한·중 모더니즘의 수용양상을 비교해 볼 것이다.

01 모더니티의 개념

모더니즘의 개념과 특징을 정확히 이해하기 위해서는 먼저 '모던(modern)'과 '모더니티(modernity)'라는 용어를 상기할 필요가 있다. '모던'이라는 단어는 현대의, 현대적, 최신의, 새로운 같은 의미로 '모도(modo)'로부터 '모데르누스(modernus)'라는 말이 만들어졌고, 중세 프랑스어에서 '모데르네(moderne)'으로 변한 뒤 1500년경 영어에 유입되었다. 5세기 말에 처음 사용된 이 단어는 당시의 기독교적 세계를 로마적이고 이교적인 과거로부터 구별하기 위해 사용된 개념이었지만, 심리적인 의미에서 '모던'은 과거의 것과 구분되는 것이 아니라, 고전적인 것, 영원한 것, 아름다운 것, 시대를 초월해서 유효한 것과 구분되었다.[1]

'모더니티'라는 개념은 한 시대에 전개되는 수많은 담론들과 직접적인, 또는 간접적인 관련을 맺음으로써 이론적인 토대가 마련되었다. '모더니티'라는 용어는 대략 기독교적 중세시기에 기원하여 주로 '근대성'이나 '현대성'이라는 말로 번역될 수 있는 것으로 근대시대와 연관된 이념, 양식 등을 뜻한다. 일반적으로 역사적 시기에 있어서 모더니티는 중세와 르네상스 이후의 시기를 말하는데, 근대적인 사회 형태에 의한 전통적인 사회의 대체와 연관되어 있다. 보다 현실적으로는 단순히 최근의 것, 현존하는 행위의 양식이며,[2] 근본적으로 문학으로부터의 사라짐이자 역사의 거부이면서

---

1 H. R. 야우스, 장영태 역, 『挑戰으로서의 文學史』, 文學과知性社, 1986, 20~21쪽 참조.

2 고영복, 『사회학사전』, 사회문화연구소, 2000.10.

또한 문학에 지속성과 역사적 존재를 부여하는 원리의 역할을 하기도 한다.[3] 이러한 의미에서 모더니티는 문학의 본질적인 충동이라 할 수 있을 것이다.

이와 같은 관점에서 모던과 모더니티는 다음과 같이 정리할 수 있다. 첫째, 모던과 모더니티는 모두 연대기적인 의미를 갖는 용어이다. 둘째, 모던이나 모더니티는 시대 구분의 의미보다 근대사회 인간 삶의 이념과 양식, 전통적인 사회의 대체 등을 전제한다. 셋째, 모더니티란 모던의 시대적 경향 및 양식적인 특성을 말하는 것으로 모더니즘의 특성을 결정한다고 할 수 있을 것이다.

동시대의 인문 · 사회학적 담론 가운데서 폭넓은 학문적 주목을 받으며 연구되는 모더니티는 그 가운데 가장 근접한 대상이 될 수 있을 것이다. 근대성 혹은 현대성으로 번역되는 모더니티라는 개념은 주로 사회학적 담론이거나 역사철학적 개념, 그리고 심리학적인 서술에서 사용되어 왔다.

우선 모더니티의 개념적 정립을 비교적 빨리 정착시킨 사회학적 담론의 영역에서 모더니티는 현대화 과정과 밀접한 관계가 있는데, 일반적으로 산업화, 도시화, 매스컴 체계, 관료적 조직화, 세속화, 시민사회, 식민주의, 민족주의, 민족국가 등 사회적인 과정을 '현대화'라고 부르게 되었다. 어떤 의미에서 말하면 모더니티는 정치적 · 경제적 · 사회적 · 문화적 등간의 복잡한 상호작용 속에서 존재한다고 볼 수도 있을 것이다. 세속적 정치 권리의 확립과 합법화, 현대 민족국가의 건립, 시장경제의 형성과 공업화 과정, 전통사회 질서의 쇠퇴와 사회적 분화 및 분업, 그리고 종교의 쇠약과 세속문화의 형성 등 사회적 현상들이 현대사회의 형성을 가속화시켰다.

---

3 M. 칼리니스쿠, 백지숙 외 역, 앞의 책, 63쪽 재인용.

이와 같이, 사회학적 관점에서 볼 때 모더니티는 전통과의 단절 혹은 '현재적'인 것을 의미한다. 즉 모더니티라는 개념은 되돌릴 수 없고 일직선적인 역사적 시간 속에서만 파악될 수 있다. 이때 시간이란 개념은 매우 중요한 것으로, 객관적 시간 개념을 중시하느냐, 주관적 시간을 중시하느냐에 따라 모더니티는 크게 사회적 모더니티와 미적 모더니티로 나눌 수 있다. 객관적 시간은 자본주의 사회를 지배하는 객관화되는 상품적 가치를 소유하기 때문에 다른 상품과 마찬가지로 돈으로 계산 가능한 등가물이며 사고팔 수 있다. 이와는 대조적으로 주관적 시간은 전위가 될 운명에 처해 있는 예술가들이 꿈꾸는 시간으로 그들의 자아가 전개하는 주관적인 시간을 의미한다. 결국 미적 모더니티는 사회적 모더니티에 대한 미적 부정, 혹은 미적 저항이라는 양상을 드러낸다.

위와 같은 양분법적 분류는 모더니티라는 개념을 지나치게 단순화한다는 우려가 있지만 한편 가장 또렷하기도 하다. 한 · 중 양국 현대시에 드러나는 모더니티 역시 크게 보면 이른바 미적 모더니티에 속하며, 이러한 모더니티는 사회적 모더니티와 대립적인 관계를 지닌다.

역사철학적 관점에서 조망해볼 때 모더니티의 개념은 사회학적 관점의 산업혁명이나 도시화, 기술 혁신과 효율성을 절대적 가치 기준으로 삼는 과학기술 문명의 발전, 전통적 가치관과 도덕의 해체와 같은 현상들의 표면적인 차원에서 파악되는 것이 아니라, 이보다 형이상학적 차원의 흐름 속에서 파악되고 정의되었다. 헤겔은 '현대'라는 개념을 우선 역사적 맥락에서 시대 개념으로 사용한다. 그는 자신의 역사철학 강의에서 고대, 중세, 근세라는 분류를 사용하면서 고전적 가치체계인 로마 세계부터 출현한 기독교적 가치체계인 게르만 세계의 경계를 긋고 있다. 비로소 '새로운' 혹은 '현대적' 세계라는 표현이 단순한 연대기적인 의미에서 벗어날 수 있었다.

이러한 초기 자본주의 단계에서 경제적 부를 수단으로 신분상승에 성공한 시민계급의 세계관을 대변하는 것이 바로 역사철학적 모더니티이다. 새로운 시대의 새로운 시간의식을 비롯한 그들의 시대정신은 과거와의 단절을 가장 크게 시도하였다. 이전에는 순간적인 편안함을 추구하는 태도 속에서만 존재할 수 있었다는 점에서 시간의 변화도 결정적인 것으로 보이지 않았으며, 따라서 미래를 통제하는 것에 대한 큰 염려가 없었다. 르네상스기로 접어들면서 내재적인 힘들의 필연적인 상호작용을 표현하고 있다는 확신에 토대함으로써, 시간과 함께 끊임없이 역동하는 세계 속에서 변화의 수행자가 되는 인간은 의식적으로 미래의 창조에 참여하기 시작하였다.[4]

심리학적 담론의 영역에서 논의되고 있는 모더니티는 격렬한 시대 변화를 객관적으로 재현하는 흐름 속에서 파악되는 데 머물지 않고, 한 발 더 나아가 수많은 현대인들이 이러한 격변기에 대한 특정한 경험을 통해서 파악·정의되고 있다고 볼 수 있다. 마샬 버만[5]에 따르면 오늘날 전 세계 사람들이 함께하는 생생한 경험 ― 공간과 시간의 경험, 자아와 타자(他者)의 경험, 삶의 가능성과 모험의 경험 ― 은 모든 인류를 통합한다고 말할 수 있다. 현대화된다는 것은 우리에게 현대적인 경험을 보장해주는 동시에 모든 것을 파괴하도록 위협하는 환경 속에 자리 잡고 있는 우리 자신을 발견하는 것이다.

---

4 위의 책, 29~33쪽 참조.

5 마샬 버만, 윤호병·이만식 역, 『현대성의 경험』, 현대미학사, 1994, 12~14쪽 참조.

모더니티는 늘 역설적이듯 현대적인 경험은 모든 장벽을 무너뜨려 모든 인류를 통합시키는 동시에, 또 인류를 영원한 해체와 투쟁, 대립과 애매모호성이라는 커다란 소용돌이 속에 밀어 넣는다. 20세기에 있어서 이러한 소용돌이를 가능하게 하고 그러한 생태를 영원히 유지하는 세계 역사적인 과정은 놀라울 정도로 다양한 비전과 아이디어를 야기하였다. 이와 같은 비전과 아이디어는 인간을 현대화의 주체로뿐만 아니라 그 대상으로서 파악하였고, 인간을 변화시키는 세계를 변화시키기 위해서 인간에게 어떤 모종의 세력을 부여하였으며, 소용돌이 속에서 인간이 자신의 길을 찾아내어 그 길을 자신의 것으로 마련하도록 하였다. 지난 세기 동안 이러한 비전과 가치는 '모더니즘'이라는 이름으로 어설프게 결합되었다.

02 모더니즘의 개념

20세기 초의 서구문학에서 발생한 모더니즘이라는 개념은 역시 모더니티와 마찬가지로, 단일한 의미로 정의하기에 난해할 정도로 매우 광범위하고 복합적인 성격을 나타내고 있기 때문에 그 개념을 이해하는 데 많은 어려움이 있었다. 어원으로 볼 때 'Modernism'의 어근이 되는 라틴어 'modo'는 'just now' 즉 '최근에, 바로 지금'을 뜻하는데, 시대정신이라는 측면에서 볼 때 모더니즘은 시간의 흐름 특히 자신이 살고 있는 당대(지금)에 대한 새로운 태도나 이론을 심미적으로 형상화시키고자 하는 시도라고 할 수 있다. 따라서 현재와 오늘의 현세적 삶과 욕망에 충실하려는 인간의 합리성 지향 및 이성적 노력을 촉구하는 세계관으로 볼 수 있다.

한편 서구의 예술사조로서의 모더니즘을 말할 때는 근대성을 추구하는 경향이라고 말할 수 있는데, 일반적으로는 전쟁과 경제적인 공황으로 혼란과 고통의 시대였던 제1차 세계대전 전후의 유럽에서 발생한 예술사조를 지칭할 때 사용되는 용어이다. 이는 서구 문화와 예술의 전통적인 토대로부터 근본적인 결별을 의미한다. 즉 모더니즘은 19세기 문학의 주류를 형성해온 사실주의 정신과 그것의 실재에 대한 믿음에 반항하여, 현상 속에 내재한 본질적인 문을 연 상징주의 이후의 20세기의 문예적 특징, 더 구체적으로는 1차 대전 후의 이미지즘, 주지주의, 다다이즘, 초현실주의, 미래파, 표현주의, 입체파, 야수파, 인상주의, 누보로망, 부조리문학 등의 문예운동과 그러한 운동에 공통적으로 나타나는 현대적 특징을 일컫는다.[6] 모더니즘이 시작되고 종식된 시기에 대하여 이론가들마다 다소 차이가 있으나 대체로 19세기 말엽에 싹이 트기 시작하여 제1차 세계대전 전후하여 전성기를 맞이하고 1930년대에 들어서면서 점차 쇠퇴하기 시작했다고 볼 수 있다.

문학과 예술을 비롯한 모든 문화현상은 그것이 생겨난 시대적 상황이나 내적 세계관과 밀접한 관련이 있다. 서구의 모더니즘은 적어도 시대정신과 이데올로기적 기반 위에서 분출된 문화적 현상이라고 할 수 있다. 르네상스 이후 중세에 세력을 떨치던 가톨릭교회에 대한 공격은 산업혁명과 함께 과학과 객관적 합리성, 세속주의 및 개인주의의 신봉으로 나타났다. 이러한 시대정신은 정치, 사회, 종교, 과학, 문화 등 삶의 모든 분야와 영역에서 예증될 수 있을 것이다.

---

6 장도준, 『現代詩論』, 태학사, 1995, 344쪽.

그러나 19세기 중엽으로 접어들면서 근대자본주의의 발달을 뒷받침하는 사회적, 경제적, 정치적, 문화적, 과학적 체제들은 과학의 합리적 세계관을 붕괴시키면서 그전에 알려진 어떤 것보다도 빠르고 색다르게 변하고 있었다. 서구는 급격한 산업화로 인한 새로운 인간관의 형성, 도시화에 따른 노동자 계급의 등장, 그리고 과학 발전에 따른 세계인식 태동의 변화와 같은 사회변화로 인해 정신적인 충격을 경험하였다. 이러한 충격은 혁신적인 시대정신과 사고방식의 성장에 비옥한 토양을 마련해주었다.

1859년 찰스 다윈은 진화론을 주장함으로써 기독교적 우주관을 믿고 있던 당시 사람들의 인식의 틀을 뒤흔들었고, 1867년 마르크스는 신의 질서를 부정하고 물질, 과학주의에 더욱 신념을 두게 되었다. 이들은 이미 뒤흔들리는 서구인의 세계관의 소용돌이를 가속화시켰다. 또한 플로베르(Flaubert)의 『보봐리부인(Msdame Bovary)』(1857), 보들레르(Baudelaire)의 『악의 꽃(Les Fleurs du Mal)』(1857) 등은 문학적으로 모더니즘 발생의 기반을 마련하였다. 그러나 이러한 내적 정신세계의 소용돌이는 서구인의 의식 속에 잠재해 있는 과학적 합리성을 여전히 집어삼키지 못하였다.

17세기에 뉴턴이 중력이론, 광학이론, 천체이론, 미적분학 등을 개척하여 근대과학혁명을 촉발시켰고, 그가 확립한 과학적 합리성은 정치, 경제, 사회, 문화 등 전 분야로 확산되었다. 이러한 엄청난 영향력을 가지고 있는 이데올로기를 완전히 황폐화시키려면 과학 자체의 질서에 대한 철저한 불신이 필요하다.

19세기 말엽에 들어서면서 세계는 훨씬 더 복잡해졌다. 산업화의 확산, 독점자본주의 등장, 국가 간 대결, 대공황으로 노사관계의 악화, 기계화로 인한 일의 질적 저하, 표면적으로는 복지정책이지만 결과적으로는 구속하는 노사관계, 국가의 간섭 등이 노동운동의 격화를 초래했다. 서로간의 반목과 불신, 온건한 지도부와 일반 노동자들의 유리는 19세기 말 분파적, 분열적 경향을 뚜렷하게 하였다.

인문과학 분야에서 프로이트는 지성, 지식은 보잘 것 없는 것이며, 잠재의식과 무의식이 인간을 지배하고 있음을 밝혀내어 예술가들의 관심을 인간의 내면세계로 돌려놓았다. 신은 죽었다고 선언했던 프리드리히 니체는 절대성을 주장하는 모든 것들은 다 질병이라고 말하여 19세기의 절대적 가치 기준을 비판하였다. 그밖에 아인슈타인은 '상대성 이론'을, 닐 보르와드 브로글리는 '양자론'을, 베르너 하이젠베르크는 '불확실성 이론'을 발표함으로써 사물을 보는 다양한 시각과 상대성을 강조하여 당시의 세계관을 완전히 뒤흔들어놓았다. 모더니즘은 바로 이러한 분위기 속에서 분출하기 시작하였다. 이로 인해 모더니즘은 무엇보다도 기성 전통이나 인습에서 단절과 이탈을 의미한다는 특성을 나타낸다.

모더니즘은 1914~1918년의 제1차 세계대전 전후에 전성기를 맞이하였다. 문화와 사회 사이의 상호작용 범위에 대해서는 가치 있는 논쟁이 있을 수 있겠지만, 모더니즘 예술이 주위 세계의 상태를 아주 잘 인식하고 있다는 사실은 명백하다.[7] 이 시대의 작가들이 시시각각으로 변하는 현대에 매우 민감하게 반응하면서, 현대를 표현하기 위해 온갖 새로운 형식이나 이론을 구하고 있다는 것을 나타내고 있다. 세계대전은 유럽 문명이 쌓아올린 모든 재산을 일시에 잿더미로 주저앉혔으며, 그들의 정신세계를 지탱해왔던 모든 기성의 가치관이나 도덕을 여지없이 붕괴시켰다. 하지만 이 전쟁은 오히려 모더니즘이 성장하는 데 더할 나위 없이 적합한 환경을 조성했다. 게다

7 Peter Faulkner, 황동규 역, 『모던이즘 Modernism』, 서울대학교 출판부, 1980, 18쪽.

가 전쟁이 끝난 직후였기 때문에 소년기에 이 전쟁을 경험한 작가들의 의식 변화 또한 두드러졌으며, 전쟁으로 황폐화된 예술적 바탕 위에 이전과는 여러 모로 상반된 새로운 세계관을 드러낼 수밖에 없었다. 충격적으로 변화된 세계를 바탕으로 형성된 모더니즘은 무질서와 혼란의 상태인 특이하고 다양한 양상을 보여주었다.

모더니스트들은 이러한 역사적 단절을 통해 생존 가능한 새로운 가치관을 모색하고자 하였다. 모더니즘은 이러한 과거의 전통이나 가치관의 단절을 통하여 주관성과 그것에 기초하고 있는 개인주의를 기본 원칙으로 삼았다. 다시 말하면 모더니즘은 객체보다는 주체를, 외적 경험보다는 내적 경험을, 집단의식보다는 개인인식을 더 높이 평가하는 낭만주의적 기질이 만연하였다. 하지만 모더니즘은 낭만주의와 중요한 면에서 공통점을 지니면서도 변별적으로 구분된다. 낭만주의는 작가의 자의식보다 상당 부분 초월적인 영감이나 자율적 천재에 의존하지만 모더니스트들은 무엇보다도 예술적 자의식의 중요성을 강조하기 때문이다. 더욱이 이러한 자의식은 모더니즘 문학 자체뿐만 아니라 문학의 표현 수단인 언어에까지 관심을 갖게 하였다. 모더니즘은 언어를 문학의 중요한 인자로 삼고 있었던 것이다. 언어를 한 나라의 고유한 문화유산으로만 보는 차원에서 벗어나 서구문화 전통이라는 문맥 속에서 발전해온 범 유럽적 또는 세계적 예술운동으로 보았다.[8]

그러나 전위적 실험성을 강조하는 모더니즘은 1930년대 이후부터 서서히 비판받기 시작하였다. 대표적인 모더니즘 비판론자인 루카치는 모더니즘의 특징을 가리켜 단순히 스타일과 예술적 기법 및 형식상의 범주로 규정하고, 모더니즘의 비관주의적 표현이 사람들

8 김욱동, 『모더니즘과 포스트모더니즘』, 현암사, 1992, 68~73쪽 참조.

을 더욱 우울하게 만들고 작품에 대한 접근을 두려워하게 만들었다는 것이다. 또한 해석의 난해성을 일으키는 과도한 형식의 실험이 본래의 문학이 가지고 있는 특성을 잃게 만든다고 비판하였다.

그러나 루카치는 모더니즘의 이런 특징조차도 시대의 맥락에서 비롯되었다는 것을 간과하고 있다. 복잡하고 이해조차 어려운 예술만이 세계에 대한 현대적 의식을 적절히 그릴 수 있다고 느꼈던 것이다. 과도할 정도의 다양한 형식의 실험은 무언가 새로움의 추구로서 예술을 보는 관점에서 이해해야 한다. 모더니스트들은 마르크스 옹호자들이 주장하는 삶의 질이라는 정치·경제적 가치보다는 삶의 본질이라는 정신적 가치를 새로운 예술형식인 모더니즘을 통해 표현하려고 노력하였다. 이는 모더니즘의 특징인 예술의 여러 문제에 대한 예리한 인식, 끊임없는 자의식이라는 점을 통해 확인할 수 있을 것이다.

모더니즘이 구체적인 현대시 운동으로 등장한 것은 1909년을 전후한 시기로, 1908년 프로이드에 의한 국제정신분석학회 제1차 대회가 열렸고, T. E. 흄을 중심으로 이미지즘 운동이 1909년에 선언되었다. 모더니즘은 낭만주의의 안티테제로 등장한 현대시 운동으로, 전통의식, 주지적 태도, 형식의 개혁, 객관적 태도 등을 표방하는 특징을 드러낸다.

영미 이미지즘 및 주지주의의 이론적 선구자인 T. E. 흄의 단절 내지 불연속적인 세계관은 영미 모더니즘에 철학적·미학적 토대를 마련하였다. 그의 세계관은 간략히 말하면 반인간주의 — 르네상스 이후부터 19세기 이전까지의 휴머니즘(humanism)적 세계관을 거부하는 안티-휴머니즘(anti-humanism) — 에 있다. 다시 말하면 중세를 지배하던 신으로의 회복, 더 구체적으로는 인간을 고정

되고 제한적인 존재로 보고 있는 비관적인 관념이었다.

흄은 현실의 세계를 ① 과학적, 물리학적 과학의 無機的 세계(자연세계) ② 생물학, 심리학, 역사학으로 취급되는 有機的 세계(인간세계) ③ 윤리적, 종교적 가치의 세계(종교세계)로 나누고, 이 사이에는 일종의 절대적인 불연속성이 있다고 보고 있다. 이와 같이 모더니티의 핵심적 특성이라고 할 수 있는 '단절성' 혹은 '불연속성' 개념이 그에 의해 본격적으로 이론화되었다. 20세기 예술은 위와 같은 세 영역의 단절이 양기되어 불연속적인 세계관이 지배한다고 보았다. 그리하여 20세기 예술은 비생명적이고 기하학적인 예술사조를 잉태하게 되는데 그것이 바로 이미지즘이다. 반낭만주의적인 성격을 갖는 이미지즘은 대상을 객관적으로 냉정하게 묘사하는 '메마른 견고함' 그리고 기하학적 예술로서 '간결함', '뚜렷함'이 그의 본질을 이룬다.

이 같은 흄의 예술론은 E. 파운드에 의해 발전되었다. 파운드는 시에 있어서 이미지는 정서의 영감을 일으키는 작용으로서 어느 한 정서에 표현되는 장식과 같은 것이 아니고, 이미지가 시의 언어 그 자체가 된다고 보고 있다. 그리고 무엇보다 파운드의 가장 큰 기여는 이미지를 감성과 지성이 조화, 통일을 이루어서 인간의 총체적 체험을 표현할 수 있는 것이라고 파악한 점이다. 그는 시의 언어를 세 가지 종류 — 멜로포에이아(melopoeia), 파노포에이아(phanopoeia), 로고포에이아(logopoeia) — 로 구분하여 설명하였는데, 이 가운데 멜로포에이아가 리듬을, 파노포에이아가 회화적인 시의 세계로 이미지를 중시한다면, 로고포에이아는 논리적 사상을 중시한다고 보았다. 모더니즘 시에 단순히 회화적 정경뿐만 아니라, 의미가 나타내는 知性, 즉 사고의 형태까지도 이미지의 영역 속에 포함시킨 것이다.

이러한 감성과 지성의 결합은 T. S. 엘리엇의 시론으로 발전한다.

그는 시의 가치체계를 주장하는 '몰개성론(沒個性, impersonality)'에서 "시는 정서의 해방이 아니라 정서로부터의 도피다. 개성의 표현이 아니고 개성으로부터의 도피다"라고 하여 그의 시관을 잘 드러내고 있다. 엘리엇에게 있어 정서를 적절히 전달하기 위해서는 개인적 정서의 시적 객관화를 이룩해야 하는 것이다. 그리고 '통합된 감수성(unified sensibility)'에 의해서야 비로소 개인적 정서의 시적 객관화가 가능하며, 이러한 통합된 감수성에 의해 객관화된 이미지나 정황이 곧 '객관적 상관물(objective correlative)'인 것이다.

감정과 정서를 예술의 형식으로 표현하는 방법으로 객관적 상관물을 찾아내는 것은 모더니스트들에게 매우 중요한 의의를 지닌다. 엘리엇은 그의 몰개성과 통합된 감수성, 객관적 상관물의 시론을 실제 창작에 적용시켜 현대문명을 비판하고 전통적 질서를 회복하려는 의지로 구현하였는데, 시 「황무지」는 그의 시론을 실천한 대표작이다. 엘리엇의 이론은 그 후 창작자의 개성보다는 작품 자체로서의 객관성과 표현의 구체성과 기법을 중시하는 신비평가들에게 크게 환영받아 발전 계승되었다.[9]

지금까지 서구 문예사조로서의 모더니즘 개념을 규정하기에 앞서 모더니티의 개념을 정리하고, 이와 관련된 모더니즘의 전개과정, T. E. 흄과 E. 파운드 그리고 T. S. 엘리엇의 이론을 중심으로 영·미계 모더니즘 시의 특성에 대해 살펴보았다. 오늘날 시에 있어서의 모더니즘 개념은 재론의 여지가 거의 없을 정도로 방법적인 전제가 일반화되어 있다. 그러나 현대시가 형성된 근본적 요인이 여기에 있었다는 사실을 구명하면서 시의 본질을 재확인하는 계기를 마련하기 위해 논의로 삼을 만하다.

9 장도준, 앞의 책, 351~354쪽 참조.

1930년대 한·중 모더니즘 시의 근대성 비교연구

제2장
1930년대 한·중의 모더니즘 수용양상

한 문화가 외래문화와 접촉하였을 때 외래문화를 수용하는 과정은 단순히 수동적이거나 기계적인 것이 아니다. 외래문화의 수용자 측은 아무리 일방적인 영향을 받는 상황에서도 불구하고 수용자의 사회문화적 상황에서 외래문화의 요소를 해석하고 그것을 선별적으로 수용하는 능동성 또는 적극성을 띠게 마련이다. 더 구체적으로 말하면, 문예사조는 발생지에서 형성되었던 개념과 정신사상이 그대로 수용하는 측에게 수용되지 않고, 받아들이는 지역의 시대적 상황이나 문화적 특질에 맞게 동화되어 뿌리를 내리게 된다는 것이다. 이에 따라 같은 문예사조가 유입되더라도 수용하는 나라와 수용자에 따라 서로 다른 양상으로 나타날 수도 있다. 특히 모더니즘의 수용은 발생지에서의 직수입이 아닌, 유럽이나 일본을 통해 굴절·수용되는 과정에서 변용될 수밖에 없었다. 한·중 모더니즘 문학의 수용을 파악하기 위해 이 절에서는 먼저 한·중 양국 모더니즘 유입의 사회 · 역사적 배경과 문학 현실을 알아볼 것이며, 이를 바탕으로 한 · 중 모더니즘 문학의 구체적인 수용양상을 비교해볼 것이다.

01 한국에서의 모더니즘 수용 및 정착과정

1) 한국에서의 모더니즘 수용 및 전개양상

19세기 말부터 외세에 대응하기 위하여 자주독립 의식을 강조하는 개화계몽운동이 전개되자, 국어와 국문의 독자성이 곧 민족적인 고유성을 의미하는 중요한 징표로 강조되었다. 특히 새로운 지식과 정보를 전달하는 데 언어문자의 기능성이 중시되기 시작하면서 서양의 지식이나 서구 지향적인 일본문화가 새로운 시대의 가치를 나타내는 기준이 되었다. 1908년 11월에 청소년종합지 『소년(少年)』에 최초의 신체시로 평가되는 최남선(崔南善)의 「해에게서 소년에게」가 발표되었다. 이 시는 서구 및 일본의 선진문화 수용과 그를 통하여 힘 있고 활기찬 새로운 사회를 건설하고자 하는 열망을 담은 작품이다. 전 6연으로 구성된 이 시는 '바다'의 이미지를 '나' 또는 '우리'로 의인화(擬人化)하여 '소년'의 이미지에 관련시켜, 무한한 '힘'과 '새로움'에 대한 희망을 나타낸다. 1918년에 창간된 『태서문예신보』에는 김억, 황석우 등에 의해 프랑스 상징주의 계열의 시들을 비롯한 서구문학의 여러 경향이 수입 · 소개되었는데, 이는 서구문학의 새로운 수용이라는 측면에서 당시 문학을 지망하던 젊은 세대들에게 큰 영향을 미쳤다.[1]

1920년대 식민지 지배에 대한 민족의 저항으로 일어난 3·1운동을 거치면서 농민, 노동자 등 민중의 민족의식과 계급의식이 크게 각성되어 문학에 대한 새로운 열망이 가득하였다. 더 중요한 것은 이 운동이 1920년대 시인들에게 미친 커다란 영향이다. 당시 20세 안팎의 젊은 지식인들은 대부분 일본 유학생 중심으로 2·8독립 선언이나 3·1운동에 직접적·간접적으로 참여하였으나, 3·1운동이 실패한 뒤 이들은 현실의 벽 앞에서 강한 무력감과 절망을 경험하게 된다. 국권 상실과 3·1운동의 실패로 인한 좌절감을 문화적인 측면에서 보상받으려고 했던 이들은 문학 속에서 늘 부정적인 현실과 퇴폐적인 삶을 그대로 반영할 수밖에 없었다. 이러한 이유가 바탕이 된 『창조(創造)』(1919) 『폐허(廢墟)』(1920) 『백조(白潮)』(1922) 등 동인지가 정신적 피폐함과 퇴폐적인 낭만주의를 잘 표현했다고 할 수 있다. 이처럼 1910년대 후반에서 1920년대 중반까지 한국 시인들이 시대적 조류를 반영하는 현상 및 일본을 통한 서구 상징주의 시의 감상적이며 낭만적인 취향을 모방하면서 자신들의 독자성을 개척하기 시작하였다.

3·1운동 이후 일제의 식민지 정책이 문화정치로 전환하고, 러시아혁명의 영향으로 사회주의 사상이 광범위하게 확산되면서 프롤레타리아 문예운동 단체이자 한국 최초의 전국적인 문학예술가 조직인 '조선프롤레타리아예술가동맹(KAPF)'이 1925년에 결성되었다. '일체의 전제 세력과 항쟁'하며, '예술을 무기로 조선민족의 계급적 해방을 목적으로 한다'는 것을 강령으로 정하고, 정치적으로 현실 참여적 작품을 추구한 카프문학에서 한국 리얼리즘 시의 역사적 맥락은 시작되었다. 카프는 의식과 조직 면에서 볼 때 목적

1 한국시인협회 편, 『한국현대시사』, 민음사, 2007, 111쪽 참조.

의식과 정치성을 띤 문학운동 조직체였다. 1927년 초반 한설야 · 김복진 · 박영희 등이 주도한 제1차 방향 전환 — 자연발생적 프로문학 이론을 반성하고 목적의식적 문학으로의 전환 — 과 1930년대 초반의 제2차 방향 전환 — 임화 · 김남천 · 안막 · 권환 등이 '전위의 눈으로 사물을 보라'와 '당의 문학'이라는 두 명제를 내세워 예술운동의 볼셰비키화를 제창함 — 을 거쳐서 카프는 수많은 논쟁과 대립의 자취를 신문학사(新文學史)에 남기게 되었다.

1930년대 들어서면서 한국의 객관적 상황은 더욱 악화되었다. 1929년 10월 과잉생산과 대규모 실업으로 미국 뉴욕의 증권거래소에서 주가가 폭락하였다. 제1차 세계대전 후 세계 경제를 이끌며 번영을 누리던 미국은 대공황에 빠져들자 곧 유럽을 비롯한 전 세계까지 연쇄적으로 무너지기 시작하였다. 일본 경제는 제1차 세계대전 이후의 '전후공황', 1923년 관동대지진 이후의 '진재(震災)공황' 등으로 불황의 늪에서 허우적대고 있었다. 이러한 경제적 불황과 실업에 따른 사회적 혼란은 파시즘 발호(跋扈)의 토양이기도 했다.

일본 군국주의자들은 이로 인한 국민의 불만과 혼란을 무마하기 위해 1931년에 남만주 철도 선로를 폭파하고 이를 중국군의 소행이라고 날조하여 만주를 점령하였다. 점점 확대된 일제의 침략전쟁으로 인해 한국에 대한 온갖 수탈과 정치적 억압, 그리고 이에 따른 문학에 대한 탄압은 더욱 가중되었다. 이러한 일제 식민지하의 암담한 현실에서 1931년 6월 박영희 · 김기진 등 카프의 맹원 70여 명이 신간회(新幹會) 해소(解消) 문제로 검거된 제1차 검거사건(檢擧事件)이 발생하였다. 곧이어 1934년에 극단 '신건설사 사건'으로 이기영 · 한설야 · 윤기정 등 23명이 체포되는 2차 검거사건을 겪으면서 카프는 급속도로 와해되기 시작하였다. 결국은 1935년 조직의 강제 해체와 함께 실질적인 종말을 맞았다.

위와 같이 경제공황, 만주사변, 카프 맹원 검거 및 해체 등 30년대 초의 객관적 상황의 악화에 따라, 모더니즘은 리얼리즘 문학이 상대적 침체기에 접어들고 있을 때 본격화되었다. 1930년대의 한국은 무단정치 시대와 다를 바 없었다. 일제는 황국신민화 운동으로 한국인들을 무의식까지 개조하려고 하였고, 종교계·지식계를 가리지 않고 탄압했다. 그리하여 30년대 시인들은 일제의 탄압과 감시를 피해 역사와 현실을 정면에서 다루지 않고 내면화, 심리주의 성향을 지향하였고, 기교와 형식 문제에 주력하는 경우가 많았다.

한국문학에서 모더니즘이 소개되기 시작한 것은 1920년대 초이며, 그것이 새로운 문학운동으로 전개된 것은 1930년대에 이르러서이다. 시의 사상성이나 영감의 기록에 의존했던 20년대를 벗어나, 언어의 조각과 시의 순수성을 들고 나온 것이 '시문학파'였다면, 이들의 모호한 방법적 정신에다 리얼리티의 입김을 불어넣어 시대와 현실에 대한 문명 비평적 태도를 시인의 사명에 지운 것이 곧 모더니즘이었다.[2] 이에 대한 소개와 운동을 가장 활발히 전개한 이가 바로 최재서(崔載瑞)와 김기림(金起林)이다. 영문학을 전공한 이들은 T. E. 흄, E. 파운드와 T. S. 엘리엇의 영향을 많이 받았다. 특히 김기림은 영미 모더니즘의 토대가 되는 T. E. 흄의 단절 혹은 '불연속적인 세계관'을 수용하여 반 낭만주의를 강조하였다. 하지만 그가 비판하는 것은 편 내용주의와 낭만시의 애상적 율조에 관한 것이다. 시의 음악성 자체는 부정하지 않고, 음악성과 회화성과 지성이 모두 조화된 전체로서의 시를 주장하였다. 이는 한국의 이미지즘 및 주지주의 이른바 모더니즘 수용에 중요한 몫을 차지하였다.

---

2 김장호, 『한국시의 전통과 그 변혁』, 정음사, 1984, 262~264쪽 참조.

한국 시의 모더니즘은 1930년대 시인들인 정지용 · 김기림 · 김광균 등에게서 드러난다는 게 정설이다. 먼저 정지용은 1926년경 다다이즘 · 초현실주의적인 형태 실험과 언어 실험을 시도하였다가 1930년대에 들어오면서 이미지즘 계열의 시 창작을 본격화하였다. 연작시 「바다」를 통해 그려낸 '바다'가 자연물로서의 바다에 그치는 것이 아니라 식민지 조선이 지향하던 근대문명 체험의 공간으로 상징화되었다.

바다는 뿔뿔이
달아나려고 했다.

푸른 도마뱀떼같이
재재발랐다.

꼬리가 이루
잡히지 않았다.

흰 발톱에 찢긴
산호보다 붉고 슬픈 생채기!

가까스로 몰아다 붙이고
변죽을 둘러 손질하여 물기를 씻었다.

— 정지용, 「바다 2」 1~5연

작품 「바다 2」 중에서 '푸른 도마뱀'의 이미지로 빠르게 끊임없이 밀려왔다가 밀려가는 파도의 모습을 비유하거나 "흰 발톱에 찢

긴 / 산호보다 붉고 슬픈 생채기"로 바닷물에 젖거나 파인 해안이나 모래밭의 모습을 형상화하는 데서 시인의 뛰어난 감각적 형상화와 세련된 감수성을 보여주고 있다. 하지만 1930년대 후기로 오면서 정지용은 가톨릭시즘에 빠져들어 일련의 기독교적인 시를 창작하게 된다. 뿐만 아니라 그의 시적 공간을 '산'으로 이동시켜 일종의 자연 관조를 지향하였다.

김광균은 전대의 낭만주의에서의 감상성 혹은 프로문학에서의 편 내용주의를 극복하고, 시의 자기목적성을 구현하며 명료한 시각이미지를 통해 근대도시의 풍경과 시대의 우울을 그려냈다. 그는 암담했던 30년대의 사회현실로서 도시적 비애의 내면공간을 재사하여 생의 의미를 긍정하고 있다. 초기 대표작의 하나인 「와사등」은 바로 현대 물질문명의 현란한 무질서에 대한 지성(知性)의 고민을 그리고 있다.

한편, 김기림은 시각적 이미지 또는 회화성만을 추구하는 이미지즘적 기법의 실험에 그치지 않고, 자본주의 사회에 대한 비판과 지식인으로서의 자각을 보여준다. 엘리엇의 「황무지」에 영향을 받은 그의 장시 「기상도」에서 보다 분명하게 1930년대의 세계사적 질서를 비판하였다. 이 시를 통해 자신이 주장한 모더니즘 이론을 실험하여 현대시가 지녀야 할 주지성과 회화성, 그리고 문명 비판적 태도 등을 동시에 보여주고 있다. 김기림 역시 세계사적 현실을 넘어설 수 있는 새로운 전망을 발견하지 못하였고, 근대문명에 대한 준열한 비판의식을 넘어서는 문명사적 재생 의지까지 보여주지는 못하였다.[3] 이어서 김기림의 시론을 중심으로 서구 모더니즘의 한국에서의 이론적 수용을 살펴볼 것이다.

3 한국시인협회 편, 앞의 책, 186쪽 참조.

2) 김기림의 모더니즘 시론

편석촌(片石村) 김기림은 1908년 5월 11일 함경북도 성진(城鎭)에서 출생하였다. 1915년 임명(臨溟)보통학교에 입학했고, 1921년 상경하여 보성고등보통학교에 입학하였다. 그는 여기서 이상(李箱), 이헌구(李軒九), 김환태(金煥泰), 윤기정(尹基鼎), 임화(林和) 등 훗날 그와 문단활동을 같이하게 된 문우들과 학교 선후배의 인연을 맺게 된다. 3년을 수료한 뒤 1924년경 일본 유학을 떠났다. 일본문단은 1920년대 중반기 이후부터 전위적 예술인 미래파, 입체파, 다다이즘, 초현실주의 및 형태주의, 아나키즘 등이 대두되기 시작하였다. 이러한 모더니즘적 분위기는 김기림의 모더니즘 문학관을 형성하는 데 커다란 영향을 끼쳤다.[4]

김기림은 동경의 명교중학을 거쳐 1930년 니혼대학 문학예술과를 졸업하고, 『조선일보』에서 사회부와 예술부 기자로 활동하기 시작하였다. 신문사에 있으면서 그는 일본에서 체득한 모더니즘적 문예사조를 바탕으로 본격적 문학 활동을 전개한다. 1931년 시 「고대(苦待)」와 「날개만 도치면」을 발표한 후, 1932년 「어머니 어서 일어나요」, 「오 어머니여」, 「봄은 전보도 안치고」 등을 발표하였다. 1933년 구인회 동인으로 활동하면서 이상과 함께 당시 모더니즘 시운동의 기수로서 활약했다. 그 이후 「현대시의 기술」(1935)과 「현대시의 육체」(1935), 「모더니즘의 역사적 위치」(1939) 등 주지적 시론과 「바다의 향수」(1935), 「기상도」(1935) 등 중요한 시들을 계속 발표했다.

먼저 「詩論」[5]이라는 그의 시는 전대 문학경향인 감상주의와 편

4 김용직, 『한국현대시사』, 한국문연, 1996, 213~214쪽.
5 김기림, 『조선일보』, 1931.1.16.

내용주의에 대한 비판과 새로운 시의 추구로 요약된다. 그의 초기 시로서 아직 체계적인 이론 정립이 미흡한 상황이지만 자신의 문학적 지향을 뚜렷하게 전달하고 있다.

「哀傷」의 賣淫婦가
悲壯의 法衣를 도적해 두르고
거리로 끌고 간다
모든 슬픔이
예술의 이름으로
대륙과
바다 —
모든 목숨의
왕좌를 짓밟는다

濁流－濁流－濁流
「센티멘털리즘」의 홍수
커다란 어린애 하나가
花岡 채찍을 휘두른다
무덤을 꽃피운
구원할 수 없는 황야
예술의 祭壞를 휩쓸어 버리려고

위선자와
느렁쟁이 —「어저께」의 시들이여
잘 있거라
우리들은 어린 아회다

「심볼리즘」의
朦朧한 형용사의 줄느림에서
예술의 손을 이끌자
한 개의
날뛰는 명사
꿈틀거리는 동사
춤추는 형용사
(이건 일찍이 본 일 없는 훌륭한 생물이다)
그들은 詩의 다리(脚)에서
생명의 불을
뿜는다
詩는 탄다 百度로
빗나는 「푸라티나」의 光線의 물결이다

모든 율법과
「모랄리」
善
判斷
— 그것들 밖에 새 詩는 탄다
「아스팔트」와
그리고 저기 「렐」 우에
詩는 호흡한다
詩 — 딩구는 단어

—「詩論」, 6~9연

위의 인용에서 김기림은 감상주의와 상징주의를 비판하고, 모든 전근대적 요소들에서 벗어나 근대성을 추구하는 새로운 시를 창작해야 한다는 메시지를 강렬하게 주장한다. 9연을 보면 시인은 '아스팔트'와 '렐' 같은 현대문명의 상징물들을 새로운 시의 대상으로 하며, 이러한 이미지들을 통해 보여주는 현대문명에 대한 직관적 감수성을 노래함으로써 시의 근대성에 도달하는 것이다. 이처럼 김기림이 주장하는 근대지향성은 1933년에 이르러 「詩作에 있어서 주지적 태도」라는 평문을 통하여 체계화되었다.

> 감성에는 두 가지 딴 카테고리가 있다. 다다 이후의 초조한 말초신경과 퇴폐적인 감성과 다른 하나는 프리미티브한 직관적 감성이 그것이다. 새로운 시 속에서 후자의 감성을 거부한다는 것은 무슨 고루한 생각일까.[6]

김기림은 시의 근대성 문제를 논의하기 위하여 '감성'이라는 개념을 내세운다. 그가 주장하는 새로운 시의 근대성은 바로 원시적이며 직관적인 감성에 있다는 것이다. 그리고 김기림은 단순(simplicity)과 암시(suggestion)를 통하여 건강하고 명랑한 정서, 즉 원시적인 감성에 도달하기 위해서는 지성에 호소해야 한다고 했다.[7] 이와 같은 시론을 발표하면서부터 김기림으로 대표되는 주지주의 계열의 모더니즘 운동이 본격적으로 시작되었다.

이후 김기림은 「모더니즘의 역사적 위치」(『인문평론』, 1939.10)

6 김기림, 「詩作에 있어서의 主知的 態度」, 『신동아』 3권 4호, 1933.4.
7 김기림, 「현대시의 표정」(『조선일보』, 1933.8.9~10), 『金起林全集』 2, 심설당, 1988, 87쪽.

라는 시론을 발표하였다. 평론에서 김기림은 모더니즘이 문단에서 차지하는 위치를 검토하고 그 발생 동기와 전개과정을 밝히는 동시에, 자신의 초기 기교주의적인 이론에 대해 비판함으로써 사회성과 모더니즘의 결합을 주장하고 있다. 다음은 그가 스스로 밝힌 모더니즘의 문학적 지향과 성격을 함축하고 있다.

> 모더니즘은 두 개의 부정을 준비하였다. 하나는 로맨티시즘과 세기말 문학의 말류인 센티멘털 로맨티시즘을 위해서고, 다른 하나는 당시의 편(偏) 내용주의의 경향을 위해서였다. 모더니즘은 시가 우선 언어의 예술이라는 자각과 시는 문명에 대한 一定한 감수를 기초로 한 다음 일정한 가치를 의식하고 쓰여야 한다는 주장 위에 섰다.[8]

위에 인용한 바와 같이 김기림이 표방하는 모더니즘은 시가 ① 언어의 예술이라는 자각, ② 문명에 대한 감수, ③ 의식적으로 창작해야 된다는 것으로 집약된다. 먼저 ① 언어의 예술이라는 자각 문제를 보자면, 그는 시가 언어적 전체 조직이라 하여 시의 기술 문제를 제기하면서, '전체로서의 시'에 도달해야 한다고 주장하였다.

김기림은 20세기 문학의 특징 중 하나는 언어 가치의 발견에 있다고 인식하였다. 그는 시가 먼저 언어의 예술이며, 현대시는 무엇보다도 언어를 도구로 하여 성립되는 것임을 명확하게 인식해야 함을 강조하면서 "언어에의 자각과 파악 — 그것은 시인의 최초의 수업"[9]이고, 새로운 시학은 "넓은 의미의 언어학의 특수부문을 이룰 것"[10]이라고 지적하였다.

---

8 김기림, 「모더니즘의 역사적 위치」, 『시론』, 1994, 74쪽.
9 김기림, 「신춘의 조선시단」(『조선일보』, 1935.1.1~5), 『金起林全集』 2, 364쪽.

> 말의 음으로서의 가치, 시각적 영상, 의미의 가치, 또 여러 가지 상호작용에 의한 전체적 효과를 의식하고 일종의 건축학적 설계 아래서 시를 썼다. 시에 있어서 말은 단순한 수단 이상의 것이다. 모더니즘은 이리하여 전대의 운문을 주로 한 작시법에 대항해서 그 자신의 어법을 지어냈다.[11]

위와 같이 김기림은 "언어는 음·형·의미의 세 요소로 되어 있고, 시는 이 요소들에 의해서 만들어지는 언어의 건축"이라고 주장하고 있다. 시어에 대한 이 같은 태도는 전근대적 시작 의식에서는 찾아볼 수 없다. 과거에 있어서 시적 운율과 격식은 시의 본질이며 생명이라고까지 규정되어 있었다. 그러나 김기림은 "만약에 시에 있어서 형이나 음만을 기술의 문제로 다루기 시작한다면 벌써 고갈한 형식유희에 떨어지고 마는 것"이라고 비판한다.[12]

> 시는 비유해 말하면 항상 유기적 化合狀態의 전체로서 우리들의 감상의 안계로 들어오는 것이다. 시는 한 개의 생명 비슷한 것이다. 많은 성급한 시파나 시인이 너무나 조급하게 20세기적이고 싶은 까닭에 시를 3요소 즉 의미, 음, 형으로 나누어 그 중의 하나를 부당하게 과장하는 것이 우리의 눈에는 고집이나 편협으로밖에는 보이지 않는다. 진정한 시의 혁명은 시의 생명의 발전이 아니면 안 된다. 시는 본질적으로 음의 순수예술인 음악도 아니며, 형의 순수예술인 조각이나 회화도 아니며 그리고 의미의 완전하고 단순한 형태인 수학일 수도 없다. 음 혹은 의미나 형을 고립시켜 강조하는 많은 시인 혹은 그

10 김기림, 「시와 언어」(『人文評論』, 1940.5), 『金起林全集』 2, 26쪽.
11 김기림, 「모더니즘의 역사적 위치」, 『시론』, 75쪽.
12 김기림, 「시와 인식」, 『조선일보』, 1931.2.11~14, 73쪽.

> 유파는 시의 본질에 대한 무지나 편견에서 나오는 것이다. 그들은 '이데'의 양식의 유기적 필연적 관계를 잊어버린 것이다.[13]

시는 의미, 음, 형으로 나누어 그 중의 일부분 요소만 고립시켜 강조하는 것은 아니라는 인식, 즉 시는 "항상 유기적 화합상태의 전체"인 것이다. 그리고 이러한 새로운 모더니즘 어법 창출의 완성은 "한 개의 '이데'가 필연적으로 발전 형성한 특수한 양식을 획득하였을 때"[14] 비로소 가능한 것이다. 한 시대의 '이데' 즉 그 시대의 시대정신은 그것에 가장 적응한 구상작용으로서의 양식을 요구한다. 결국 시대정신 즉 현실문제는 시의 혁명의 가장 결정적인 문제의 하나가 된다. 바꿔서 말하면 김기림의 이론은 현실과 문학의 상관성을 중시하고 있었고, 문학 속에 현실을 민감하게 수용해야 한다는 주장 위에 서 있었다.[15] 여기서 김기림이 말하는 시대정신은 바로 앞의 '② 문명에 대한 감수성' 문제와 관련된다.

> 모더니즘은 우선 오늘의 문명 속에서 나서 신선한 감각으로써 문명이 던지는 인상을 붙잡았다. 그것은 현대문명을 도피하려고 하는 모든 태도와는 달리 문명 그것 속에서 자라난 문명의 아들이었다. 그 일은 바꾸어 말하면 우리 신시사상에 비로소 도시의 아들이 탄생했던 것이다. 제재부터 우선 도시에(서) 구했고, 문명의 뭇 면이 풍월 대신 등장했다. 문명 속에서 형성되어가는 새로운 감각 · 정서 · 사고가 나타났다.[16]

---

13 위의 글, 74쪽.
14 위의 글, 73쪽.
15 조달곤, 「김기림 연구」, 동아대학교 대학원 박사학위논문, 1991, 33쪽.
16 김기림, 「모더니즘의 역사적 위치」, 『金起林全集』 2, 56쪽.

김기림은 문명에 대한 감수성 즉 도시 체험에서 출발하여 새로운 표현 기법을 찾으려고 했다. 그는 세련된 감각과 참신한 이미지로 노래한 서정의 극치를 보여준다. 이러한 문명에 대한 세련된 감각과 이미지를 드러내는 것이 '주지적 태도'와 관련된 것이다. 이는 바로 앞의 '③ 의식적으로 창작해야 된다'는 문제이다. 김기림은 새로운 시가 주관의 자연발생적인 것이 아니라 목적성을 가지고 의식적으로 지어진 것이라고 하며 시작에 있어서의 주지적 태도를 내세웠다.

> 시는 나뭇잎이 피는 것처럼 물이 흐르는 것처럼 자연스럽게 쓰여서는 안 된다. 피는 나뭇잎, 흐르는 시냇물을 지배하는 것은 자연의 법칙이다. 가치의 법칙은 아니다. 시는 우선 지어지는 것이다. 시적 가치를 의욕하고 기도하는 의식적 방법론이 있지 않으면 안 된다.[17]

여기서 김기림이 말하는 의식적 방법이 과거와는 별개의 시작상의 방법, 즉 '주지적 태도'이다. 그는 자연발생적 시는 '한 개의 자연(존재)'으로, 주지적 시는 '졸렌(當爲)'의 세계로 간주하고 있으며 이미지를 드러내는 것은 "시작상에 있어서 가장 지적인 태도"[18]라고 주장한다. 이 주지적 태도는 "한 시대 또는 사물이 혼돈과 무질서의 상태에 있을 때 그것을 비판하고 정리하기 위하여 요구되는 정신"이며 "우리들의 문학정신이고 태도"라는 것이다.

이상으로 분석한 바와 같이 김기림은 주지적 태도를 표방하여 모더니즘은 시 언어의 예술성을 자각하여 현대문명에 대한 감수

17 김기림, 「시의 방법」(『조선일보』, 1932.4), 위의 책, 79쪽.
18 김기림, 「시의 모더니티」(『동아일보』, 1933.7), 위의 책, 82쪽.

성, 즉 도시적 감수성을 세련된 감각과 참신한 이미지로 노래한 서정의 극치를 보여준다. 그러나 그가 표현한 도시적 감수성은 당대 식민지 현실과 동떨어진 서구적 현실이었고, 문명 충격과 관련된 현실이었다. 당시 서울이라는 도시공간의 일각에서 문명의 징후로만 나타난 현실을 조선의 총체적 현실로 착각하고, 문명적 현실에 대한 인식태도의 전환을 요구하면서 이에 부합한다고 생각되는 새로운 문학 양식으로 모더니즘을 제기한 것이다.[19] 그러나 이러한 오류는 김기림의 시론 자체가 처음부터 완성된 것이 아니라 근대라는 명제 속에서 변화와 모색을 거치며 발전해 나갔다는 것을 알 수 있다. 그는 초기 시론에서 드러난 문명에 대한 감수성 지향을 극복하고, 이후 전체주의 시론을 통해 문명에 대한 비판적 태도로 옮겨 간다.

> 문학은 인간을 그리워하게 될 것이었고 심오한 휴머니티(인간성) 위에 문학의 모든 분야를 새로이 건축하려는 욕구가 나타나고야 말 것을 우리는 믿었다. 그것은 광범하고 또한 전체적인 새로운 휴머니즘의 문명비판의 태도를 확립하고 그 위에 모든 문학현상을 통일할 것이었다. 구라파에 있어서는 이러한 경향이 부분적으로 대두하였다.
>
> 불란서의 신진평론가 페르난데스의 행동주의에도 나타나 있었고, 또 지드의 전향, 일부의 슈트리얼리스트의 집단적 전향도 이러한 사태를 예고하였다.
>
> 영국에서는 그 엄혹한 엘리엇의 주지주의의 온상에서 자란 오든, 스펜더, 데이·루이스 등이 사회주의의 신념을 들고 나왔었다.[20]

19 조달곤, 앞의 글, 33쪽.

김기림이 파악한 서구 지식인들의 좌파적 전향이라는 현상은 서구 자본주의적 근대문명의 무분별한 발전에서 오는 비인간화 경향, 그에 따른 지식인의 소외와 문화의 타락 등에 대한 일종의 응전 방식이었던 것이다.[21] 이러한 맥락에서 김기림은 모든 문학 현상에서 인간성에 대한 관심과 문명비판의 태도가 나타나야 한다는 주장을 내세웠다.

이렇듯 김기림의 전체주의 시론은 그의 초기 주지주의 시론에서 나타난 문명에 대한 감수성 지향이 문명에 대한 비판적 태도로 전향하는 모습을 보였다. 이 시론에서 그는 시의 편향화를 초래한 지나친 기교주의를 비판하여 각 기술의 종합과 시대정신의 결합을 제시하였다. 이는 일제의 탄압이 점차 강화되어가던 당시 식민지 현실에 대한 일종의 응전 방식이자, 근대의 위기를 미적으로 돌파하려는 미학적 단련이라 할 수 있다.[22]

이상으로 김기림의 모더니즘 시론을 살펴보았다. 30년대 전기의 초기 시론은 전대의 감상적 낭만 시와 프로 시에 대한 거부와 새로운 시에 대한 추구에서 출발하여 건강하고 명랑한 원시적인 감성이란 개념을 내세워 시의 근대성 문제를 논의하였다. 이 시기의 그의 시론은 주로 시작에 있어서의 기교주의 태도와 현대문명에 대한 감수성 및 주지적 태도를 중심으로 펼쳐진 것이었다. 이와 달리 30년대 후기의 시론은 전기 시론에 대한 반성과 자기비판이다. 그는 시작에 있어서 기교주의와 시대정신의 결합을 통하여 전체주의

20 김기림, 「새 인간성과 비평정신」(『조선일보』, 1931.11.16~18), 『金起林全集』 2, 90쪽.

21 김윤태, 「1930년대 한국 현대시론의 근대성 연구」, 서울대학교 대학원 박사학위논문, 1999, 51쪽.

22 위의 글, 54쪽.

시론을 내세웠다. 이와 같이 김기림은 근대성의 명제 속에서 꾸준히 새로운 시학을 모색했다고 볼 수 있다.

02 중국에서의 모더니즘 수용 및 정착과정

1) 중국에서의 모더니즘 수용 및 전개양상

만약 탁본(拓本) 제작을 인쇄 기술 발전 역사의 한 단계라고 가정한다면 중국의 인쇄 활동은 기원전까지 거슬러 올라갈 수 있다.[23] 그러나 15세기 후반 유럽 각지에서 보급된 인쇄술은 더욱 큰 파급효과를 낳아 인류 문화사의 발전에 지대한 영향을 끼친 것이 사실이다. 인쇄술의 발달은 지식을 광범위하게 보급하고 르네상스 사상을 효과적으로 확산시켜 종교혁명으로 이어지는 중요한 역할을 했을 뿐만 아니라, 19세기 말에 중국문학 생산 방식에도 변혁을 일으키는 물질적인 원동력이 되었다. 19세기 중엽에 선교사들을 통하여 최초의 현대 인쇄술이 중국에서 보급되기 시작하였다. 인쇄술의 등장으로 대량생산이 가능하여 보다 싼 값으로 책을 구해 볼 수 있게 되었다. 이와 같이 인쇄문화의 발전에 따라 교육과 지식의 보급이 일반인들에게까지 널리 이루어지게 되었으며 신문, 잡지 등 대중매

23 기원전 221년 진(秦)나라 시황제(始皇帝)가 중국을 통일한 후, 왕후가 교외에 나가서 들놀이하고 수렵하던 광경을 기록한 내용으로 북(鼓) 모양으로 된 10개의 돌에 각각 나누어 새겼는데, 이는 중국에서 가장 먼저 쓰인 석각문자(石刻文字)이다. 수당 시기에 발명되었다고 전해지는 종이·나침반·화약·인쇄술을 비롯한 고대 중국의 4대 발명 중의 하나인 조판인쇄술은 바로 이와 같이 고대 돌이나 도장에 글을 새기는 석각방식에 기원을 둔다.

체의 보급은 상대적으로 독립적인 문학단체들을 출현시켰다.

1902년 梁啓超가 창간한 『신소설(新小說)』이 상하이(上海)에서 출현하였는데, 이는 중국 문류 등급(文類等級)의 가장 중요한 변화 및 문학 내용이 전해지는 표준 형식의 변화를 예시하였다.[24] 1909년 孫中山(1866~1925)이 이끈 동맹회의 영향을 받아서 柳亞子(1887~1958), 高旭(1877~1925), 陳去病(1874~1933) 등이 설립한 '남사(南社)'란 문학조직은 이후 점점 확대되면서 중국 민국시기(民國時期, 1912~1949)에 규모가 가장 큰 문학단체가 되었다. 이전의 문학단체와 달리, 남사는 모든 힘을 모아서 전문적 편집을 걸친 정기적 문학 발간물을 출판하는 데 집중하였다. 기관지로 『남사총각(南社叢刻)』이 있는데, 이 잡지는 문록(文錄)과 시록(詩錄), 사록(詞錄) 세 부분으로 나뉘어 전후 22차례에 걸쳐 발간되었다. 이외에 새로운 서구 인쇄문화의 도입으로 창조사(創造社)의 『창조계간(創造季刊)』·『창조월간(創造月刊)』, 문학연구회(文學研究會)의 『소설월보(小說月報)』, 신월사(新月社)의 『신월(新月)』 등 신흥문학단체 및 그의 발간물이 우후춘순(雨後春筍)과 같이 날로 번영해갔다. 이렇듯 새로운 서구 인쇄문화의 도입은 중국 근현대문학 발전의 물질적인 원동력이 되었다.

언어와 문체 형식의 측면에서 청나라 말부터 백화문 운동으로 대체시키고 백화 구어를 신문학의 무기로 삼아, 黃遵憲은 언어와 문자의 통일을 주장하여 백화시는 "내 손으로 내 입을 쓰자(我手寫我口)"는 주장과 '통속어(通俗語)'의 사용을 제창하였다. 문어를 비롯한 낡은 문학을 타파하고 백화 신문학을 숭상하면서 백화문 운동이 흥작하였다. 이는 중국 근현대문학 발전에 필요한 조건을 준비하였다.

24 (美)孫康宜, 『劍橋中國文學史(下卷, 1375~1949)』, 生活·讀書·新知三聯書店, 2013.6, 597쪽. "1902年, 梁啓超的『新小說』出現在上海市場, 不僅標志著中國文類等級的關鍵轉變, 而且預示了文學內容首要傳播的標準形式的轉變."

19세기 외국문학을 대량으로 번역·소개한 것은 더욱더 문학의 인식 폭을 확대해갔고, 모더니즘을 비롯한 서구 문예사조의 수용 및 인식의 여건과 분위기를 조성해갔다. 학자들에 따르면 1840년에서 1911년까지 출현한 외국 번역문학은 총 소설 수의 48%를 차지한다.[25] 특히 제국주의적 팽창주의는 세계적 추세를 이루었고, 자본주의가 하나의 제도적 수단이 되었던 19세기 초반에 제창자들은 대부분 서양문학을 번역해서 소개하는 것이 중국 신문학을 창건하는 길의 하나라고 생각하였다. 당시에 활약했던 번역가는 陳獨秀(1880~1942), 胡適(1891~1962), 魯迅(1881~1936), 沈雁冰(즉 茅盾), 劉半農(1891~1934) 등이 있는데, 이들은 유럽 각국과 일본 등의 주요 문학작품을 체계적이고 점진적으로 중국에 번역 소개함으로써 세계의 진보적 문학의 이론 주장과 창작 실천의 측면에서 중국 근현대문학의 발흥을 직접적으로 촉진시키는 역할을 하였다고 할 수 있다.[26]

한편, 1840년 아편전쟁 이후 전통적인 중화주의적 세계관이 동요하기 시작하면서 일부의 진보자들이 청나라 정부의 부패와 무능을 폭로하고, 서양의 과학 기술뿐 아니라 심지어 그것을 만들어낸 정신 자체를 배워야 함을 역설했다. 이것이 정치적으로는 '양무운동(洋務運動)', 정신사적으로는 계몽운동의 형태로 나타났다. 문학계에서 嚴復(1854~1921)와 林紓(1852~1924) 등은 문학이란 수단을 이용하여 서유럽 부르주아 사상가와 문학가의 저작을 번역함으로써 민족정신을 일깨우고 당시의 진보적 문학에 적극적인 영향을 미쳤다.

한편 譚嗣同, 黃遵憲 등은 '시계혁명(詩界革命)'을, 梁啓超는 '신문

25 (美)孫康宜, 『劍橋中國文學史(下卷, 1375~1949)』, 앞의 책, 583쪽. "學者們估計, 1840年至1911年間百分之四十八的小説作品譯自于其他語言."

26 임춘성 편역, 『중국근현대문학운동사』, 한길사, 1997, 25쪽 참조.

체운동(新文體運動)'을 제창하여 신문학 사조를 고취하고 애국주의를 표방하였다. 이어서 梁啓超가 제창한 '소설계 혁명'을 계기로 새로운 사상을 선전하고 낡은 세태를 폭로하는 '관장소설(官場小說)' 혹은 '견책소설(譴責小說)'이 등장하였다. 청나라 정부의 봉건통치를 견책하고 제국주의의 침략 야심을 폭로하는 만청사대견책소설(晩淸四大譴責小說) — 『관장현형기(官場現形記)』, 『이십년간 목도한 괴이한 현상(二十年目睹之怪現狀)』, 『얼해화(孽海花)』, 『로잔유기(老殘游記)』 — 은 그 대표작품이다. 뿐만 아니라 신해혁명(辛亥革命) 시기에 章炳麟(1868~1936), 秋瑾(1875~1907)의 애국 시와 아울러 이 시기 문학의 사상·내용적 진보성이 이후 신문학 생성의 토대를 마련해주었다.

다른 한편, 새로운 경제적·정치적 역량은 새로운 문화와 문학이 그에 상응하는 새로운 발전을 하도록 요구하였다. 제1차 세계대전 기간에 중국의 방직공업은 급속하게 발전하였는데, 이에 따라 중국의 신흥 부르주아 계급과 프롤레타리아 계급도 상당히 성숙하였다. 이들은 신해혁명이 실패한 후 정권 쟁취 요구가 이데올로기에 반영되자 계몽운동을 전개함으로써 인민의 의식을 각성시킬 필요가 절실해졌다. 이때 급진적 지식인들은 신해혁명이 정치적 측면에서뿐만 아니라 사상적 측면에서도 실패하였음을 민감하게 감지하였다.[27]

이러한 사회·역사적 상황 속에서 인쇄문화의 표현매체라고 할 수 있는 잡지인 『신청년(新青年)』을 기틀로 삼아 급진적 지식인들은 정신적 족쇄를 깨뜨리려는 문화사상 운동을 일으키게 되었다. 그리고 이를 계기로 1919년 5.4애국운동이 폭발하였다. 5·4운동

27 위의 책, 26~27쪽 참조.

이후 봉건주의를 반대하고 과학과 민주주의를 제창하는 문화운동으로서 민중운동이 전개된다. 당시 청년 지식인들은 과연 어떤 사상이 중국을 구할 수 있는가라는 문제를 고민하면서 각종 사조로부터 중국에 적합한 사상을 탐구하였다. 이와 같이 1917년 초 문학혁명의 부흥기부터 1921년 중국 공산당이 성립되기 전까지의 특정한 역사 시기에 전개된 5・4 신문화운동은 중국 근현대문학의 발단으로 알려져 있다.

5・4 신문화운동을 전후하여 상징주의는 한 문예사조로서 중국에 본격적으로 유입되기 시작하였다. 1920년 '소년중국학회(少年中國學會)'의 젊은 시인들이 상징주의 시론과 창작에 대해 본격적이고 체계적으로 소개한 것은 중국의 상징주의가 발전하는 데 중요한 역할을 했다. 1925년 프랑스에서 유학 중이던 李金髮의 시집 『미우(微雨)』의 발간으로 상징주의가 중국 시단에 본격적으로 등장하였다.

이 시집의 발간은 당시 젊은 사람들의 주목을 크게 받았다. 하지만 李金髮에 의해 꽃이 핀 상징주의는 1927년 戴望舒의 우항(雨巷)의 발표에 이르러 진정한 의미의 상징시가 성립되며 아울러 모더니즘 시가 도래하게 되었다. 이와 같이 중국 모더니즘 문학은 본질적으로 상징주의의 계승 및 발전으로 간주하는데, 그 형성기는 상징주의의 쇠퇴기, 혹은 상징주의의 말기에 해당되는 만큼 사실상 상징주의와 공존하는 시기다. 그 이후 중국의 모더니즘은 『무궤도열차(無軌列車)』(1928), 『신문예(新文藝)』(1929), 『현대(現代)』(1932) 등 잡지의 출간으로 이어지면서 본격적으로 전개되었다.

2) 胡適의 모더니즘 시론

중국에서의 모더니즘 이론적 수용은 胡適를 통해서 최초에 소개되었다. 중국 근대문학의 발생 지점에 서 있는 중심인물인 胡適은 문학 언어의 전환을 통해 중국에서 근대적 의미의 문학을 만들고자 하였다. 그는 중국의 문학자 · 사상가이며, 문학혁명과 중국 신시의 개척자이자 선봉자이다. 1891년 12월 17일 장쑤성 송강부 천사현(江蘇省松江府川沙縣)(현 상하이 푸둥 지역)에서 출생하였고, 5세부터 사숙(私塾)에서 경서 · 고문을 읽으면서 전통적인 중국문학 교육을 마친 뒤 1904년 상하이 매회학당과 정충학당으로 옮겨『天演論』을 처음 접촉했다. 1906년 중국 공립학교에 입학하였고, 1910년 장학생으로 미국에 유학하여 미국의 컬럼비아대학교에서 철학을 공부하여 1917년 철학박사학위를 받았다. 동년 7월 귀국하여 베이징대학교 철학 교수로 있으면서『신청년(新青年)』편집부에 가입하여 계몽운동을 폈다. 그는『신청년(新青年)』을 통해 신문학의 도구로서 당시 중국문학에서 사용하고 있었던 문언(文言)을 버리고, 일상생활에서 쓰는 말을 그대로 작품에 쓰자는 백화운동(白話運動)을 벌였다.

胡適은 중국에서 신시를 최초로 쓰기 시작한 사람일 뿐만 아니라, 최초로 중국현대시론을 발표한 사람이다. 그는 신시 창작 활동을 통해 중국 신시운동을 실천했고, 중국 신시의 나아갈 방향을 시론을 통해 제시하기도 했다.

1916년 10월 컬럼비아 대학교에서 유학 중이던 胡適은『신청년(新青年)』의 편집인인 천듀슈(陳獨秀)에게「문학개량추의(文學改良芻議)」라는 글을 보내고 '八不原則'를 소개하면서 '우리나라 문학의 큰 병(吾國文學大病)'[28]에 대한 탐구를 시도하였다. 이 글은 나중에 수정을 거쳐서 1917년 1월 『신청년(新青年)』을 통해 발표되었다. '八不原則'의 구체적인 내용은 아래 도표를 통해서 알아보겠다.

〈표 1〉 八不原則 – 「문학개량추의(文學改良芻議)」(1917.1)

一曰, 須言之有物	첫째, 반드시 내용이 충실해야 할 것.
二曰, 不摹仿古人	둘째, 옛날 사람을 모방하지 말 것.
三曰, 須講求文法	셋째, 반드시 문법을 중시해야 할 것.
四曰, 不作無病呻吟	넷째, 진실한 정감이 부족하고 일부러 너무 꾸미지 말 것.
五曰, 務去爛調套語	다섯째, 반드시 진부하고 상투적인 논조와 틀에 박힌 말을 없애야 할 것.
六曰, 不用典	여섯째, 전고(典故)를 인용하지 말 것.
七曰, 不講對仗	일곱째, 대구를 따지지 말 것.
八曰, 不避俗字俗語	여덟째, 통속적인 일상용어를 피하지 말 것.
"精神上的革命" 在前	"정신적인 혁명"이 앞설 것.

미국 학자 Achilles Fang의 견해에 따르면, 胡適이 파운드의 「이미지스트의 몇 가지 금지사항들(A Few Don't)」(1913), 로웰의 「이미지즘 선언(Imagist Credo)」과 「현대시의 새로운 모습(The New Manner in Modern Poerty)」(1916.3)의 영향을 받았을 가능성이 크다고 한다.[29] 이와 같이 胡適의 문학혁명 이론 성립과정은 20세기 초 영미 이미지즘 시운동에서 직접적인 영감과 커다란 영향을 얻었다. 이 사실은 중국 신문학사를 기술하고자 할 때 반드시 붙여야 할 각주가 된다.[30]

28 胡適, 「逼上梁山」, 『東方雜誌』 3卷 1期, 1934.1.1.

29 Achilles Fang, "From Imagism to Whitmanism in Recent Chinese Poetry – A Search for Poetics That Failed", Indiana University Conference on Oriental-Western Literary Relations, Ed. Horst Frenz and G. L. Anderson. Chapel Hill : U of North Carolina P, 1955, pp.177~189.

30 王潤華, 「從"新潮"的內涵看中國新詩革命的起源 – 中國新文學中一個被遺漏的脚注」,

胡適의 미국 유학 시절(1910~1917년)은 마침 영미 이미지즘이 고조되던 시기였다. 앞에서 언급했지만 이미지즘은 흄(T. E Hulme)의 반 낭만주의와 파운드(E. Pound)의 고전주의 시론을 모체로 하여 1912년에서 1917년경까지 영미 시인들을 중심으로 활발하게 전개된 시운동을 말한다. 이미지즘의 핵심 지도자는 흄, 로렌스(D. H Lawrence), 올딩턴(Aldington), 에즈라 파운드, 에이미 로엘(Amy Rowell)이었다. 파운드가 1912년부터 1914년까지 이 운동을 지도하고, 1915년부터 그의 뒤를 이어 이미지즘 운동을 주도한 에이미 로엡은 『이미지스트 시인선집』의 서문에 이른바 이미지스트의 6개항 원칙을 제시한다. 그는 1916년 12월 15일 자신의 일기에서 『뉴욕 타임즈』 12월 24일자 '신시, The New Poetry'의 일부분 영문 원문을 옮겨 쓴 뒤 중국어로 번역하고, '이 계열의 주장은 나의 주장과 흡사한 점이 많다'[31]고 적어두었다.

〈胡適의 중국어 번역〉

總之，儘管"新詩人"想要在其詩作中達到一個更高的新境界，而最終因荒謬可笑而失敗。但人們不禁要讚揚他們詩作中的那種虎虎生氣，而少他們追求眞實，自然；他們反對生活中及詩歌中的那種矯揉造作。更有甚者，人們不禁奇怪地注意到建立他們那種藝術的基礎卻是極其地簡單，正如勞爾女士告訴我們："所有偉大詩篇之精華也就是偉大文學之精華。"〈印象派詩人〉前言所介紹的六條印象主義之原則如下：

『中西文學關係研究』, 臺北：東大圖書有限公司, 1978, 262쪽. "美國詩運動的確曾經對胡適的文學革命思想提供過直接的啓發和影響. 這個事實, 是中國新文學史上不可不附上的一個脚注."

31 胡適, 『胡適留學日記』, 上海商務印書館, 1948, 1,073쪽. "此派所主張與我所主張多相似之處."

1. 只用最普通的詞，但必須是最確切的詞；不用幾乎確切的詞；也不用純粹修飾性的詞。
2. 創造新韻律，將其當作新的表達方式，不重抄舊的韻律，因爲那只是舊模式的反映 / 我們并不堅持"自由體"是詩的唯一體裁，我們之所以提倡它是因爲表現了一種自由的原則。我們因爲詩人的個性在自由詩中比在傳統格調的詩中表達的更好。一種新的詩歌格律就是一種新思想。
3. 允許絕對自由地選擇詩主題。
4. 表達一種印象(因此其名曰"印象派")。我們不是畵家，但我們相信詩應該表達出其準確的特性，而不要表達模糊的一般性，不管其用詞是多麽富麗堂皇，聲音響亮。
5. 創作確切，明朗具體的詩；決不表達模糊和不明朗的東西。
6. 最後，我們大多數人都認爲濃縮是詩的核心。[32]

위의 인용에서 胡適이 번역한 이미지즘의 6가지 원칙의 요지는 다음과 같다.

1. 가장 일반적인 언어를 쓰되, 유사하거나 단순히 장식적인 단어를 사용하지 말고 가장 정확한 단어만을 사용할 것.
2. 새로운 감정을 표현하기 위해서는 새로운 운율을 창조할 것. 시에서 새로운 운율은 곧 새로운 사상을 뜻한다.
3. 주제의 선택에 절대적인 자유를 허용한다.
4. 하나의 이미지를 제시할 것('이미지즘'이란 명칭은 여기서 유래한다). 시는 그의 특성을 정확하게 표현해낼 수 있다고 믿어야 할 것.
5. 정확하고 명료하고 구체적인 시를 창작할 것.
6. 무엇보다도 집약은 시의 핵심이라는 신념을 가질 것.

32 위의 책, 1,071~1,073쪽.

요지를 통해 알 수 있듯이 당시의 이미지스트들은 정확한 시어, 구체적 사실, 명확한 표현, 자유로운 주제 선택, 대상에의 집중 등을 중시했던 것이다. 이와 같은 미국 이미지즘 시운동의 주장은 胡適의 '여덟 가지 금지 원칙(八不原則)'과 흡사한 점을 많이 보이고 있다. 1917년 『신청년(新靑年)』에 게재된 「문학개량추의(文學改良芻議)」가 수정을 거쳐 1918년 「건설적 문학혁명론(建設的文學革命論)」[33]으로 발표되었는데, 그 내용은 아래와 같다.

〈표 2〉 八不原則－「건설적문학혁명론(建設的文學革命論)」(1918.4)

1. 不做"言之無物"的文字.	1. 실질적인 내용이 없는 글을 쓰지 말 것.
2. 不做"無病呻吟"的文字.	2. 진실한 감정이 없는 글을 쓰지 말 것.
3. 不用典.	3. 전고(典故)를 이용하지 말 것.
4. 不用套語爛調.	4. 진부하고 상투적인 논조와 말을 이용하지 말 것.
5. 不重對偶－文當廢駢, 詩當廢律.	5. 대구를 중시하지 말 것－문장은 변려체를 폐기해야 하고, 시는 운법을 폐기해야 한다.
6. 不做不合文法的文字	6. 문법에 맞지 않은 글을 쓰지 말 것.
7. 不摹仿古人	7. 옛날 사람을 모방하지 말 것.
8. 不避俗字俗語	8. 통속적인 일상용어를 피하지 말 것.

위 내용에서 알 수 있듯이 胡適의 '여덟 가지 금지 원칙'은 영미 이미지즘의 영향을 많이 받았다. 먼저 1과 2를 보면 두 원칙은 비슷하게 실질적인 내용, 혹은 진실한 감정이 없는 글을 쓰지 말라는 취지에서 문학의 정확성과 구체성을 강조하는 내용을 담고 있다. 胡適은 자신의 시론[34]에서 중국 근대문학의 큰 문제점은 실질적인 내

33 胡適, 「建設的文學革命論」, 『新靑年』 第4卷 第4號, 1918.4.

34 胡適, 「文學改良芻議」, 『新靑年』 第2卷 第5號, 1917.1.1. "吾國近世文學之大病, 在于言之無物……吾所謂"物", 非古人所謂"文以載道"之說也. 吾所謂"物", 約有二事. 一,

용이 없는 것을 쓰는 점(言之無物)이라고 제시하였다. 여기서 胡適이 말하는 '物'은 두 가지 측면의 의미를 가지고 있는데, 정감(情感)과 사상(思想)이 그것이다. 정감은 문학의 영혼이고 사상은 견해(見地), 식력(識力)과 이상(理想)의 결합이라고 주장한다. 즉 胡適이 말하는 '物'은 감정과 사상의 복합체이다. 이는 파운드가 주장하는 감성과 지성의 결합인 '이미지'와 같은 개념이라고 볼 수 있다. 이와 같이 胡適은 이미지즘 이론을 빌려서 '문학'에 대한 자신의 관점을 세웠다. 이후 「什麽是文學」이란 글에서 그가 "언어문자는 사람들의 표정과 뜻을 전달하는 도구이다. 뜻을 잘 전달하고, 감정을 잘 전달하면, 바로 문학이다"[35]라고 하여 문학의 개념을 더 구체화시켰다. 이를 계승하여 1910년 10월 胡適은 「談新詩－八年來一件大事」라는 글에서 '영상(影像)', 즉 이미지는 신시 창작방법이라고 결론적으로 제시하였다.

> 시는 반드시 구체적인 창작 방법을 이용해야 한다. 추상적인 방법을 사용하면 안 된다. 대체로 좋은 시는 다 구체적인 것이다 : 구체적으로 창작할수록 시적 정취가 더욱 깊어질 것이다. 대체로 좋은 시는 우리 머릿속에 한 가지 ─ 혹은 여러 가지 ─ 뚜렷하고 선명한 이미지를 떠오르게 할 수 있다. 이것은 바로 시의 구체성이다.[36]

情感……情感者, 文學之靈魂……二, 思想……吾所謂"思想", 蓋兼見地, 識力, 理想三者而言之."

35 胡適, 「什麽是文學」, 『胡適文集』 第2卷, 北京大學出版社, 1998, 149쪽. "語言文字都是人類表情達意的工具, 達意達得好, 表情表得妙, 便是文學."

36 胡適, 「談新詩－八年來一件大事」, 『胡適文集』 第2卷, 145쪽. "詩須用具體的做法, 不可用抽象的做法. 凡是好詩, 都是具體的 : 越偏向具體的, 越有詩意詩味. 凡是好詩, 都能使我們腦子里發生一種 ─ 或許多種 ─ 明顯逼眞的影像. 這便是詩的具體性."

둘째, 시어에 있어서 胡適은 정확하고 일상적인 용어를 사용하라고 주장한다. 이는 위의 3, 4, 6, 8 항목과 관련된다. 그는 역사적 진화라는 안목으로서 復古를 추종하는 순환적 문학 관념을 비판하고, 역사상의 문학혁명은 모두 문학도구의 혁명이라고 제시하였다.

> 문학이란 시대의 변화에 따라 변천하는 것이다. 한 시대에는 그 시대의 문학이 있다. 주나라와 진나라에는 주나라 문학과 진나라 문학이 있고, 한나라와 위나라에는 한나라 문학과 위나라 문학이 있다. 당송원명에는 그들의 문학이 있다. 이것은 내 개인의 관점이 아니라 문명진화의 공리이다.[37]

> 나는 이제부터야 중국 문학사를 이해하게 되며, 중국속어문학(송유어록, 원나라 명나라 시대의 백화희극과 백화소설)이야말로 중국의 정통문학이자 중국문학의 자연적인 발전 추세를 대표한다는 것을 확실히 알게 된다. 나는 이때 비로소 정식적으로 오늘날의 중국이 필요한 문학혁명은 백화로 고문을 대신하는 혁명이고, 살아 있는 도구로 죽은 도구를 대신하는 혁명이라는 점을 자신 있게 인정할 수 있는 것이다.[38]

胡適은 진화라는 개념을 집어넣어 한 시대에 한 시대의 문학이 있다고 주장한다. 전기(傳記)에서 화본(話本)으로 변한 것도 진보이

37 胡適,「文學改良芻議」,『新青年』第2卷 第5號, 1917.1.1. "文學者, 隨時代而變遷者. 一時代有一時代之文學, 周, 秦有周, 秦之文學, 漢, 魏有漢, 魏之文學, 唐, 宋, 元, 明有唐, 宋, 元, 明之文學. 此非吾一人之私言, 乃文明進化之公理也."

38 胡適,「逼上梁山－文學革命的開始」,『胡適文集』第1卷, 北京大學出版社, 1998, 147쪽. "我到此時才把中國文學史看明白了, 才認清了中國俗語文學(從宋儒語錄到元朝明朝的白話戲曲和白話小說)是中國的正統文學, 是代表中國文學革命自然發展的趨勢的. 我到此時才敢正式承認中國今日所需的文學革命是白話替代古文的革命, 是用活的工具替代死的工具的革命."

고, 당시(唐詩)에서 송사(宋詞)로, 송사(宋詞)에서 다시 원곡(元曲)으로 변한 것도 진보이다. 그리고 그는 '오늘날(今日)'의 중국이 필요한 새로운 문학은 고문(古文)문학, 전통문학을 백화(白話)문학, 통속문학으로 대신하는 새로운 문학이라고 한다. 여기서 胡適이 말하는 '백화(白話)'는 세 가지 뜻을 지니고 있다.

> 내가 이전에 말한 적이 있듯이, '백화'는 세 가지 의미가 있다. 첫째는 중국 전통 극에서의 대사를 말하는 '백'으로, 즉 말할 수 있고 이해할 수 있는 말이다. 둘째는 명백하고 뚜렷한 '백'으로, 즉 윤색하지 않은 말이다. 셋째는 명백한 '백'으로, 즉 명쾌하고 매끄러운 말이다.[39]

이와 같이 胡適이 강조하는 '백화'란 바로 일상생활에서 사용하는 뜻을 이해할 수 있고, 불필요한 수식을 가하지 않은 깔끔하고 매끄러운 말이다. 이와 같은 그의 주장의 실천으로 1917년 2월 그가 『新青年』 2월호에 중국 신시사 최초의 백화시인 「白話詩八首」를 발표하였다. 제 1수는 1916년 8월 23일 작품인 「나비(蝴蝶)」인데 다음과 같다.

> 노랑나비 두 마리가, 쌍쌍이 하늘로 날아오르네.
> 무슨 까닭인지, 그 중의 한 마리가 갑자기 돌아오거늘.
> 남은 한 마리가, 외톨이 참으로 가련하네.
> 하늘로 올라갈 마음도 없어졌으니, 하늘에서 너무 외롭구나.
>
> — 胡適, 「나비(蝴蝶)」 전문[40]

---

39 胡適, 「白話文學史(自序)」, 『胡適文集』 第8卷, 147쪽. "我從前曾說過, '白話'有三個意思 : 一是戲臺上說白的'白', 就是說得出, 聽得懂的話; 二是淸白的'白', 就是不加粉飾的話; 三是明白的'白', 就是明白曉暢的話."

40 胡適, 「蝴蝶」, 兩個黃蝴蝶, 雙雙飛上天. / 不知爲什么, 一個忽飛還. / 剩下那一個, 孤單怪可憐. / 也無心上天, 天上太孤單.

위 시에서 보듯이 문언(文言)을 백화구어(白話口語)로 대치하였으며, 5·7언의 율격 등이 모두 무시된 작품이다. 이러한 시 형식의 혁신은 3천 년 동안 유지되어온 중국 시문학 전통에 전례가 없었다. 그래서 그 작은 실천을 혁명이란 말로 표현하는 것은 결코 과장이 아니다.

셋째, 시의 운율에 있어서 胡適은 고체시(古體詩) 격율을 거부하고 자연적으로 내재된 운율과 리듬을 사용한다고 주장한다. 이는 위 '八不原則'의 5, 7 항목과 관련된다. 이미지즘은 새로운 감정을 표현하기 위해서 새로운 운율을 창조해야 한다고 주장하며, 시에 있어서 새로운 리듬은 새로운 사상을 의미한다고 믿는다. 이러한 시작 방법은 胡適 또한 중요하게 생각하였다. 이러한 영미의 이미지즘 운동은 胡適을 통해서 중국에 수용되어 戴望舒, 卞之琳, 何其芳 등에 의해서 모더니즘 운동의 일환으로 활발하게 전개되었다.

이상으로 胡適의 모더니즘 시론을 살펴보았다. 胡適은 중국 이미지즘 시의 개척자라고 볼 수 있다. 그는 영미의 이미지즘과 중국 근대문학의 문제점을 고려해서 '八不原則'이라는 시작 주장을 발표했고, 이를 통해서 중국 당시의 문학개량운동을 촉진하였다. 시어의 일상화, 즉 일상용어를 직접 시어로 사용해야 한다는 것은 胡適 시론의 핵심이라고 볼 수 있다. 그는 이미지를 신시 창작의 중요한 방법으로 생각하고 새로운 운율과 리듬을 창조해야 한다고 주장한다. 이렇게 볼 때 胡適은 중국 현대문학을 구하기 위하여 서양문화를 수입하여 전면적으로 중국을 개량하고자 한 인물로서 중국 신문학의 정체성 확립에 기여하였다.

중국에서의 대표적 모더니즘 시인으로는 戴望舒, 何其芳, 卞之琳 등이 있다. '우항시인(雨巷詩人)'으로 알려져 있는 현대파의 대표적 시인인 다이왕수는 상징주의의 수용을 통해 중국문단에 모더니즘의 시대를 도래시키는 데 중요한 역할을 했다. 그는 1932년 프랑스로 유학 가 파리대학에서 공부하며 보들레르의 시를 읽고 번역하였다. 그의 시는 당대 사회현실을 반영하는 현실주의 시가와 달리 개인의 내면적 정서와 심리상태를 표현하는 데 주목하였다.

> 종이우산 받쳐 들고, 홀로
> 배회합니다, 길고도 긴
> 쓸쓸히 비 내리는 골목에서,
> 만나고파서
> 라일락처럼
> 우수에 젖은 아가씨를.
>
> — 戴望舒, 「우항(雨巷)」 1연[41]

겉으로 볼 때 이 시의 주제는 도시의 비 오는 거리에서 우수에 젖은 아가씨를 만나고 싶어 하는 시적 화자의 우울한 정서를 나타내고 있다. 슬픈 리듬을 반복하면서 적막과 애수를 끝까지 깔고 있다. 하지만 이 시에서 그가 만나고 싶은 '라일락처럼 / 우수에 젖은 아가씨'는 어쩌면 현실사회에 대한 꿈과 혁명의 열정일지도 모른다.

1927년 4·12정변을 기점으로 蔣介石에 의해 공산당 토벌이 시작되었다. 이로부터 중국은 국민당과 공산당이 완전히 적대적인 관계로 변하면서 내전이 시작되었다. '중국공산주의 청년단(共青團)'에 가입했던 다이왕수는 국민당의 탄압을 피해 항주가 고향인 친구 집

41 戴望舒, 「雨巷」, 撑着油紙傘, 獨自 / 彷徨在悠長, 悠長 / 又寂廖的雨巷, / 我希望逢着 / 一个丁香一樣地 / 結着愁怨的姑娘.

에 머물렀다. 이 시는 바로 이때 지어진 작품이다. 따라서 고독과 우울한 현실에서 희망과 혈기를 찾고 싶은데 끝내 '종이우산'으로 비를 막는 것처럼 상실감과 쓸쓸함에 빠져 있다. 이 시를 통해 현대인의 고독과 우울, 그리고 현대적 정서를 잘 표현하고 있다.

격동의 현대사 속에서 고민하는 시인인 何其芳은 중국 신문학을 공부하고 많은 신시를 접하며, 중국 현대시 발전에 큰 발자국을 남겼다. 그가 단독으로 낸 최초 시집은 『예언(預言)』이다. 이들 중 「우천(雨天)」, 「애정(愛情)」 등과 같은 초기 시는 우울하면서도 대단히 아름다운 유미주의 경향을 보인다.

> 북방의 기후도 남방처럼 바뀌어,
> 올해는 비가 많이 내린 계절입니다.
> 이것은 내 마음의 기상 변화처럼 :
> 따스함도 없고, 비가 그친 후의 빛도 없네.
>
> 누가 처음으로 내 외로운 눈물을 엿보고
> 따뜻하고 부드러운 손으로 닦아주었는지요?
> 누가 내 열아홉 살의 자부심을 훔쳐가고
> 하지만 또 아무 미련 없이 버렸는지요?
>
> — 何其芳, 「우천(雨天)」 1~2연[42]

건조하고 무더운 북방 날씨가 비가 많은 남방 날씨로 변한다. 하지만 비가 많이 내리는 장마철은 단순히 자연기후를 가리키는 것

42 何其芳,「雨天」, 北方的氣候也變成南方的了; / 今年是多雨的季節. / 這如同我心里的氣候的變化 : / 沒有溫暖, 沒有明霽. // 是誰第一次窺見我寂寞的泪 / 用溫存的手爲我拭去? / 是誰竊去了我十九歲驕傲的心, / 而又毫無顧念地遺棄?

이 아니라 비유법을 통해 화자의 우울함과 쓸쓸함을 보여주고 있다. 사랑 때문에 우울하여 눈물 흘리는 것은 곧 남방에 끊임없이 내리는 가랑비처럼 따뜻함도 없고 그치지도 않는다. 따뜻하고 부드러운 손으로 내 외로운 눈물을 닦아준 사람은 누구인가? 내 19세의 자부심을 훔쳐가고 또 아무 미련 없이 버린 사람은 누구인가? 여기서 적막한 눈물과 아무 미련 없이 버림받은 마음은 화자의 우울과 고독에 찬 정감을 잘 나타내 주고 있다. 그러나 1939년 항일전쟁 이후 何其芳의 시풍이 크게 변하여 대부분은 시대와 인민, 혁명 투쟁 및 새로운 생활을 노래하는 이념이 담겨 있다.

이와 달리, 卞之琳은 1930년대부터 60여 년 동안 시대적 격변을 겪었음에도 불구하고 줄곧 시의 예술성을 실천했던 중국 모더니즘 시의 선구자다. '냉혈동물(冷血動物)'로 자평한 그는 시의 신격율을 시도하며 프랑스 주지주의를 표방하고 나섰다. 그는 자신의 창작과정을 회고하며 "1920년대 서양의 모더니즘 문학을 처음 읽었을 때 마치 오래된 친구를 만난 듯하였고, 내가 쓴 작품은 모두 이에 공감했다"[43]라고 적고 있다.

이 시기에 卞之琳은 의식적으로 보들레르, 엘리엇 등의 모더니즘을 수용하기 시작하였다. 1935년 卞之琳은 시집 『魚目集』의 출판으로서 시단에서의 위치를 다지고, 보다 성숙된 시풍을 선보였다. 어려서부터 중국 전통 고전문화를 습득한 卞之琳은 중국 고전시의 정신과 서구 모더니즘의 문화적 정신을 융합시켜 많은 주목을 받았다.

이상으로 한국과 중국에서의 모더니즘 수용 및 정착 과정에 대해 살펴보았다. 같은 한자 공동체 문화권에서 유가사상과 한문학

43 卞之琳,「雕蟲紀曆 · 自序」,『卞之琳集』, 中國社會科學出版社, 2009, 360쪽. "最初讀到20年代西方現代主義文學, 還好像一見如故, 有所寫作不无共鳴."

의 영향을 많이 받았던 양국은 물밀듯이 들어온 서구문화를 수용하고 전이시키는 과정에서 갈등하였다. 그럼에도 불구하고 20세기 20년대에 한국과 중국에 이입되었던 모더니즘은 그 수용과정에 있어 공통점을 보이고 있다.

먼저 한·중 양국 모더니즘 수용의 사회·역사적 배경을 보면, 양국 지식인들이 서구문화를 소개 또는 수용하는 과정에서 민족주의 혹은 애국주의 정서가 상통하는 공감영역이 되었다. 중국은 5·4운동을, 한국은 3·1운동을 계기로 하여 각자 근현대문학이 본격적으로 발전하기 시작하였는데, 인쇄문화의 발전·백화국어운동·외국문학을 대량으로 번역 및 소개, 대중매체의 보급에 따른 독립적인 문학단체의 출현, 새로운 경제 및 정치 등 객관상황과 상응하는 새로운 문화 및 문학에 대한 요구 등 유사한 시대배경을 가지고 있다.

둘째, 모더니즘의 수용 시기를 보면 두 나라는 거의 비슷하다. 한국문학에 모더니즘이 소개되기 시작한 것은 1920년대 초이며, 그것이 새로운 문학운동으로 전개된 것은 1930년대에 이르러서이다. 중국의 경우에는 1920년 상징주의 시론과 창작에 대한 본격적이고 체계적인 소개를 시작하면서 1927년 戴望舒의 「우항(雨巷)」의 발표에 이르러 모더니즘 시가 도래·발전하기 시작하였다.

셋째, 모더니즘의 수용양상에 있어서 1930년대의 한·중 문단에서 영미 이미지즘 또는 주지주의는 모더니즘과 동일화된다. 그리고 양국 시인들은 초기의 서구 모더니즘에 대한 모방에서 벗어나 서구 모더니즘의 언어, 기법, 정감 등을 자국의 전통문학 특질과 융합시켜 뿌리를 내리게 하는 방법을 찾아 나섰다.

한편, 한·중 양국의 모더니즘 수용과정은 각자 나름의 독자성도 분명히 보인다. 먼저 수용 경로를 살펴보면, 1930년대 초 한국의 경우는 대부분 일본을 통해 간접적으로 수용되었지만, 중국의 경우는 유럽이나 미국에서 영향을 받았다. 그러나 본격적인 모더니즘 운동에 있어서 양국은 모두 일본문학의 영향을 받은 것이 사실이다.

양국 이미지즘 시를 비교해보면, 중국의 이미지즘 시는 고전의 영향을 받아 인생의 철학을 이미지와 융합하는 주지적 경향이 나타나고, 한국의 이미지즘 시는 식민지 치하의 우울함, 국권상실의식 등을 전달하는 경향이 많다.

그 외 창작 주체로서 시인들은 모더니즘 수용 과정에서 이론이나 시 창작 기법에 대해 각자 나름의 이해와 체험을 보여주고 있다. 따라서 모더니즘을 수용하는 과정에 이론이나 시 창작 특징에 있어서나 같은 경향을 보이는 김광균과 卞之琳은 시작품에 있어서 공통성을 지니는 동시에 서로 다른 모습을 보이기도 할 것이다. 이러한 인식을 바탕으로 앞으로는 그들이 창작한 구체적인 시작품의 시·공간 이미지를 세계의식과 시적 태도 및 시작 기법에 대한 평행적 비교를 통해 당시의 문학적 세계인식의 이동성 및 의의를 가늠해보려고 한다.

제2부

김광균과 卞之琳 30년대 시의 모더니티 비교 연구

1930년대 한·중 모더니즘 시의 근대성 비교연구

제1장
시적 태도와 시작(詩作) 기법에 대한 비교 분석

한국과 중국의 대표적인 모더니즘 시인 김광균과 卞之琳은 같은 1910년대에 태어났고, 공통적으로 1930년대의 모더니즘 시기를 겪었다. 1930년대는 한국과 중국 모더니즘 문학이 본격적으로 전개되던 시기였고, 김광균과 卞之琳은 모두 영미계 모더니즘 기법을 활용하여 두 나라의 모더니즘 시사에서 어느 정도 대표성을 확보하고 있다. 과거와 단절하고 새로운 것을 추구하는 모더니즘이 그 특징으로서 전통의식, 주지적 태도, 새로운 표현 형식에 대한 추구 등을 든다는 것은 앞 장에서 이미 논의하였다. 따라서 본 장은 주로 감상적 낭만주의의 배격과 현실비판정신, 현대적인 시어와 시형에 대한 추구, 주지적 태도와 전통의 현대화에 대한 추구 등 세 가지 측면에서 김광균과 卞之琳의 모더니즘적 성격에 대해 살펴볼 것이다.

김광균은 비평보다 창작 활동에 전념했기 때문인지 그의 시론은 매우 드물게 보인다. 「나의 詩論－抒情詩의 問題」(『人文評論』, 1940), 「詩의 精神－回顧와 展望을 대신하여」(1947), 「前進과 反省－詩와 詩形에 대하여」(1947) 등이 그것이다. 여기서 김광균의 시론은 앞에서 살펴본 김기림의 시론과 상당히 유사함을 알 수 있다. 김광균의 시론은 논리적이거나 체계적인 이론이 되기 힘들지만, 시에 대한 태도와 시작 기법은 충분히 발견할 수 있다.

김광균과 유사하게 卞之琳 역시 열악한 환경에서 묵묵히 시 창작 활동에 전념한 시인이다. 卞之琳의 문학비평 활동은 주로 1950년부터 시작되었다. 그는 1950년부터 1983년까지 쓴 문학평론, 시의 형식과 격률을 위주로 전개된 시 이론, 그리고 각종 단문과 서문을 묶어 1984년 11월에 『사람과 시－회고와 전망(人與詩－憶舊說新)』[1]을 출판하였다. 이에 의해 본 항은 卞之琳의 시적 태도와 시작 기법에 대해 살펴볼 수 있게 되었다.

01 모더니즘의 시학에 대한 추구

1) 감상적 낭만주의의 배격

앞에서 지적한 바와 같이 김광균은 별도의 시론 제시 없이 시 창작을 중심으로 활동했다. 그렇기에 1940년 2월 『人文評論』에 발표

1 卞之琳, 『人與詩－憶舊說新』, 安徽教育出版社, 2007, 1쪽. “這本小書是我從1950年到1983年所作紀念和回憶已故寫詩師友, 評論當前詩作, 談論詩藝(主要是體式, 格律)各類短文(包括序文)結集而成.”

된 「나의 詩論-抒情詩의 問題」란 글은 그의 문학관을 살피는 데 중요한 자료라고 할 수 있다. 이 글은 전근대적인 감상주의와 낭만주의 등 시법에 대한 거부로부터 시작된다.

> 시를 언어의 축제, 영원에의 기도, 영혼의 비극, 기억에의 향수에 그치는 자연발생적인 것으로 생각하고, 어떤 기분이나 정서의 상태를 펜과 원고지에 옮겨놓는 것으로 그 임무를 마친 것같이 생각하는 분이 있는 것 같다.
>
> 이것은 그분들의 작품이나 시론을 통하여 몸소 세상에 호소하는 것으로 분명히 알 수 있다. 이분들의 부락(部落)에서 생산되는 시 속에서 아직까지 고운 산울림, 파도의 콧노래, 성좌(星座)의 속삭임, 바람과 장미와 황혼의 낡은 고전적 자태를 손쉽게 보고 들을 수 있다.
>
> 거기엔 주로 20세기 이전의 기분이나 정서로 차 있어 포화에 날아간 폴란드의 소식도, 피로한 도시의 얼굴도, 문화와 신념과 가치를 상실해가는 현대인의 목쉰 호흡과는 아무 연관이 없는 일종 기이한 감을 주는 질서로 차 있다.[2]

인용에서 보듯이, 김광균은 당시 시단에서 존재하는 자연발생적인 감상(感傷)을 시 속에서 그대로 노래하는 상황을 언급하고, 그러한 '낡은 고전적 자태'를 비판하고 있다. 감상주의와 상징주의를 대표하는 전통적인 시법에서 벗어나 현대인의 감수성을 노래하는 새로운 시를 창작해야 한다는 태도를 드러낸다.

1920년대 한국시단의 주류는 상징주의와 낭만주의로 대표되는

---

2 김광균, 오영식 · 유성호 편, 「나의 시론-서정시의 문제」(『인문평론』, 1940.2), 『김광균 문학전집』, 소명출판, 2014, 357쪽.

센티멘털 로맨티시즘으로 간주되었다. 오상순은 조선은 황량한 폐허이며 20년대는 비통한 번민의 시대라고 하며, "이 폐허 속에서 우리들의 내적, 심적, 물적의 모든 부족, 결핍, 공허, 불평, 불만, 울분, 걱정, 근심, 슬픔, 아픔, 눈물, 멸망과 死의 諸惡이 쌓여 있다"[3]라고 20년대 한국의 문학 상황을 진단하였다. 이에 대한 부정으로 30년대 전반기 김기림을 비롯한 모더니즘 시인들이 새로운 시적 지향을 요구한다. 현대 시인은 "현대인의 목쉰 호흡과는 아무 연관이 없는 일종 기이한 감을 주는 질서로 차 있"는 전근대적인 요소들을 거부하여 현대적인 정서와 감각을 시에 반영해야 한다. 김광균의 이와 같은 주장은 앞에 언급한 김기림의 초기 모더니즘 시론과 상당히 유사하다. 시의 현대성을 달성하기 위해 그 첫 사업은 시에 나타난 봉건주의 소제(掃除)로 시작되었는데, 당시의 감상주의는 봉건주의의 변모에 지나지 않았다. 다시 말해서 감상주의와 낭만주의 등 전통적인 시법의 철저한 배격은 시의 근대성에 도달하기 위한 필연적인 전제 조건이 되었다.

그러나 많은 비평가들이 김광균의 시는 "前代의 感傷의 잔영을 탈피하지 못한 리리시즘의 시"라고 하여 그의 시에서의 감상성을 지적하고 있다. 그렇지만 김광균 시 속의 감상은 20년대의 감상주의와는 수법이 다른 것이었다. 이에 관련하여 김기림은 "소월(素月)이나 박용철(朴龍喆) 씨가 아무리 울라고 강권해도 울지 못하던 사람들도 김광균의 「광장(廣場)」에 이르러서는 어느새 소리 없는 흐느낌 소리를 깨쳐 듣고는 놀랐다"[4]고 평론에서 언급했다.

3 오상순, 「時代苦와 그 犧牲」, 『白潮』 創刊號, 1922.1, 2쪽.
4 김기림, 「30년대 掉尾의 시단 동태」, 『김기림 전집』 2, 68쪽.

슬픈 都市엔 日沒이 오고
時計店 지붕 위에 靑銅 비둘기
바람이 부는 날은 구구 울었다.

—「廣場」 2연

긴—뱃길에 한 배 가득히 薔薇를 싣고
黃昏에 돌아온 작은 汽船이 부두에 닻을 나리고
蒼白한 感傷에 녹슬은 돛대 우에
떠도는 갈매기의 날개가 그리는
한 줄기 譜表는 적막하려니

—「午後의 構圖」 3연

'슬픈 도시', '구구 울었다', '창백한 감상', '적막하려니' 등의 시어가 시 전체의 감상적 분위기를 조성하고 있다. 그런데 이러한 감상은 지나치게 주관적인 감상을 표방하는 20세기의 낭만주의 수법과 달리 어느 정도 객관화되어 분위기를 환기하는 것이다. 이와 같은 시에서 김광균은 센티멘털 로맨티시즘을 부정하고 있음을 실천적으로 보여주었다고 할 수 있다.

김광균과 유사하게 卞之琳 역시 1920년대 중국 시단의 주류인 낭만주의와 상징주의를 대표하는 센티멘털 로맨티시즘을 비판한다. 卞之琳이 처음 문학계에 들어섰을 때는 마침 감상적 낭만주의가 고조된 시기였다. 중국 신시의 감상적 낭만주의 경향은 郭沫若(1892~1978)를 대표로 하는 '창조사(創造社)' 시인들에 의해 시작되었다. 이들은 인간의 영혼적인 감각을 토로하는 주관주의, 즉 자아 정서에 대한 표현을 중시하여 많은 독자의 마음을 흔들었다. 그 이후에 聞一多(1899~1946), 徐志摩(1897~1931), 戴望舒(1905~1950) 등

상징주의 시인을 통해 중국 신시의 감상적인 경향을 본격적으로 드러냈다. 20년대 중국의 상징주의 시는 시인의 주관성과 암시성으로 인해 회의적이요, 고민적인 퇴폐성으로 흐르고, 현실을 도피한 채 몽롱함 속에서 신비에 도취하게 된다. 그런 의미에서 심지어 병태(病態)라고 매도하기도 하였다.[5] 卞之琳은 목격자로서 감상적 낭만주의 시가 당시 시대의 주류가 된 것을 직접 언급하고 있다.

> 당시 각 대학교의 '영국 시'란 수업의 중점은 대부분 19세기, 특히 낭만주의에 두었다. 이러한 현상은 우연처럼 보이지만 실은 필연이다. 왜냐하면 혁명과 도피, 동경(憧憬)과 환멸의 교체가 무의식적으로 낭만주의 시에서 활연(豁然)히 드러나기 때문이고, 1911년 이후 중국에서의 식민지 혁명, 부르주아 계급 혁명, 프롤레타리아 혁명 등 복잡한 상황의 영향을 받아서 지식인들이, 특히 대학교 지식인들이 영국 시를 맛보기 시작하여 무의식중에 낭만주의 시가 가장 입에 붙는다고 느껴지기 때문이다.[6]

卞之琳은 문학교육과 사회심리란 두 가지 시각으로 출발하여 대혁명 전후의 중국 사회심리가 영국 낭만주의 시에 내포된 시대정신과 호응하고 있음을 설명하고 있다. 20세기 중반 5·4운동의 열기가 식은 뒤 많은 지식인들이 건전한 이상과 미래를 내다볼 수 없

---

5 허세욱, 『중국현대시연구』, 명문당, 1992, 42쪽.

6 卞之琳, 「開講英國詩想到的一些體驗」, 『人與詩－憶舊說新』, 257쪽. "當時各大學的英國詩一課的重點也大多在19世紀, 尤其是浪漫派.這個現象看起來是偶然, 實際上是必然, 因爲革命與逃避, 憧憬與幻滅的交替無意中在浪漫派詩里表現得最顯豁, 因爲從1911年以後中國在植民地革命, 資産階級性革命, 無産階級性革命的複雜形勢的影響下, 知識分子, 尤其是大學里的知識分, 子把英國詩淺嘗起來, 不自覺地感到浪漫派詩最易上口了."

는 시대적 여건 속에서 절망에 빠진 결과, 그 도피구로서 낭만의 세계를 추구하게 되었다. 卞之琳은 이러한 문학 상황을 언급하면서 영국 낭만주의와 프랑스 상징주의의 '감상성'이 중국 독자에 끼친 악영향을 지적하면서 센티멘털 로맨티시즘을 날카롭게 비판한다.

> ㉠ 실은 1927년 이후에 중국은 이미 심침(深沈)의 단계에 이르렀다. 비록 우리가 자각하지 못한 채 낭만주의 시를 읽는다 하더라도 흥미로도 마음으로도 맛이 부족함을 느끼게 되었다.[7]

> ㉡ 낭만주의의 문제점은, 특히 졸렬한 번역을 거쳐, 기고만장해 떠들고, 허풍떨고, 또한 사람에게 영향을 주는 것이 가장 쉽다.[8]

위의 인용에서 보듯이 卞之琳은 감상 과잉의 낭만주의를 비판하여 중국 신시의 깊이를 추구한다. 그는 이러한 자신의 주장을 실천하여 시의 내용과 주제가 인간의 애환을 벗어나 '냉혈동물(冷血動物)'처럼 감정을 절제한 시작품을 창작하였다. 그리고 卞之琳의 시가 사상성보다 예술성, 바꾸어 말하면 시의 주제나 수량보다 시의 기교나 풍격 곧 詩質에 그 특성을 둘 수 있다는 것도 현대주의를 신봉했다는 결과인 것이다.[9] 실은 시단에서 감상주의에 대한 본격적인 비판과 극복을 명시적으로 내세우고 나온 시인은 20세기 40년대 후기의 袁可嘉(1921~2008), 李廣田(1906~1968), 唐湜(1920~2005)

---

7 위의 책, 257쪽. "中國實際上到1927年以後已經發展到深沈的階段, 我們盡管不自覺, 讀浪漫派詩, 在興趣上, 在心情上, 都感到不够味了."

8 卞之琳, 「新文學與西洋文學」, 『世界文藝季刊』 1卷 1期, 1945.8, 19쪽. "浪漫主義的坏處, 尤其經過粗制濫造的飜譯, 叫囂, 浮誇, 也最容易影響人."

9 허세욱, 앞의 책, 402쪽.

등이다. 이들은 아이버 암스트롱 리차즈(Ivor Armstrong Richards)의 이론과 신비평을 수용하여 새로운 시의 창작을 선도함으로써 감상주의를 극복하여 중국 현대 시문학의 새로운 영역을 개척하는 데 크게 기여하였다. 그러나 중국 신시의 감상주의적 경향을 극복하는 과정에서 卞之琳이 선구자가 되는 것은 부인할 수 없는 사실이다.

2) 도시적 감각과 현실비판 정신

김광균은 전근대의 자연발생적인 문학요소들을 비판하면서, "19세기는 19세기가 끝나는 마지막 날 한 장의 '캘린더'로 없어져 역사상의 존재가 되었고, 20세기에 존재하는 우리는 20세기의 정신과 감각을 노래할 뿐"[10]이라고 하며, 늘 현실에서 영향 받고 흥미를 느끼며 현대문명의 새로운 감각과 시대정신을 추구하는 것을 표방하였다. 그는 "시는 항시 그 시대의 거울"[11]이며 "시에 있어서의 시대성을 거부하는 정신은 아무래도 시대의 적일 수밖에 없다"[12]라고 하였다. 시의 현실비판 정신에 관련해서는 다음과 같이 언급했다.

> ㉠ 시에 있어서의 대상(현실)이 있는 이상, 이 대상에 근본적인 변화가 있을 때, 이 대상을 담는 용기(容器, 시) 역시 변화해야 할 것은 그리 사고를 요할 바가 못 된다.[13]

---

10 김광균, 「나의 시론－서정시의 문제」, 『인문평론』, 1940.2, 359쪽.

11 김광균, 오영식 · 유성호 편, 「시의 정신－회고와 전망을 대신하여」, 『김광균 문학전집』, 427쪽.

12 김광균, 「나의 시론－서정시의 문제」, 앞의 책, 358쪽.

13 위의 글, 357쪽.

ⓛ 시는 항시 그 시대의 거울이다. 때로는 시대의 추진체요 예언자일 수도 있다. 모든 예술 가운데 유독 시가 이런 영예를 독차지한 것은 아니나, 시의 정신이 시대사조와 함께 살아서 이와 함께 변천하고 이와 함께 성장한 것은 (…중략…) 시와 정신은 항시 시대사조의 문이 열려 있어야 한다. 시인이란 시를 자기 개인생활을 포함한 한 시대를 체험하고 사색함으로써 시에 대한 정열을 키워나가야 한다.[14]

이상의 글들을 통해 김광균이 표방하는 시란 시대의 변화에 따라 변화해야 하는 것임을 알 수 있다. 시의 정신은 시대변화의 반영, 즉 시 속에 현실을 민감하게 반영하고 수용해야 한다는 것이다. 여기서 김광균이 말하는 시의 정신은 바로 '근대문명에 대한 비판정신'과 관련된다. 시가 현실에 대한 비평정신을 기를 것은 바로 오늘 우리가 가장 큰 관심을 가지고 대할 문제 중의 하나이다. "이조유풍(李朝遺風)의 풍경 묘사와 주관적인 영탄으로 나타난 봉건의 때를 씻고 우리 시에 '근대문명'이라는 새로운 '메커니즘'을 받아들여서 항시 전진하는 시대감정을 이끌고 시대의 표정을 지녀야 할 것을 주창했다."[15]

이렇듯 김광균은 20세기의 시대감정과 시대정신이 시를 통하여 의식적으로 표출되며 이는 현대문명 현실에 대한 비판적 정신에서 산출된다고 주장한다. 그는 "오늘 우리가 가장 큰 관심을 가지고 대할 문제 중의 하나로 '시가 현실에 대한 비평정신을 기를 것'이다. 이것이 현대가 시에게 요구하는 가장 긴급한 총의(總意)라고 하겠다."[16]라고 하면서 시란 '현실 비판'이라고 규정하였다. 그러나

14 김광균, 「시의 정신－회고와 전망을 대신하여」, 앞의 책, 427~430쪽.
15 김광균, 「30년대의 시운동」, 위의 책, 432쪽.

아쉬운 점은 그는 현실극복의 길을 명확하게 언급하지 않았다.

卞之琳 역시 시와 사회현실의 상관성을 중시하며 30년대의 사회현실을 시작품에 드러낸다. 그러나 시대의 발전을 무조건 받아들이는 것이 아니라 상황에 따라서는 변화되어갈 수도 있고, 원래 상태로 변화시킬 수도 있을 것이다.

> 사람은 늘 사회현실 속에서 살고 있어 문학은 현실을 반영한다. 깊이 반영되든 그렇게 반영되지 못하든, 어쨌든 현실을 변혁시킬 것이다. 다만 어떤 것은 변화되어가고, 어떤 것은 원래 상태로 복원시킨다. 이는 단지 이상한 것이나 환상적인 것 등이 다를 뿐이다. 내 자신이 30년대에 쓴 일련의 시들은 또한 자신도 모르게 30년대 사회의 각인을 한다.[17]

문학은 사회를 반영한다. 우리는 사회라는 틀 안에서 생활하고 있고, 문학 또한 다르지 않다. 문학은 자신의 생각과 가치관을 반영하고 문학의 순수성과 참여성은 당시 문학적 상황과 사회현실적 상황에 의해 나타난 것이다. 이러한 문학관을 실천하여 卞之琳은 현실을 반영하는 시를 창작하였다. 「고읍의 꿈(古鎭的夢)」 속에서 형상화된 '古鎭'은 바로 30년대 중국사회를 투영한 것이다. 「몇 사람(幾個人)」, 「서장안거리(西長安街)」, 「봄날의 도시 모습(春城)」, 「고도의 도심(古城的心)」 등 시편들은 30년대 회색의 베이징에서 살고 있는

---

16 김광균, 「나의 시론－서정시의 문제」, 위의 책, 361쪽.

17 卞之琳, 「雕蟲紀曆 · 自序」, 『卞之琳集』, 中國社會科學出版社, 2009, 360쪽. "人總是生活在社會現實當中, 文學反映現實, 不管反映深刻還是反映膚淺, 也總是要改變現實, 只是有的要改過來, 有的要改過去, 有所理想或有所幻想等不同罷了. 我自己寫在30年代的一些詩, 也總不由自己, 打上了30年代的社會印記."

비극적인 도시 하층민들의 모습을 그리고 있다. 시 속에서 제한된 현실을 극복하는 모습을 보이지는 못하지만 현실의 모순을 체계적으로 인식하기에 앞서, 사회의 어두운 면에 가려진 못 가진 자들의 아픔과 비애가 던진 충격을 정서적으로 전달했다는 점에서 시대를 비판하고 있음을 알 수 있다.

모더니즘 시학에 대한 추구에 있어서 김광균과 卞之琳은 공히 감상적 낭만주의를 부정하고 시대를 비판하는 견해를 지녔다. 두 시인은 공통적으로 당시 양국 시단에서 존재하는 자연발생적인 감상(感傷)을 시 속에서 그대로 노래하는 상황을 언급하고, 그러한 감상주의적 경향을 비판하고 있다. 그리고 두 시인은 시대변화의 대변자로 간주되는 공통된 견해를 지녔다. 현실 문제를 해결하는 방법을 제시하기보다는 새로운 시대의 가치관을 표현할 새로운 시적 형식에 주목했다는 공통점이 있다. 과학문명의 급속한 발전에 따라 과거의 삶의 양태와는 다른 삶을 영위한다는 것은 시 역시 새로운 정서와 사고를 담는다는 것을 의미한다. 따라서 새로운 시대의 가치관을 표현할 새로운 시적 양식이 요구될 수밖에 없는 것이다.[18]

---

18 조용훈, 「새로운 감수성과 조형적 언어」, 김학동 외, 『김광균 연구』, 국학자료원, 261쪽.

02 새로운 표현 형식에 대한 추구

1) 현대 도시 문명어와 일상어(口語)의 사용

늘 새로운 감정과 감동을 노래하는 김광균은 시의 소재를 시인의 일상생활에서도 구할 수 있다고 단언하였다. 그는 "시의 본질은 사회현실의 파악과 자기 생활체험에서 얻은 주제를 정서화하여 독자에게 전달한다는 대전제를 벗어날 수 없다"[19]라고 하며, "촌길이나 공장이나 혹은 우정, 살림살이의 신산(辛酸) 등 시재는 실로 풍부하다. 해진 구두나 연애도 좋고, 별과 달과 시냇물 소리라도 그것이 오늘의 별과 달과 시냇물 소리면 족할 것이다"라며, 시인의 일상생활과 실제 체험한 것을 시의 소재로 하는 작품을 창작해야 한다고 적극 권장하였다. 또한 김광균은 시적언어의 선택을 중요시여겨 시인은 자기 시상과 리듬 스타일에 부합하는 선명한 언어를 사용할 것을 강조한다. 그는 시의 재료가 언어라면, 시 쓰는 사람의 고심은 자기 시에 맞는 언어를 찾고 고르는 데 있을 것이고, 이것을 무시하고 시는 존재하지 못한다고 하였다.

> 자기감정, 자기시상(詩想)에 맞는 언어의 선택과 구사에 유의하지 않고 시작(詩作)을 할 때 언어는 색채와 생명을 잃고 사어(死語)가 되고 만다. 구상(構想)이 크고 음조(音調)가 벅찬 시엔 언어에 신경 쓸 필요가 없다는 생각은 벌써 낙제생이 되기에 충분하다.

19 김광균, 「전진과 반성－시와 시형에 대하여」, 앞의 책, 409쪽.

> 말을 소중히 하고 고른다고 기교에 치중하라는 말로 오해치 말고 자기시상(詩想)·리듬 스타일에 부합하는 선명한 언어를 찾는 데 노력해야 할 것이다.[20]

위의 인용에서 보듯이 김광균은 시는 언어에 신경을 써야 하고, 시인의 감각과 체험에 맞는 언어를 선택해야 한다고 주장한다. 현대시가 현대 생활을 반영하여 현대적인 감수성을 다루는 시를 창작해야 한다고 주장하는 김광균이 그의 시 속에서 사용한 언어는 자연히 문명이나 도시생활에 관련된 언어일 수밖에 없다.

> 새로운 시가 자연히 풍경에서 노래할 것을 발견하지 못하고 정신의 풍경 속에서 대상을 구했고, 거기 사용된 언어도 목가적인 고전에 속하는 것보다는 도시생활에 관련된 언어인 것도 사실이다. 오늘에 와서 현대시의 형태가 조형(造型)으로 나타나고 발달된다는 사실은 석유나 지등(紙燈)을 켜던 사람에게 전등(電燈)의 발명이 '등불'에 대한 개념에 중요한 변화를 주듯이……[21]

김광균은 시에서 도시생활에 관련된 언어를 사용하고, 현대 도시문명에 관련된 소재를 채택하여 현대적인 정서를 전달하라고 요구하고 있다. 그의 시 창작 활동은 역시 이러한 주장을 실천적으로 보여준 전형이라 할 수 있다. 그의 시를 보면 이국적인 정취를 느낄 수 있는 도시 문물들을 쉽게 접하게 된다.

---

20 김광균, 「전진과 반성－시와 시형에 대하여」, 위의 책, 413쪽.
21 김광균, 「나의 시론－서정시의 문제」, 앞의 책, 362쪽.

㉢ 바람이 올 적마다 / 鐘樓는 낡은 비오롱처럼 흐득여 울고 /
하이얀 코스모스의 수풀에 묻혀 / 동리의 午後는 졸고 있었다

—「少年思慕-B」

㉣ 색소폰 우에 / 푸른 하늘이 곱-게 비친다

—「庭園-A」

㉤ 보랏빛 구름이 酒店의 지붕을 스쳐간 뒤 / 舖道엔 / 落葉이 어두운 빗발을 날리고

—「SEA BREEZE」

㉥ 어디서 날아온 피아노의 졸인 餘韻이 / 고요한 물방울이 되어 푸른 하늘에 스러진다 /
牛乳車의 방울 소리가 하-얀 午後를 싣고 / 언덕 넘어 사라진 뒤에 /
수풀 저쪽 코-트 쪽에서 / 샴펜이 터지는 소리가 서너 번 들려오고

—「山上町」

김광균의 시에는 鐘樓, 비오롱, 색소폰, 피아노, 샴펜, 공원의 銅像과 噴水, 高架線과 와사등, 우유차, 코트, 호텔의 風速計, 기차, 성경 등등 이국적 정취를 풍기는 소재들이 범람한다. 그의 시 속에 등장하는 꽃 이름을 봐도 코스모스, 아네모네, 카네이션, 칸나, 달리아, 장미와 같은 서구 탈출 외래종(外來種)이 빈번하게 나타난다. 이와 같이 김광균은 도시적 소재와 도시어를 사용함으로써 현대문명을 반영하고 현대적인 정서를 환기했다.

시는 언어로 만들어지며 동시에 언어는 시의 본질이 되는 것이

다. 중국에서 1917년 胡適에 의해 시작된 백화문(白話文) 운동은 근대시의 발전에 상당한 영향을 가져다주었고, 이에 따라 많은 시인들이 완전한 백화문으로 격률시의 정형성에서 벗어난 현대시 창작을 시도하였다. 그 무렵에 卞之琳은 "시의 언어의 기초는 일상적인 용어에 있다"[22]라고 하여 일상생활에서 가장 가까운 용어를 사용하여 삶의 냄새를 풍기는 시작을 지향하였다.

> 나는 주로 구어를 사용해서 (…중략…) 내가 깊이 체험한 베이징 거리와 교외, 실내와 정원 구석을 표현해낸다. (…중략…) 나는 과거에서 소위 시에 집어넣을 수 없는 사물들을 시에 불러들이기 시작한다. 예를 들어서 작은 찻집, 한가한 사람 손안에 문지른 한 쌍의 호두, 빙탕후루(冰糖葫蘆), 오매탕, 멜대 등등.[23]

卞之琳은 "일상언어의 자연적인 흐름은 비교적 부드러워서 복잡하고 정미한 현대적 감수성을 나타내는 예술수단을 충분히 발휘하게 한다"[24]고 하여 시에서 일상언어를 사용하는 이유를 언급하였다. 1930년에서 1932년에 卞之琳은 위와 같은 구어를 사용하는 방법으로 「幾個人」, 「記錄」, 「一個閑人」, 「路過居」, 「酸梅湯」, 「叫賣」, 「墻頭草」, 「群鴉」, 「黃昏」 등 일련의 시를 발표하면서 자신의 주장을 실천에 옮길 수 있는 장을 만들었다.

---

22 卞之琳, 「對于白話新體詩格律的看法」, 『社會科學輯刊』, 1979, 154쪽. "詩的語言基礎就是日常用語."

23 卞之琳, 「雕蟲紀曆 · 自序」, 앞의 책, 361쪽. "我主要用口語 (…中略…) 來體現深入我感触的北平街頭郊外, 室內院角. (…中略…) 我開始用進了過去所謂'不入詩'的事物, 例如小茶館, 閑人手里捏磨的一對核桃, 冰糖葫蘆, 酸梅湯, 扁担之類."

24 卞之琳, 「戴望舒詩集 · 序」, 앞의 책, 193쪽. "日常語言的自然流動, 使一種遠較有韌性因而遠較适應于表達複雜化, 精微化的現代感應性的藝術手段, 得到充分的發揮."

다섯 시엔 한 조각의 석양을 붙이며,
여섯 시엔 반쪽의 등불을 걸고,
누군가가 모든 세월을
그저 꿈을 꾸고, 담장을 보는 동안 보냈네,
담장 꼭대기의 풀이 자랐다가 또 시들었고.

—「담장 꼭대기의 풀(牆頭草)」 전문[25]

'담장 꼭대기의 풀'은 인간의 상징이다. 卞之琳은 일상생활에서 흔히 볼 수 있는 '담장 꼭대기의 풀'을 선택하여 우리의 삶은 담장 꼭대기에 자란 풀처럼 돋았다가 어느새 시들고 마는 비극성을 제시한다. 그리고 시에서 '다섯 시', '여섯 시', '석양' 등 일상생활 용어의 사용은 황혼이란 시간을 말해주는 동시에 소멸되어가는 쓸쓸한 분위기를 조성하는 역할을 하고 있다. 그리고 '做做夢'과 '看看墻'라는 말은 비록 백화구어일 뿐이지만 동사 중첩이 됨으로써 문장에서 가벼운 語氣를 가지고 있으며 일상적, 습관적, 혹은 한가한 동작행위를 나타낸다.[26] 이처럼 인간은 하는 일 없이 꿈을 꾸고 담장을 바라보면서 헛되이 세월만 보내는 것이다. 공허하고 무료(無聊)하게 살고 있는 인간은 담장 꼭대기의 풀과 차이가 없을 것이다. 이처럼 卞之琳은 자신이 선택한 일상적인 시어와 소재 하나하나를 연마하고, 그의 의식적인 조각을 통해 시적 주제를 지적(知的)으로 승화시켰다.[27]

---

25 卞之琳, 「墻頭草」, 五点鍾帖一角夕陽, / 六点鍾挂半輪燈火, / 想有人把所有的日子 / 就過在做做夢, 看看墻, / 墻頭草長了又黃了.

26 李宇明, 『漢語量範疇研究』, 華中師範大學出版社, 2000, 356쪽 참조. "경미와 '조심하지 않는다'의 의미를 포함하고 있는 동사 중첩은 일상적, 습관적 혹은 한가한 동작행위를 나타낸다. 이런 어법의미는 '습관적이고 일상적(慣常)'이라고 한다."

27 이에 관련하여 卞之琳은 "나는 연마를 선호하고, 추출을 좋아하며 결정과 승화

이상 언급한 바와 같이 김광균과 卞之琳은 시의 현대성에 도달하기 위해서 현대적인 시어를 사용해야 한다고 주장한다. 김광균은 현대 도시생활을 반영할 수 있는 도시어의 잦은 사용을 통해서 전대 시인들이 갖추지 못한 현대에 대한 나름의 태도를 표출하였다. 卞之琳은 현대 구어(口語)와 일상적인 용어의 사용을 중요시하였다. 그는 단순한 시어에 대한 연마와 조각을 통해서 현대시의 문제에 지적인 성찰을 던지고 시도하였다.

2) '형태의 사상성'과 '신격율(新格律)' 지향

1940년 5월 김광균은 「나의 시론－抒情詩의 문제」란 글에서 시형의 혁신인 '형태의 사상성'에 대해 주장하였다. 그는 새로운 가치관을 표현하기 위해서는 정신의 혁명이 필요하다고 주장하고, 이는 새로운 시 형태의 혁명을 통해서 비로소 도달할 수 있다고 생각하였다.

> 시는 현대의 지성과 정신을 통하여 의식적으로 소위(所爲)되는 정신적 소산물일 따름이다.
>
> 정신의 혁명은 제일 먼저 형태(형식을 포함하여)의 혁명으로 비롯되는데 시론을 쓰신 분들이 시의 시대성을 어떤 형태를 통하여 구체적으로 지적하려는 노력이 적었음은 유감이었다.
>
> 시에 있어서의 형태를 제(除)한 대상(문학 내용)은 예술 전반에 공통된 것이겠기에 논의로 하고도 시가 다른 문예와 궤도를 달리한 독

를 기대한다"고 고백한다. 卞之琳, 「雕蟲紀曆・自序」, 앞의 책, 358쪽 참조. "我偏愛洗淘, 喜愛提練, 期待結晶, 期待昇華."

> 특한 형태를 가진 이상 일종의 독특한 '형태의 사상성'을 가지고 있을 것이다. 이 '형태의 사상성'과 작품 내용과의 연쇄관계를 잘 모색해보면 거기서 의외로 좋은 수확이 있을 것 같다.
>
> (…중략…)
>
> 정신의 혁명은 거기 적당한 생산 공정을 통하여 반드시 형태의 혁명에 나타날 것은 의심할 여지가 없을 것이다.[28]

위 인용에서 보듯이 김광균이 말하는 '형태'는 시의 시대성을 전달하기 위해서 사용하는 형식적 요소와 인간의 정신적 요소의 결합이다. 정신의 혁명은 형태의 혁명에서 비롯된다. 이러한 그의 주장은 이후 1947년 7월 『京鄕新聞』에서 발표된 「前進과 반성－詩와 詩形에 대하여」란 글에서도 다시 강조되었다. 이 글에서 김광균은 서정시의 그릇으로 서사시를 담은 데서 시의 효과가 많이 상실되고 무리가 발생할 수 있다고 예를 제시하면서 새로운 내용을 담는 시형이 구태의연한 당시 시단상황을 비판할 수 있다고 보았다. 그리하여 "시인은 좀 더 자유로이 여러 가지 시형을 시험하여 자기 시에 알맞은 그릇을 찾아야 한다"고 주장하였다.[29]

그리고 시형에 대한 건의로는 김광균이 "하나의 주제를 밀고 나가는 박진력 있는 시형에 착안하여 기왕에 시열(詩列)의 나열로 효과를 내는 대신 시열을 구성하는 효과를 꾀하는 것도 하나의 좋은 시험일 것이다"[30]라고 주장한다. 그러나 새로운 정신이 요구한 시적 형식에 관한 언급은 어디까지나 외형적 형식주의에만 집중되었

28 김광균, 「나의 시론－서정시의 문제」, 『인문평론』, 1940.2, 360쪽.
29 김광균, 「전진과 반성－시와 시형에 대하여」, 앞의 책, 411~412쪽.
30 위의 글, 412쪽.

을 뿐이고 정신적인 측면에 대한 진술이 없다.

하은 시대(夏殷代)의 민요로부터 『시경(詩經)』·『초사(楚辭)』를 거쳐 청말(淸末)의 '동광파(同光派)'에 이르기까지 약 3천 년의 역사를 가진 중국 고전시의 형식은 끊임없이 새로운 변화를 겪으면서 발전해왔다. 중국 시문학이 가장 화려한 꽃을 피운 시기는 당(唐, 618~907) 왕조 300년이라 할 수 있다. 당시의 발전과정에 있어서 진정한 당대(唐代) 시풍을 열어간 '초당사걸(初唐四傑)'[31]에서 출발하여, 당시를 최고의 경지로 끌어올린 李白(701~762)과 杜甫(712~770)를 거쳐, 산수전원파의 王維(701~761), 孟浩然(689~740) 등에 이르기까지 중국 시 예술의 최고봉에 도달하였다. 당시(唐詩)는 새로운 격식의 근체시(近體詩), 즉 5언율시와 7언율시, 배율(排律) 그리고 5언절구와 7언절구를 확립하였다. 이와 같이 율시와 절구의 근체 형식이 확립되었다.

그러나 근대에 들어와 새로운 시대의 발전에 따른 새로운 시 형식을 요구하게 된다. 중국 근대 시문학의 선구자로 꼽히는 胡適이 '시체대해방(詩體大解放)'을 외치면서 전통시의 운율과 격식, 음조 등을 모두 파괴하고 이를 통해 비로소 자유로운 신시의 형태를 실현시킬 수 있다고 주장한다.[32] 물론 엄격한 고체시 형식의 틀에서 벗어나는 것은 시의 발전이 틀림없지만, 지나친 형식 파괴를 추구한 나머지 신시가 산문화(散文化)되는 결과를 낳고 말았다.

이러한 중국 초기 시단의 산문화의 폐단을 막고자 신월시파(新月詩派) 시인들은 '신운율운동(新韻律運動)'을 펼쳤다. 그 가운데 卞

---

31 초당사걸은 중국 당나라 초기의 대표적 문인인 王勃(650~676), 楊炯(650~692), 盧照隣(636~695), 駱賓王(638~684)을 함께 부르는 이름. 성만을 따서 '왕양노락(王楊盧駱)'이라고도 한다.

32 胡適, 『嘗試集』, 安徽教育出版社, 2006, 18쪽 참조.

之琳은 현대시의 운율 이론을 꾸준히 탐색하고 이를 작품에 실천한 대표 시인이다. 卞之琳은 1953년부터 몇 편의 단평을 남기고 있다. 「哼唱型節奏(吟唱)和說話型節奏(誦調)」, 「談詩歌格律問題」, 「對于新詩發展問題的幾点看法」, 「新詩和西方詩, 說“三”道“四”: 讀餘光中 『中西文學之比較』, 從西詩, 舊詩談到新詩律探索」, 「重探參差均衡律－漢語古今新舊體詩的聲律通途」 등이 그것이다. 卞之琳은 절대적으로 자유로운 시가 존재하지 않는다고 주장한다. 따라서 그는 신시의 율격(格律) 문제에 대해 전통시의 모든 것을 무조건 벗어나기보다는 전통시의 우수한 점을 계승·발전시키는 동시에 새로운 혁신의 추구와 함께 현대시의 신운율 이론을 정립하였다.

卞之琳은 시는 언어의 예술이라고 생각하여 시의 율격 문제를 해결하려면 먼저 언어 문제부터 해결해야 한다고 주장한다. 시의 언어는 곧 일상적인 용어라고 하여 중국 언어의 특징을 아래와 같이 언급한다.

> 중국 글자는 단음자이지만 중국 언어는 단음 언어가 아니다. 우리가 현재 말하는 것은 길어도 2글자 또한 3글자를 한 돈(頓)으로 삼는다. 또한 한 글자를 한 돈(頓)으로 삼는다. 극소수의 경우에 4글자를 한 돈(頓)으로 삼는다(일반적으로 4글자로 된 한 단어는 항상 ‘2-2’ 2돈(頓)으로 나눈다. 혹은 ‘1-3’ 2돈(頓), 아니면 ‘3-1’ 2돈(頓)으로 나눠서 말한다. 예를 들어서 ‘제국주의’란 단어는 ‘제국’과 ‘주의’ 두 돈(頓)으로 나눠서 말한다).[33]

---

33 卞之琳, 「哼唱型節奏(吟唱)和說話型節奏(誦調)」, 『人與詩－憶舊說新』, 262쪽. “中國字是單音字, 中國語言却不是單音語言. 我們現在的講話中最多是把兩個字或三個字連在一起作一頓, 也有一個字作一頓, 也有極小數把四個字連在一起作一頓(一般四字一詞往往分成‘二’‘二’兩頓, 或‘一’‘三’兩頓, 或‘三’‘一’兩頓來說出. 例如: ‘帝國主

중국 전통시의 돈수(頓數)와 돈법(頓法)에 대해 卞之琳은 아래와 같이 언급한다.

> 율격시는 '구마다 일정한 음절이 있다', 그럼 우리의 전통시는 어떨까? 전통시에 있어서 이는 율격의 기초 혹은 중심 고리가 되는 것이다. 전통시는 구마다 일정한 돈수(頓數), 일정한 돈법(頓法)이 있다. 사언시는 '2-2' 2돈이고, 6언시는 '2-2-2' 3돈('兮'자는 포함하지 않는다)이다. 5언시는 '2-3' 2돈(혹은 2돈 반)이다. 7언시는 '2-2-3' 3돈(혹은 3돈 반)이다. 그리하여 중국 과거의 시체가 사육언과 오칠언이란 두 개의 조직을 가진 것이다.[34]

위와 같이 卞之琳은 중국 언어인 한어(漢語)의 특징과 전통시의 조직에서 내원한 돈수와 돈법을 정리하고 이를 바탕으로 신격율을 주장하였다. 신율격의 내용은 글자수(字數)의 제한을 타파하고 돈수로 율격의 바탕[35]을 삼되 시 한 행을 대체로 5돈 이하로, 한 돈은 두 글자 혹은 세 글자로 삼는 것이다. '돈(頓)은 신시 율격의 기초'란 그의 주장은 1950년대에 이르러야 비로소 정식적으로 제기되었지만, 그의 시 창작 초기부터 작품에서 시도되었다. 「晩報」, 「新秋」, 「遠行」, 「群鴉」 등이 그 대표적인 작품이라고 할 수 있다.

이에 대해 卞之琳은 자신의 "시체는 자유시체와 율격시체를 겸

義'一詞作'帝國''主義'兩頓說出)."

34 위의 책, 262쪽. "格律詩'每一句有一定的音節', 在我們的舊詩里怎么樣? 在舊詩里, 這是格律的基礎或中心环節. 舊詩里每句有一定的頓數, 一定的頓法. 四言詩是'二''二'兩頓; 六言詩是'二''二''二'三頓('兮'字不算); 五言詩是'二''三'兩頓, (也可以說是兩頓半). 七言詩是'二''二''三'三頓(也可以說是三頓半). 因此, 中國過去詩體有四六言和五七言兩大體系."

35 卞之琳, 「談詩歌格律問題」, 위의 책, 275쪽. "'只要突出頓數標準, 不受字數限制', 才能在此基礎上形成'一種新格律.'"

하여 썼다. 최초에는 주로 미성숙한 율격시체를 썼고, 또 한동안은 주로 자유시체를 썼으며, 해방 이후의 신시기까지는 내 자신이 능숙하다고 생각한 율격시체를 썼다”[36]라고 하였다. 이처럼 卞之琳은 꾸준히 ‘백화신시의 율격화(白話新詩格律化)’를 탐색해 후기에 가서는 자신이 스스로 능숙하다고 생각하는 시적구조를 찾아내 정착한다.

분석한 바와 같이 김광균과 卞之琳은 공히 시대에 맞는 새로운 시 형식을 찾으려고 애썼다. 시의 형식에 있어서 김광균은 ‘형태의 사상성’을 주장한다. 그가 말하는 ‘형태’는 시의 시대성을 전달하기 위해서 사용하는 형식적 요소와 인간의 정신적 요소의 결합이며, 정신의 혁명은 형태의 혁명에서 비롯된다. 그러나 형식 혁신의 구체적인 방법이 언급되지 않았다는 점에서 아쉬움이 남는다. 卞之琳은 신시의 율격 문제를 중요시하여 돈(頓)을 신시율격의 기초로 삼되 ‘신격율(新格律)’ 이론을 제시하였다. 卞之琳의 시 창작은 바로 이러한 그의 주장의 실천이라고 볼 수 있다.

36 卞之琳, 「雕蟲紀曆 · 自序」, 앞의 책, 361쪽. “詩體則自由體與格律體兼用, 最初主要用不成熟的格律體, 一度主要用自由體, 最後幾乎全用自以爲較爲熟練的格律體以至直到解放后的新時期.”

03 지성(知性)에 대한 추구

1) 시적 회화성 구현과 동양철학적 통찰

주지하다시피 문학에 있어서 지성에 대한 추구는 영미 모더니즘의 중요한 특성으로, 일반적으로 내용과 방법의 양면을 포함하나, 특히 방법에 대한 의식적인 노력을 중요시한다.[37] 모더니즘 시는 시인의 개인적 정서와 감정을 직접 노출하지 않고 냉정한 지성적 통찰과 숙고에 의해 인식된 세계이다. 시에서 자아의 주관적 감정을 배격하여, 현실에 대한 인식과 태도를 중심으로 자신의 삶의 태도를 객관적으로 드러내는 것이다.

이와 같은 지성 우위의 문학적 경향은 일본을 거쳐 한국과 중국에서 주지주의라는 개념으로 다루어져왔다. 한국에서의 주지주의는 1930년대에 김기림 · 정지용 · 최재서 등에 의하여 시작되었으며, 김광균 · 김현승 등이 그 뒤를 이었다. 김기림은 회화성, 이미지와 더불어 지성을 강조한 바, 시에 있어서 지성과 회화성의 관계를 다음 글에서 살펴보겠다.

> 생명의 자유로운 流動에 맞서고 가로막고 거슬러 올라가는 活意, 기억, 비교, 분류, 분석, 추리 등을 포함하는 지성이다. 시에서 완전히 지성을 배제할 수는 없다. 시를 구성하는 말은 표면적인 음향과 그 내용인 의미를 가지고 있기 때문에 시의 회화성을 생각한다. (…중략…) 구체적 물체의 윤곽이 선명한 현상을 파악하는 마음의 눈 즉 지성은

37 문덕수, 『한국 모더니즘 시 연구』, 시문학사, 1981, 56쪽.

> 모든 사물을 시각화하여 공간적으로 定向하고 관찰하려는 지적 노력이다.[38]

이러한 시적 주장은 감광균의 시에 그대로 반영되어 있다. 김광균은 은유와 직유법을 활용해 시각적 이미지와 공감각적 이미지를 매개로 현대적 감성을 잘 형상화하고 있다. 김기림은 김광균 시의 회화성에 대해 "그가 전하는 의미의 비밀은 그의 회화성에 있다. 사실 그는 소리조차를 모양으로 번역하는 기이한 才操를 가졌다"라고 함으로써 그의 회화성 수법을 극찬하였다.

김광균의 회화적 의도는 시 제목에서부터 시어에 이르기까지 뚜렷하게 나타난다. 시집 『와사등』에서 「午後의 構圖」, 「壁畵」, 「鄕愁의 意匠」, 「風景」, 「石膏의 記憶」 등의 작품명 그리고 '挿畵', '石膏', '풍경', '印象', '色紙', '그림', '풍경화' 등의 어휘는 그 자체가 회화와 관련된 용어들이며 시 속에서 시각적 이미지의 효과와 함께 회화의 효과를 주도하는 역할을 한다.

> 하이한 暮色 속에 피어 있는
> 山峽村의 고독한 그림 속으로
> 파－란 驛燈을 달은 馬車가 한 대 잠기어가고
> 바다를 향한 산마루 길에
> 우두커니 서 있는 電信柱 우엔
> 지나가던 구름이 하나 새빨간 노을에 젖어 있었다
>
> —「外人村」 1연

38 최재서, 「서정시에 있어서의 지성」, 『朝鮮文藝作品年鑑』, 人文社, 1938.

이 시는 시각적 이미지와 색채감으로 도시적 풍경을 깔고 시의 회화성을 최대한 살려 전개한 그의 대표작이라고 할 수 있다. 위에서 인용한 제1연을 보면 '외인촌'의 풍경을 그림 그리듯 묘사하고 있다. '하이한 모색', '파-란 驛燈', '새빨간 노을' 등의 선명한 색채 이미지와 '잠기어가고', '젖어 있었다' 등의 공감각적 수법의 사용을 통해 시의 회화성을 드러내고 있다. 이 시에서는 행이 거듭될수록 회화적인 이미지에서 오는 감동이 뚜렷하게 다가옴을 느낄 수 있는데, 마지막 행의 '지나가던 구름이 하나 새빨간 노을에 젖어 있었다' 등의 언어 구사에서 그의 이미지즘 철학의 실천과 그 묘미를 접하게 된다.[39]

> 어느 먼-곳의 그리운 소식이기에
> 이 한밤 소리없이 흩날리느뇨
>
> 처마 끝에 호롱불 여위어가며
> 서글픈 옛 자췬 양 흰눈이 나려
>
> 하이얀 입김 절로 가슴이 메어
> 마을 허공에 등불을 켜고
> 내 홀로 밤 깊어 뜰에 나리면
>
> 먼-곳에 여인의 옷 벗는 소리

39 박정인, 「한국 모더니즘의 사적 전개」, 조선대학교 교육대학원 석사학위논문, 2001, 13쪽.

희미한 눈발
이는 어느 잃어진 추억의 조각이기에
싸늘한 追悔 이리 가쁘게 설레이느뇨

한 줄기 빛도 향기도 없이
호올로 차단한 衣裳을 하고
흰눈은 나려 나려서 쌓여
내 슬픔 그 우에 고이 서리다

—「雪夜」 전문

이 시는 이미지즘 기법을 내면화하고, 전통적인 소재를 새로운 감각으로 형상화함으로써 크게 주목받은 작품이다. 시인은 한밤중에 소리 없이 눈 내리는 풍경을 '먼-곳에 여인의 옷 벗는 소리'로 구상화하여 서정적으로 그려낸다. 그리움의 감정과 설야의 사물 이미지를 일체화하려는 작가의 의도가 엿보인다. '그리움'의 정서가 T. S. 엘리엇의 '객관적 상관물'로서의 '눈 오는 풍경', 더 나아가 '여인의 옷 벗는 소리'로 유추되고 있다.[40] 바로 여기서 김광균 시작에 있어서의 주지적 태도가 드러나는 것이다. 그 외에도 그의 초기 대표작의 하나인 「와사등」은 현대 물질문명의 현란한 무질서에 대한 지성(知性)의 고민을 그리고 있다.

차단-한 등불이 하나 비인 하늘에 걸려 있다
내 호올로 어델 가라는 슬픈 신호냐

40 박종철, 「1930년대 한국 모더니즘 시 연구-정지용 · 김기림 · 김광균을 중심으로」, 서남대학교 대학원 석사학위논문, 2002, 27쪽.

긴-여름 해 황망히 나래를 접고

늘어선 高層 창백한 墓石같이 황혼에 젖어

찬란한 夜景 무성한 雜草인 양 헝클어진 채

思念 벙어리 되어 입을 다물다

—「와사등」 1~2연

여기서 읽을 수 있는 것은 고향 상실이라는 현대성을 배경으로 한 도시적 감각이다. "내 호올로 어델 가라는 슬픈 신호냐"라는 외침은 조국을 잃고 고향을 떠나 떠도는 당시대의 지성이 정신적 방황으로 어디로도 갈 수 없다는 상실감을 강조하고 있다. 그리고 '늘어진 高層 창백한 墓石같이', '찬란한 夜景 무성한 雜草인 양 헝클어진 채' 등은 단순한 문명비판에 머무르지 않고 감상에 직결되는 일제하의 한국지성의 절망감이 잘 나타나 있다.

한편, 卞之琳은 중국 주지주의 시의 대표적 시인으로 인정받고 있다. 그는 자신을 '냉혈동물'로 자평하면서 주관적 감정을 절제하는 주지적 태도를 취하고 있음을 암시한 바 있다. 그러나 김광균과 달리 卞之琳은 중국 고전의 철학을 이미지와 융합하는 주지적 경향을 보이고 있다. 그의 시세계에서 노자(老子)와 장자(莊子)의 상대론적 관점이 강하게 풍기고 있다. 『노자』 제2장에서 이 세계의 모든 것은 이편과 저편, 즉 반대편 것과의 대립 관계 속에서 비로소 존재한다고 말한다. 다른 표현을 빌리자면 자신의 존재 근거가 자신 안에 있지 않고, 자신과 대립 관계를 맺은 상대적인 것과의 존재 속에 거하고 있다는 것이다.[41] 그것은 주관과 객관, 이동(動)과 정지

41 진림, 「한·중 근대시에 나타난 노장사상 연구」, 충남대학교 대학원 박사학위논문, 2013, 86쪽.

(靜), 생(生)과 사(死), 꿈(夢)과 현실, 실(實)과 허(虛)가 역동적으로 상호작용하면서 우주 순환적으로 운동한다는 원리이다. 1930년대 중국의 대표적인 주지주의 시인으로서 卞之琳은 많은 작품을 남겼는데, 그중 주지주의와 이미지즘의 영향을 받아 창작한 「단장(斷章)」은 중국 모더니즘 시의 명편으로 알려져 있다.

그대는 다리에 서서 풍경을 바라보고
풍경을 바라보는 사람은 누각에서 그대를 바라본다.

밝은 달은 그대의 창을 장식하고
그대는 다른 사람의 꿈을 장식한다.

—「단장」 전문[42]

짧지만 시공간적 상대 개념을 초월한 철학사상이 들어 있는 심오한 시다. 시에서 '당신'은 '풍경을 보는 사람'의 시선을 통해 주체에서 객체로 전환되고, 다시 '장식'한다는 동사로 피동적인 상태에서 능동적인 행동으로 전환된다.[43] 이와 같이 너와 나, 밝은 달과 너의 창가 등 이미지가 주체와 객체 구별 없이 연관되어 하나의 풍경을 조성한다. 당신이 다리에 서서 풍경을 보는 동시에 당신 또한 그대로 풍경이 되어 내 마음속으로 들어온다. 그리고 밝은 달빛이 당신의 창가에 들어오는 동시에 당신은 또한 내 꿈속에 들어온다. 사랑하는 사람을 마음속에 담아두는 슬픈 사랑을 노래한 애정 시(愛

---

42 卞之琳, 「斷章」. 你站在橋上看風景, / 看風景人在樓上看你. // 明月裝飾了你的窓子, / 你裝飾了別人的夢.

43 진린, 앞의 글, 88쪽.

情詩)로 읽을 수도 있지만, 세상 만물은 모든 행위의 주체이면서 객체도 될 수 있다는 인생철학이 들어 있다.

세계가 나의 화장대를 풍부하게 한다.
마치 과일 가게가 과일로 나를 둘러싸고
설령 몸을 굽히기만 하면 얼마든지 쉽게 주울 수 있을지라도
어찌나 잠에서 일어나던지 식용이 너무 없어나?

거미줄아 왼쪽 처마 모퉁이에 쳐놔라
버들개지야 내 대야 물에 떨어져 내리지 말라
거울아, 거울아, 넌 진짜 성가시게 하네
너의 빼어나게 아름다운 두 눈썹부터 그리게 해다오.

그러나 한 장 두 장 원앙 기와의 기쁨에서
난 옥상을 이해하고, 또한 명백히 이해했네.
한 잎 두 잎 녹엽 한 그루 큰 오동나무 —
가지 끝에 부리로 깃털을 다듬는 어린 새를 보라!

그 새 두루마기에 멋을 더하라.
"장식의 의미는 자신을 잃어버리는 데 있다"
누가 내게 써준 말인가? 생각하지 말자 —
싫다! "내가 나를 완성하는 것을 통해 너를 완성한다."

—「화장대(옛 뜻을 새롭게 구성한다)」 전문[44]

44 卞之琳,「妝台(古意新擬)」. 世界豐富了我的妝台, / 宛然水果店用水果包圍我, / 縱不費氣力而俯拾卽是, / 可奈我睡起的胃口太弱? // 游絲該系上左邊的檐角. / 柳絮別掉下我的盆水. / 鏡子, 鏡子. 你眞是可惱, 讓我先給你描兩筆秀眉. // 可是從每一片鴛瓦

'妝台'는 옛날에 여자들이 치장할 때 사용하는 鏡台인데, 여기서 시인이 새롭게 해석하여 화장대를 인생에 비유하며 거울은 나와 세계를 연결시켜주는 도구로 본다. 따라서 거울 안에서 너의 두 눈썹을 그리는 것은 나의 눈썹을 그리는 것이 된다. 또 나를 장식하는 것은 바로 너를 장식하는 것이 된다.

「단장(斷章)」에서 보여준 것처럼 이 시 역시 상대론적 관점이 뚜렷하게 적용되어 있다. 나와 너, 녹엽과 큰 나무, 장식과 장식되어짐, 얻은 것과 잃어버린 것 등을 서로 역동적으로 작용하면서 대립적인 통일체가 된다. 장식의 의미는 나를 완성하여 너를 완성하는 것처럼 나와 너, 그리고 세계는 서로 장식하고 장식되면서 하나의 통일체로 이루어졌음을 깨닫는다.[45] 이와 같이 卞之琳은 중국 고전의 영향을 받아 인생의 철학을 이미지와 조합하여 새로운 주지주의 시를 발굴하는 데 성공하였다.

위에서 분석한 바와 같이 김광균이 시각 이미지와 공감각 이미지 등 회화성의 추구로 시에 지성을 도입했다면, 卞之琳은 주로 중국 고전의 동양사상을 적용하여 시에 지성을 도입함으로써 현대성을 획득했다는 차이가 있다. 그러나 이것은 시작 방법의 차이일 뿐, 두 시인이 모두 모더니스트이면서 지성적인 시를 시도했다는 점에서 의미를 찾아야 할 것이다.

的歡喜 / 我了解了屋頂, 我也明了 / 一張張綠葉一大棵碧桐 一 / 看枝頭一只弄喙的小鳥! // 給那件新袍子一個風姿吧. / "裝飾的意義在失去自己." / 誰寫給我的話呢? 別想了一 / 討厭! "我完成我以完你."

45 정성은, 『詩選』, 문이재, 2005, 99쪽.

2) T. S. 엘리엇의 영향과 전통의 현대화

주지주의자들은 19세기 가치관이 더 이상 20세기의 현대인들에게 어울리지 않는다는 자각 속에서 인류 보편적인 정서가 깃든 그 이전의 전통으로 회귀하고자 한다.[46] 일반적으로 전통이라면 한 집단이나 공동체 내에서 형성되어 역사적 생명을 가지고 내려오는 관습의 모든 것, 또는 옛날 것의 재현 등으로 생각한다. 그러나 T. S. 엘리엇에게는 전통이라는 말이 훨씬 더 넓고 함축성 있는 의미를 지닌다. 그는 "전통은 가장 의미가 깊은 종교적 의식에서부터 낯선 사람과 나누는 관례적인 인사에까지"[47] 영향을 미치고 있는 것처럼 문화와 같이 모든 것을 포함하는 것으로 파악하였다. 그리고 그는 전통을 단순히 옛날 것의 맹목적인 재현으로 보지 않고 "현재의 형성에 작용한 과거로부터 계승된 살아 숨 쉬는 문화의 일부로 보았다".[48] 다시 말하면 그에게 전통은 역사의식을 내포한다. 전통과 역사의식의 관계에 대해서는 T. S. 엘리엇의 가장 유명한 비평문으로 꼽히는『전통과 개인의 재능(Tradition and the Individual Talent)』에 잘 나타나 있다.

> 전통은 첫째 역사의식을 내포하는데, 이 의식은 25세 이후에도 시인이 되고자 하는 이에게는 필수불가결한 것이다. 이 역사의식에는 과거의 과거성에 대한 인식뿐만 아니라 과거의 현재성에 대한 인식

46 이인주,「崔載瑞 文學批評 硏究」, 이화여자대학교 대학원 석사학위논문, 1998, 24쪽.
47 T. S. Eliot,『After Strange Gods－A Primer of Modern Heresy』, London : Faber and Faber, 1934, p.18.
48 Sean Lucy,『T. S. Eliot and the Idea of Trandition』, London : Cohen and West, 1960, p.6.

도 포함되며, 이 역사의식으로 말미암아 작가가 작품을 쓸 때 골수에 박혀 있는 자신의 세대를 파악하게 되며, 호메로스 이래의 유럽문학 전체와 그 일부를 이루는 자국의 문학 전체가 동시적 존재를 가졌고 또한 동시적 질서를 구성한다는 느낌을 반드시 갖게 된다.[49]

전통이 역사의식을 내포한다는 것은 엘리엇이 전통을 바라보는 핵심적인 관점이다. 전통은 과거와 현재의 공존이다. 개인의 개성은 전통과 관련될 때만 평가될 수 있으며, 고전 위에 새로운 예술작품이 소개됨으로써 기존 질서는 수정될 수 있는 것이다. 그는 이것을 낡은 것과 새 것 간의 순응으로 보았다. 전통이란 결코 과거에 내려온 것만이 아니라 현재와 미래를 위한 바탕이 되는 소중한 유산인 것이다. 따라서 정확하게 전통의식을 갖고 현재 속에서 전통과 자신, 자신과 현재를 융합하여 창작하는 사람이야말로 진정한 문학인이라고 할 수 있다는 것이다.[50] 이러한 엘리엇의 전통의식은 김광균과 卞之琳의 시세계 전개 과정에서 중요한 기반을 이룬다. 김광균은 1948년 2월 15일 『새한민보』 2~4호(통21호)에 발표한 「시의 정신－회고와 전망을 대신하여」에서 다음과 같이 전통에 관한 주장을 펼친다.

이미 세상에 존재하는 것은 존재할 만한 조건하에 존재할 것이다. 그것은 그대로 하나의 예술태도요 작품이며, 그대로의 지향과 가치를 지닌 것일 것이다. 마찬가지로 이분들이 자기주견(自己主見)과 기호(嗜好)를 고집하여 서정시 외의 시는 비시(非詩)로 생각하는 것도

49 T. S. Eliot, 卞之琳 외 역, 『傳統與個人才能－艾略特文集 · 論文(Tradition and the Individual Talent－Selected Essays)』, 上海譯文出版社, 2012, 2쪽.

50 엄홍화, 『韓 · 中 모더니즘 詩文學 比較硏究』, 284쪽.

> 매우 우스운 일이다. 백조 이후의 조선시의 전부가 서정시는 아니나 주로 서정시가 한 전통을 이룬 것은 사실이다. 그러나 전통이란 늘 전진하고 생장하는 성질의 것이어서 전진을 그치면 생명이 죽고 만다.[51]

김광균은 과거에 존재한 모든 것은 그가 존재할 만한 여건과 가치를 지닌다고 하면서 전통 서정시를 인정한다. 그는 전통이란 늘 전진하고 생장하는 성질의 것이라고 주장한다. 바꿔서 말하면 전통문화는 늘 과거를 이해하고 현재를 파악하며 미래를 지향하는 것이다. 이러한 관점은 T. S. 엘리엇의 전통의식과 매우 유사하다. 전통이 지닌 고전적 요소는 항상 시대의 발전에 따라서 새롭게 발전하고 있으며 혁신이 없으면 전통의 생명 또한 유지할 수 없는 것이다. 김광균의 이러한 전통의식은 시 창작에 그대로 적용되어 서정성 문제에서 전통적인 한국인의 그리움, 한(恨), 비애, 향수 등의 애상적 분위기의 표출로 나타나곤 하였다.

김광균의 시집 『와사등』에 수록된 대부분 시의 주제는 그리움이다.[52] 이러한 그리움은 다시 돌아갈 수 없는 유년시절, 잃어버린 고향, 상실한 가족에 대한 그리움이다. 따라서 그의 시에는 상실의식과 애상적인 정서가 주를 이룬다.

> ㉠ 하이-헌 追憶의 벽 우엔 별빛이 하나 / 눈을 감으면 내 가슴엔 처량한 파도 소리뿐
>
> —「午後의 構圖」

51 김광균, 「시의 정신-회고와 전망을 대신하여」, 앞의 책, 429쪽.
52 김종철, 『시와 역사적 상상력』, 문학과지성사, 1978, 23쪽.

ㄴ 슬픈 記憶의 장막 저편에 / 故鄕의 季節은 하이-헌 흰 눈을 뒤집어쓰고

—「黃昏에 서서」

ㄷ 落葉에 쌓인 옛 마을 옛 시절이 / 가엾이 눈보라에 얼어붙은 午後

—「童話」

ㄹ 어제도 오늘도 고달픈 記憶이 / 슬픈 行列을 짓고 창밖을 지나가고

—「紙燈-窓」

ㅁ 여윈 追憶의 가지가지엔 / 조각난 氷雪이 눈부신 빛을 하다

—「星湖附近-1」

ㅂ 옛 記憶이 하-얀 喪服을 하고 / 달밤에 돈대를 걸어나린다.

—「庭園」

위에 인용한 부분은 모두 다시 돌아갈 수 없는 과거를 추억하는 가운데 현실의 비애와 그리움을 노래하고 있다. 이러한 애상적 정서는 일제 식민지라는 비극적인 시대상황에서 기인한 우울함과 조국 상실의식에서 그 뿌리를 찾을 수 있다. 현대 도시생활에서 현대인이 느끼게 되는 소외감과 현실도피 의식에 의해서 과거에 대한 '追憶'을 금치 못했던 것 같다. 이러한 內·外的 요인이 복합적으로 작용하여 형성된 것이 그의 시의 중요한 특징인 애상성이며, 그것은 한국의 전통적 정서인 恨의 변형인 것이다.[53]

53 조동민, 『김광균론』, 범양사 출판부, 1987, 141쪽.

긴-여름 해 황망히 나래를 접고
늘어선 高層 창백한 墓石같이 황혼에 젖어
찬란한 夜景 무성한 雜草인 양 헝클어진 채
思念 벙어리 되어 입을 다물다

皮膚의 바깥에 스미는 어둠
낯설은 거리의 아우성 소리
까닭도 없이 눈물겹고나

空虛한 群衆의 행렬에 섞이어
내 어디서 그리 무거운 悲哀를 지고 왔기에
길-게 늘인 그림자 이다지 어두워

—「瓦斯燈」 2~4연

현대 도시문명 속에서 생활하는 군중이 느끼는 고독감과 소외감, 비애와 절망을 공감각적 이미지로 나타나고 있다. 시 속에 현대 도시문명의 대표적 징표인 '고층'과 '야경'을 '창백한 묘석'과 '무성한 잡초'로 비유하며 현대문명을 비판하고 있다. 이어서 '思念'은 현대사회에서 탈피하여 옛날로 돌아가고픈 염원을 담고 있다. 그러나 '벙어리 되어 입을 다물다'에서는 끝내 돌아갈 수 없다는 사실을 말해준다. 비애를 짊어진 시적 화자가 비록 군중에 있지만 자신 내면의 외로움이 보다 더 크게 증폭되어 까닭도 없이 눈물이 괴어 흐르는 것이다.

늘어선 高層 우에 서걱이는 갈대밭
열없는 標木 되어 조으는 街燈

소리도 없이 暮色에 젖어

엷은 베옷에 바람이 차다
마음 한구석에 벌레가 운다

황혼을 쫓아 네거리에 달음질치다
모자도 없이 廣場에 서다

―「廣場」 3~5연

이 시는 「瓦斯燈」과 같이 공감각 수법을 이용하여 현대인의 애상을 짙게 나타낸 대표적인 작품이다. '소리도 없이', '차다', '벌레가 운다' 등을 통해 '슬픈 도시'의 쓸쓸함과 암울한 모습을 그려낸다. 시의 마지막 연에서 황혼을 쫓아 네거리를 달음질치면서 모자도 없이 광장에 선 시적 화자의 모습이 비극적인 도시와 함께 가장 비극적인 장면을 이룬다.

이와 같이 김광균은 시대 상황을 싸안고 현실 속의 자아와 그가 생활하는 시대에 대한 새로운 체험을 통해 현실성과 주체성을 가지고 그리움과 한이라는 한국적인 전통 정서를 새롭게 해석하였다. 시적 기법에 있어서는 공감각 이미지를 통해 시의 애상적 분위기를 보다 짙게 창출하였다.

卞之琳은 그의 「분리와 합병 사이에－서구 현대문학과 "모더니즘" 문학(分與合之間－關于西方現代文學和"現代主義"文學)」[54]이라는 글에서 모더니즘과 전통의 관계에 대해 다음과 같이 언급하고 있다.

---

54 卞之琳, 「分與合之間－關于西方現代文學和"現代主義"文學」, 『卞之琳集』, 中國社會·科學出版社, 2009.

> 모든 사물은 대립적 통일체이며, 모든 사물 간에 서로 구별되면서도 서로 연결된다. 문학적 경향은 늘 뒤의 물결이 앞의 물결을 밀어서 나가게 하듯이 끊임없이 앞으로 발전되게 마련이고, 늘 칼로 물을 베듯이 단번에 단절시킬 수가 없다. 모더니즘도 역시 이러한 규율에서 벗어날 수 없다.
>
> 사실은 '모더니즘'으로 범주화되고 있는 현대부터 오늘날까지 서구의 각종 문학유파와 경향들이 19세기, 18세기 심지어 17세기부터 대부분 가깝든지 멀든지 간에 관계가 있다는 것을 추적할 수 있다. 따라서 '전통' 또한 그들이 회피하려는 것이 아니라 이와 반대로 심지어 흥미진진하게 이야기하는 과제여야 한다.[55]

위의 인용에서 보듯이 모더니즘 문학의 전통과의 불가분한 관련성에 대한 卞之琳의 입장은 분명하다. 모든 사물이 전통과 혁신, 모방과 창조라는 대립통일로 이루어지듯이, 모더니즘은 기존의 문학적 전통 위에 새로운 것과의 조화를 추구함으로써 일어난 새로운 문학유파인 것이다.

> 전통은 필요한 것이다. 전통은 한 민족의 존재 가치이다. 지금 우리가 아는 것처럼, 전통을 보류하는 것은 결코 死骨에 대한 미련이 아니다. 바이런(George Gordon Byron) 시대와 바이런 시대의 세계는 이미 지난날의 자취가 되어버렸다. 전통에 맞는다는 것은 또한 기회

55 위의 책, 262~263쪽. "一切事物都是對立統一體, 一切事物之間都互相區別又互相連繫. 文學潮流總是'後浪推前浪', 也總不能'抽刀斷水', 就'現代主義'而論, 也總逃不出這個規律. 事實上, 可以概括在'現代主義'這個名目下的現代以至今日西方各种文學流派, 傾向, 從19, 18以至17世紀, 大多數也都有近親遠宗可以追溯, 所以'傳統'也不是它們要諱避的, 而相反, 甚至津津樂道的題目."

> 를 틈타 사리사욕을 취하기 위하여 자기 주관 없이 시대 흐름에 따르는 것은 아니다. 바이런 시대의 사람이 당대에 반응하는 방법을 배워 우리의 시대에 반응하는 것이다. 전통은 변하지 않는 형식을 통해서 이룬 것이 아니다.[56]

卞之琳은 전통이 지닌 고전적 요소는 결코 죽은 것에 대한 미련이 아니라 새로운 시대에 맞는 새로운 것에 대한 의식적인 추구를 통해서 이루어야 한다고 주장한다. 그는 진정한 전통에 맞게 적용하기 위해서는 단순히 형식의 유지를 통해서가 아니라, 자신의 주관을 통해 능동적으로 전통을 받아들여야 한다고 강조한다. 뿐만 아니라 시 창작에 있어서 그는 '古爲今用, 洋爲中用',[57] 즉 옛날의 문화유산을 오늘의 현실에 맞게 받아들이고, 서구적인 것을 중국에 맞게 받아들여야 한다고 강조한다. 이러한 전통의식은 卞之琳의 시 창작에 그대로 적용되어 시의 서정성 문제에서 만당(晩唐)의 애상(哀傷)이 새로운 이미지의 조합으로 나타난다.[58] 「봄날의 도시 모습(春城)」, 「서장안거리(西長安街)」, 「고읍의 꿈(古鎭的夢)」, 「담장 꼭대기의 풀(墻頭草)」, 「가을의 창(秋窓)」, 「그림자(影子)」, 「척팔(尺八)」, 「먼 길 떠남(遠行)」 등이 그 대표 작품이다.

---

56 卞之琳, 「亨利・詹姆士的『詩人的信件』-于紹方譯本序」, 『滄桑集(雜文散文, 1936~1946)』, 江蘇人民出版社, 1982, 112쪽. "傳統是必要的, 傳統是一個民族的存在價值, 我們現在都知道, 保持傳統, 却并非迷戀死骨. 拜倫時代和拜倫時代的世界以成陳迹, 要合乎傳統, 也并不是爲了投机取巧, 隨波逐流, 就應當學拜倫時代人對于當代的反應以反應我們的時代. 傳統的持續, 并不以不變的形式……"

57 卞之琳, 「雕蟲紀曆・自序」, 『卞之琳集』, 367쪽.

58 卞之琳의 초기 시 속에 배인 전통적 정서에 관련하여, 袁可嘉는 그의 초기 시에 南宋・晩唐의 시가 특히 李商隱・姜白石의 婉約 시풍과 애상이 보인다고 한다(袁可嘉, 「略論卞之琳對新詩藝術的貢獻」, 『詩雙月刊・香港』, 1990.4).

한 중년이
뒤로 고개를 돌려 지나온 흔적을 바라보듯
한 걸음 한 사막
어지러운 꿈속에서 깨어나,
밤 까마귀 소리를 한참이나 들었네.

회색 벽에 어린 석양을 바라보면서 생각하네
초기 폐병환자 한 명이
해질녘 흐릿한 낡은 거울을 마주하고
꽃다운 소년의 건강한 얼굴을 몽상하는 것을.

—「가을 창」 전문[59]

이 시는 한 가을의 황혼녘에 시적자아가 유리창에 가까이 서서 지나온 삶을 조용히 회상하며 유한한 인생에 대한 비애와 상실감을 담은 내용이다. 유리창은 투시와 차단의 이중적 성격을 지닌 매개체로서 광물적 심상과 함께 맑고 투명하여 시적화자가 유리창 너머의 환각까지도 엿볼 수 있는 도구가 된다.

시 내용을 보면, 제1연은 한 중년이 지나온 인생을 되돌아보면서 느끼는 허탈과 허전함을 드러내고 있다. '한 걸음 한 사막'은 지나온 힘겨운 인생의 표상이다. 푹푹 빠지는 모래를 뚫고 힘겹게 한 걸음씩 발을 옮기며 걸어온 삶의 발자취를 뒤돌아보면 고달픈 기억들이 가득한데, 더 나을 내일을 기약할 수 없는 현실은 '한 중년'을 더욱 슬프게 한다. 이제 삶이라는 '어지러운 꿈' 속에서 깨어나지

59 卞之琳,「秋窓」, 像一個中年人 / 回頭看過去的足迹 / 一步一沙漠, / 從亂夢中醒來, / 聽半天晚鴉. // 看夕陽在灰墻上, / 想一個初期肺病者 / 對暮色蒼茫的古鏡 / 夢想少年的紅暈.

만, 그는 말하지 못할 절망과 공허를 겪고 있을 뿐이다. 아무 소리도 없는 밤에 종말의 전조인 '까마귀 소리'를 '한참이나' 듣는 화자의 마음이 얼마나 절망스럽고 공허한지 뼈저리게 느끼게 된다. 이어서 제2연은 청춘과 건강을 그리워하는 폐병환자의 허망과 허무를 담고 있다. '회색 벽에 어린 석양', '폐병환자', '해질녘', '흐릿한 낡은' 거울 등 어두운 이미지들과 마지막 행의 '꽃다운 소년의 건강한 얼굴'이 선명한 대조를 이루어 유한한 인생에서 무한한 욕망을 품었다가 허망하게 무너져버리는 상실감을 더욱 고조시키고 있다. 그리고 여기서 시인은 몽타주 기법으로 시간과 공간을 조작해서 현대인의 삶에 대한 새로운 의미를 깊이 고찰한다.

이와 같이 卞之琳은 중국 전통시에서 흔히 쓰이는 '沙漠', '夢', '晚鴉', '夕陽', '暮色', '古鏡' 등의 이미지를 이용하여 중국 晚唐 시의 애상(哀傷)을 드러내고 있다. 그러나 그의 시는 이미지의 조합, 시적 의식 및 시작 기법에 있어서 전통시보다 훨씬 현대적인 경지에 도달하고 있음을 알 수 있다.

이상으로 김광균과 卞之琳의 시론을 바탕으로 모더니즘 시학에 대한 추구, 새로운 표현 형식에 대한 추구, 지성에 대한 추구 등 세 가지 측면에서 두 시인의 모더니즘적 성격에 대해 살펴보았다. 모더니즘 시학에 대한 추구에 있어서 김광균과 卞之琳은 공히 감상적 낭만주의를 부정하고 시대를 비판하는 견해를 지녔다. 그리고 두 시인은 현실 문제를 해결하는 방법을 제시하기보다는 새로운 시대의 가치관을 표현할 새로운 시적 형식에 주목했다는 공통점이 있다. 그러나 두 시인은 시의 형식 문제에 대해 서로 다른 주장을 보이고 있는 바, 김광균의 경우는 '형태의 사상성'에, 卞之琳의 경우는 신시의 율격 문제에 기울어 있었다. 그 이외에 T. S. 엘리엇의 영향을 받아 두 시인이 모두 모더니스트이면서 지성적인 시를 시도했는데, 시작 방법에 있어서 김광균이 시각 이미지와 공감각 이미지 등 회화성의 추구로 시에 지성을 도입했다면, 卞之琳은 주로 중국 고전의 동양사상을 적용하여 시에 지성을 도입했다. 그 결과, 두 시인은 공통적으로 T. S. 엘리엇의 전통의식을 시 창작의 바탕으로 삼으면서 자국 모더니즘 시문학에 새로운 장을 개척했다고 할 수 있다.

1930년대 한·중 모더니즘 시의 근대성 비교연구

제2장
이미지와 시 의식에 대한 비교 분석

이미지는 인류의 등장 이래부터 의사소통의 도구였다. 특히 현대사회에 들어서면서 이미지는 새로운 문화의 원천으로서 각광받고 있다. 그 가운데 영미계 모더니즘은 현대시에서 이전에 없이 이미지를 표현 기법의 본질적이고 근원적인 요소로 인식하는 문예사조이다. 사실 시는 원래 이미지와 불가분의 관계에 있다. 중국 고전시 창작에서 이미지는 격률과 함께 시의 생명력으로 간주되었다. 이미지를 빌려 감정을 대변하는 차경서정(借景抒情)이란 핵심적인 창작기법을 통해 시의 간결성을 확보하는 동시에 많은 내용의 전달을 실현시켰다. 예술적 심미성을 잘 살리기 위해 시인은 자신의 마음을 툭 털어놓고 말하기보다는 이미지를 빌려서 표현하는 경우가 많았기 때문이다. 이러한 시 창작원리를 통해 이미지, 의식, 감정 등 다양한 층위의 용어들이 서로 긴밀한 연관성을 맺고 시인과 세계가 융화하여 하나로 된다. 즉 시란 우리가 살고 있는 세계의 축소판이고, 시어는 우리 일상생활의 표상이라고 할 수 있다. 다시 말하자면 시의 이미지는 의사소통의 도구를 넘어서 인간의 삶을 투영하는 대상이다. 따라서 이미지의 분석을 통해 시인의 세계인식을 들여다볼 수 있다.

앞장에서 이미 언급했지만, 모더니즘은 현실, 즉 세계의 변화와 무관할 수 없다. 모더니즘은 세계에 대한 새로운 인식의 예술적 형상화다. 모더니즘 시의 경우 시인은 그가 체험한 세계를 시 창작 방법을 통해 표현한다. 따라서 시에서 드러난 시인의 의식을 해명하는 일은 모더니즘 시문학을 이해하는 데 가장 핵심적인 문제라고 할 수 있다. 이와 같은 관점에서 출발하여 본고는 김광균과 卞之琳의 시작품 속에 형상화된 이미지에 대한 비교 분석을 통해 이에 드러나는 시 의식까지를 구명해보고자 한다.

01 근대적 주체로서의 타자 이미지와 죽음의식

타자에 대한 인식에 있어서 들뢰즈는 타자의 출현 없이, 타자의 개입 없이 주체는 있을 수 없다고 주장한다. 그에 의하면 우리가 지각하지 못하는 부분을 지각하고 있을 타자의 존재를 전제하고서만 우리의 의식은, 우리가 일상적으로 체험하는 바와 같은 하나의 전체화된 세계를 체험할 수 있다. 다시 말해 타자를 통해서, 이 전체화된 세계의 상관자로서 우리 의식은 구성된다. 이렇기 때문에 들뢰즈는 타자를 '가능 세계의 표현' 혹은 '지각장(champ perceptif)의 구조'라고 정의한다.[1] 결국 타자의 출현으로 인해 자아는 세계를 체험하고 의식의 지평을 확대할 수 있게 되는 것이다. 때문에 타자는 자아가 세계를 인식하는 근본구조를 가능하게 해준다.

1) 익명화된 도시 여성과 소시민 이미지

(1) 타인으로서 익명화된 도시적 여성인물 이미지

김광균 시 전체를 통독하고 나면 그의 시에서 어머니와 누나 등 일차 가족 구성원을 비롯하여 익명의 여인, 소년 그리고 고향 친구, 이웃 주민, 과거 문인 등 다양한 인물 이미지가 나타난다. 하지만 등장인물의 소통이 외면상 단순함을 보여주고 있으며, 담화 대상을 보면 일인칭 화자로 대명사인 '나'가 주로 등장하며 보통명사인 '어머니'도 등장한다.[2] 그의 첫 시집인 『와사등』 속에 형상화된 인물 이미지는 크게 두 가지로 나눌 수 있는데, 타인으로서의 여성인물 이미지와 자아로서의 '나 / 내'의 이미지가 그것이다. 구체적으로 『와사등』 22편 중 인물이 등장하는 시를 도표화해 보았다.

도표에서 보는 것처럼 『와사등』에 나타나는 인물 이미지는 크게 1인칭 대명사인 '나'와 3인칭 대명사인 인물로 나눌 수 있다. 그 가운데 22편의 시 중 18편이 1인칭 대명사 '나'가 등장한다. 일인칭 화자인 '나'의 사용은 언어의 표현기능이 강하게 작용하기 때문에 화자의 주관적 감정을 비교적 철저하게 나타낼 수 있다. 그리고 1인칭 대명사가 나타난 18편의 시 중에 ① ③ ④ ⑦ ⑩ ⑪ ⑫ ⑭ ⑮ ⑯ ⑰

1 서동욱, 『차이와 타자』, 문학과지성사, 2000, 147~155쪽 참조.
2 선효원, 「한용운 · 김광균 시의 대비연구」, 동아대학교 대학원 박사학위논문, 1999, 122쪽 참조.

〈표 3〉 『와사등』에 나타나는 인물 이미지

<table>
<tr><th>순번</th><th colspan="2">시 제목</th><th>인물 유형</th></tr>
<tr><td>①</td><td colspan="2">午後의 構圖</td><td>나</td></tr>
<tr><td>②</td><td colspan="2">해바라기의 感想</td><td>어머니, 아버지, 나, 누나</td></tr>
<tr><td>③</td><td colspan="2">鄕愁의 意匠－童話</td><td>나</td></tr>
<tr><td>④</td><td colspan="2">蒼白한 散步</td><td>나</td></tr>
<tr><td rowspan="2">⑤</td><td rowspan="2">紙燈</td><td>北靑 가까운 風景</td><td>女人, 나</td></tr>
<tr><td>湖畔의 印象</td><td>少年, 나</td></tr>
<tr><td>⑥</td><td colspan="2">山上町</td><td>女人, 少女,</td></tr>
<tr><td rowspan="3">⑦</td><td rowspan="3">壁畵</td><td>1庭園</td><td>나</td></tr>
<tr><td>2放浪의
日記에서</td><td>나</td></tr>
<tr><td>3南村</td><td>누나, 나</td></tr>
<tr><td>⑧</td><td colspan="2">石膏의 記憶</td><td>나</td></tr>
<tr><td>⑨</td><td colspan="2">外人村</td><td>少女</td></tr>
<tr><td>⑩</td><td colspan="2">街路樹－B</td><td>나</td></tr>
<tr><td>⑪</td><td colspan="2">밤비</td><td>나</td></tr>
<tr><td>⑫</td><td colspan="2">星湖附近－2</td><td>나</td></tr>
<tr><td rowspan="2">⑬</td><td rowspan="2">少年思慕</td><td>A</td><td>少年</td></tr>
<tr><td>B</td><td>할머니</td></tr>
<tr><td>⑭</td><td colspan="2">SEA BREEZE</td><td>나</td></tr>
<tr><td>⑮</td><td colspan="2">瓦斯燈</td><td>나</td></tr>
<tr><td>⑯</td><td colspan="2">空地</td><td>나</td></tr>
<tr><td>⑰</td><td colspan="2">風景</td><td>나</td></tr>
<tr><td>⑱</td><td colspan="2">雪夜</td><td>나, 여인</td></tr>
</table>

등 11편이 1인칭 대명사인 '나'만 화자로 등장한다. 다시 말하면 시의 담론구조를 통해 볼 때 김광균의 시는 청자가 숨어 있고, 화자인 '나'만 존재하는 독백적 표현을 가장 많이 사용한다. 이때 독자에게는 화자 '나'와 실제 시인 '나'가 동일시되면서 시인 자아의 주관적

이고 의지적인 자의식을 독백 형식을 통해 표출한다.

그리고 3인칭 대명사는 가족적 인물 유형(② ⑦ ⑬)과 3인칭 유형의 대명사로 분류된다. 3인칭 대명사의 유형으로는 '소녀', '소년', '여인'이 등장하며, 가족적 인물 유형은 '어머니', '아버지', '누나', '할머니'가 등장한다. 다시 3인칭의 인물은 남성(아버지, 소년)과 여성(소녀, 연인, 어머니, 누나, 할머니)으로 구분할 수 있다. 3인칭 유형 인물이 등장한 9편의 시 중 7편에 여성인물이 나타난다. 여기서 우리가 읽어낼 수 있는 특징은 『와사등』에 여성인물 이미지가 등장하는 시가 많다는 것이다.

그러나 『와사등』 중의 타자로서의 인물 형상화가 구체적으로 어떻게 이루었는지, 또한 이러한 인물들을 통해 어떤 주제의식을 드러내고 있는지에 대한 의문이 남는다.

『와사등』에서 3인칭 인물 이미지는 작품 「해바라기의 감상」, 「벽화」, 「소년사모」, 「설야」, 「외인촌」, 「산상정」, 「지등」 등의 7편에 나타난다. 주목할 것은 타인으로서 다루어져 있는 시의 인물들은 모두 '소녀', '소년', '여인' 등 보통명사를 통해 사물화되어 등장한다는 점이다.

> 파리한 모습과 낡은 바스켓을 가진 女人 한 분이
> 차창에 기대어 聖經을 읽고
> 기적이 깨어진 風琴같이 처량한 복음을 내고
> 낯설은 風景을 달릴 적마다
> 나는 서글픈 하품을 씹어가면서
> 고요히 두 눈을 감고 있었다
>
> ―「紙燈－北靑 가까운 風景」 2연

시적화자인 '나'는 기차를 타고 북청 방향으로 이동하는 도중에 보인 '서글픈' 도시적 풍경을 작품 전체에 걸쳐 묘사하고 있다. 제1연은 기차 밖의 풍경을 기차, 당나귀, 고동, 낙엽, 정차장 지붕, 가마귀, 하늘 등의 형상을 이용해 그려냈으며, 인용한 제2연에서는 기차 안의 풍경을 바스켓, 여인, 성경, 나, 하품, 눈 등의 이미지를 통해 형상화하고 있다.

이 시에 묘사된 풍경들 중에서 인물은 제2연에 한 차례 등장하는데, 바스켓을 가지고 있는 '女人'이 차창에 기대어 성경을 읽고 있다. 여기서 외래어인 '바스켓(basket)'이라는 시어의 사용과 근대문명의 산물인 '차창', '성경' 등의 형상을 통해 한 도시 여성의 인물상을 구체적으로 그려냈다. '성경'은 신의 말씀으로 창조자, 유토피아 세계와 관계된다. 따라서 여인이 성경을 읽는다는 것은 현실세계를 초월한 유토피아 세계를 향한 열망을 드러내는 것이다. 그러나 유토피아는 어느 곳에도 없다. 신에 의한 인간 구원의 길, 다시 말하면 여인의 이상세계에 대한 욕망은 깨어지고 처량할 뿐이다.

또한 제1행에서 '女人'은 앞의 '파리한' 모습과 '낡은' 바스켓을 가지고 있다는 수식어를 이용하여 상실된 존재로 형상화된다. 이와 같이 '女人'은 시에서 두드러지는 중심적 소재가 된다. 그런데 이 여인은 '汽車'와 '停車場', '가마귀'와 같이 '낯설은' 풍경의 일부분이며 '서글픈' 풍경을 나타내는 수단으로 사용되고 있다.

카-네션이 흩어진 石壁 안에선
개를 부르는 女人의 목소리가 날카롭다

(…중략…)

한낮이 겨운 하늘에서 聖堂의 낮종이 굴러나리자
붉은 노-트를 낀 少女 서넛이
새파-란 꽃다발을 떨어트리며
햇빛이 퍼붓는 돈대 밑으로 사라지고

—「山上町」 1, 3연

카네이션의 꽃말은 '모정과 사랑'으로 어머니에게 드리는 꽃으로 유명한데, 제1연에서 이러한 카네이션이 흩어진다는 것은 생명력의 상실을 암시하고 있다. 수직에 가까운 '石壁'을 통해 그 안에 있는 산상정은 완전히 고립된 공간 혹은 외부와 단절된 공간으로 나타난다. 이와 같이 시 전체에 고독과 애상적인 정조가 짙게 깔려 있다. 제2행에서 개를 부르는 여인의 목소리는 전통적인 여인의 부드럽고 상냥한 목소리와 달리 날카롭다. 흩어진 카네이션이란 시어를 보면 마음이 불타는 듯이 잃어버린 아이를 부르는 절박하고 초조한 어머니의 목소리가 베일 듯 날카로운 것을 쉽게 알 수 있다.

제3연의 형상 기호는 서구적인 건축물인 성당으로 지배소를 이루고 있고, 그 안에 소녀와 꽃다발이 등장한다. '聖堂'은 세계를 창조한 하나님이 거주하는 집인데, 여성들이 성당을 다니는 것은 현실세계를 초월한 신의 세계를 향한 열망을 드러내고 있다. 제2행의 '붉은 노-트를 낀 소녀 서넛이'에서 붉은 색은 활기이며 생명이다. 성경에서의 말씀처럼 피에는 생명이 있다고 해서 동물을 피째로 먹지 말라고 하였다. 그러므로 붉은 색은 피의 색으로 생명과 연계되고 끊임없이 성장하는 생명의 기쁨, 열정을 상징하며, 노트는 지식, 지혜, 이성, 정신적인 것을 상징한다. 그리고 소녀는 성장기의 여성으로서 여인이나 여성보다는 열정, 희망적인 의미를 갖고 있다.

이와 같이 지성적인 도시 소녀들의 인물상은 구체적으로 형상화된다. 그러나 밝고 따뜻한 색채는 3, 4행에서 어둡고 차가운 색으로 변해 말할 수 없는 슬픔을 전달하고 있다. 새파란 색은 세월이 만든 인생의 쓸쓸함과 슬픔을 상징하는데, 이러한 꽃다발이 바닥에 떨어진 듯 슬픔과 쓸쓸함이 시 전체에 만연해 있다. 제4행의 '사라지고' 있는 햇빛은 소멸 또한 죽음을 상징하는 존재로서 제1행의 활기찬 '한낮이 겨운 하늘'에서의 햇빛과 강렬한 대비를 보여준다. 이와 같이 밝고 따뜻한 '붉은' 색과 어둡고 차가운 '새파-란' 색의 극한적인 대비, 활기찬 생성과 소멸의 교차를 함께 보여주면서 인간의 원초적인 고독감과 슬픔을 느끼게 한다.

바람에 불리우는 작은 집들이 창을 나리고
갈대밭에 묻히인 돌다리 아래선
작은 시내가 물방울을 굴리고

안개 자욱-한 花園地의 벤치 우엔
한낮에 少女들이 남기고 간
가벼운 웃음과 시들은 꽃다발이 흩어져 있다.

—「外人村」 2~3연

이 시는 외인촌의 고독한 풍경을 회화적 수법으로 묘사하고 있다. 안개 자욱한 저녁에 산골마을을 지나는 '마차', 우두커니 서 있는 '전신주', '어두운 수풀의 별빛', '날카로운 고탑' 그리고 '퇴색한 성당' 등에서 전체적으로 외로움, 슬픔과 쓸쓸함이 깔려 있다. 인용한 제2연에서도 어둠이 내린 외인촌의 근경을 묘사하고 있다. 제3

연에서 소녀란 인물이 등장하는데 어둠이 내린 화원지의 풍경으로서만 나타난 부재중인 존재이다. 노을 화원에는 오직 소녀들의 '가벼운 웃음'과 '시들은 꽃다발'이 흩어져 있다.

여기서 청각을 시각화해, 보이지 않는 웃음을 보이게 하고 있다. 게다가 시각화되지 않은 웃음 앞에 '가벼운'이란 수식어를 통해 공원의 공허함과 고독을 더욱 짙게 표현하고 있다. '꽃다발'에서 한낮의 밝고 활기찬 '少女'들을 연상할 수 있다. 그러나 이 꽃다발은 '시들은' 것이다. 한낮에 생생하던 꽃다발이 저녁에 시드는 것처럼 활력이 넘치는 생명 또한 죽음은 피할 수 없는, 받아들일 수밖에 없는 숙명이라는 것을 암시하고 있다. 생명의 소멸, 현대인의 고독과 쓸쓸함을 효과적으로 표현하고 있다.

김광균의 「외인촌」에 등장한 소녀들과 동일하게 「설야」에서 그린 여인 또한 추상적인 이미지이다. 시인은 다양한 비유를 통해 눈을 형상화하여 눈 내리는 밤의 추억과 화자의 애상적 정서를 드러낸다. 감각 공간 확대[3]로 특징지을 수 있는 김광균은 이 시에서 시각의 청각화, 즉 눈 내리는 모습을 '먼 곳에 여인의 옷벗는 소리'라는 낭만적인 이미지로 그려낸다. 결국 이 시는 눈 오는 날 밤에 느끼는 추억에 대한 그리움과 현실에 대한 상실감을 먼 곳의 여인이란 추상적인 이미지로 드러낸다.

이처럼 시 「설야」, 「외인촌」, 「산상정」, 「지등」은 똑같은 양상으로 구성되어 있다. 「지등」과 「산상정」에서 등장한 여인은 구체적 인물이지만, 「외인촌」과 「설야」에 등장한 여인은 부재중인 추상적 인물이다. 그러나 공통적으로 이러한 여성인물을 다룬 시에서는 흔히 현대적인 어휘를 이용하여 이들을 도시적 여성 이미지로 그

3 정한모, 『현대시론』, 민족사관, 1973, 125쪽.

려낸다. 그리고 이 여성 인물들은 모두 익명화된 존재이며, 시의 전반적 분위기 창출을 위해 쓰인 조형적 도구이다. 다시 말해 시에서 타인으로서의 여성인물들은 시적 공간에서 다른 자연물과 공존한 또 하나의 '자연물'에 불과하며, 시에서 그려진 풍경의 일부분일 뿐이다.

흥미로운 것은 시들에 등장한 여성 인물은 공통적으로 상실된 존재로 형상화된다는 점이다. 즉 '파리한' 모습과 '낡은' 바스켓을 가진 여인, 목소리가 '날카로운' 여인, '흩어져 있는' 가벼운 웃음과 시든 꽃다발을 남겨놓고 '간' 소녀들, 먼 곳에 여인의 옷 벗는 소리가 그것이다. 이들의 결핍은 병적이고 불완전하고 부재적인 존재를 시적으로 표현한다. 이러한 상실감은 1930년대의 비극적인 시대 상황에서 기인한 인간성 상실이나 소외감에서 근원을 찾을 수 있다.

(2) 타인으로서 익명화된 도시 소시민의 이미지

卞之琳의 시세계에서 인물이 차지하는 비중은 상당하다.『十年詩草(십년시초)』중의 시들만 봐도 잘 드러날 것이다. 이 글은 卞之琳 시에 타자적 인물이 빈번하게 형상화됐음을 밝히고 그의 시 속 인물에 주가 되어 나타난 죽음의식까지를 상관적으로 조명하고자 한다.

우선 卞之琳의 30년대 초 시들은 북평(北京) 거리의 생활 풍속과 하층 소시민을 그려내었는데, 이들은 모두 꿈속에 빠져 시대의 고통과 비극을 의식하지 못하고 상실된 회색의 존재이다. 그는 자신의 시에 영향을 준 외래사조에 대해 "시 창작 최초에 내가 회색빛 북평 거리에 대한 묘사는 분명히 보들레르가 묘사한 파리 거리의 거지나 늙은이, 심지어 장님에게서 깨달음을 얻었다"[4]라고 고백하며, 그의 초기 시에서 "당시 사회현실의 겉모습을 비교적 많이 표현했고, 같이 몰락해가는 사회 하층의 평범한 사람과 소시민에 비교적 많은 감정을 기탁했다"[5]고 하였다. '도붓장수', '새장수', '무 파는 사람', '키가 작은 거지', '야경꾼', '장님', '차 심부름꾼', '술주정뱅이', '짐꾼', '점원', '늙은이', '편지 배달원' 등과 다양한 군상들의 이미지를 황량한 도시인 북평 거리에서 포착해서 전달하고 있다.

그 이외에 卞之琳은 아득하고 고통스런 세상에 던져진 인간들이 삶의 의의를 찾지 못하는 불안과 절망을 묘사했는데, 이때 시에 등장하는 인물은 주로 사색가 · 피곤한 나그네 · 꼬마 등이다. 이들을 통해 시에 나타나는 현실 삶의 불안과 절망은 자연스럽게 죽음과 관계하며, 이는 정신적 차원의 죽음의 모습이라 할 수 있다.

구체적으로 『十年詩草(십년시초)』에 타자 인물이 등장하는 시를 아래와 같이 도표화하였다.

〈표 4〉 『十年詩草』에 나타나는 타자 인물 이미지

순번	시 제목	인물 이미지
①	던지기(投)	어린아이(小孩兒)
②	한 깨어진 뱃조각(一塊破船片)	그녀(她)
③	몇 사람(幾個人)	도붓장수(叫賣的), 새장수(提鳥籠的), 무 파는 이(賣蘿卜的), 난쟁이 거지(矮叫化子), 젊은이(年輕人)
④	등성(登城)	친구(朋友), 늙은 병사(老兵), 시골사람(鄕下人)

4 卞之琳, 「『雕蟲紀曆』 自序」, 『卞之琳集』, 中國社會科學出版社, 2009, 373쪽. "我前期最早階段寫北平街頭灰色景物, 顯然指得出波德萊爾寫巴黎街頭窮人, 老人以至盲人的啓發."

5 위의 책, 361쪽. "這階段寫詩, 較多表現當時社會的皮毛, 較多寄情于同歸沒落的社會下層平凡人, 小人物."

⑤	흐르는 물에 기탁하여(寄流水)	소녀(少女), 청소부(清道夫), 서도양의 떠돌이(西洋的浪人)
⑥	고읍의 꿈(古鎭的夢)	장님(瞎子), 야경꾼(更夫), 모아 아빠(毛兒的爸爸)
⑦	가을의 창(秋窓)	중년인(中年人), 소년(少年)
⑧	길가에서(道旁)	피곤한 나그네(倦行人), 이방인(異鄉人), 막내동생(小弟弟), 형(哥哥)
⑨	대조(對照)	철학자(哲學者)
⑩	수성암(水成岩)	물가의 사람(水邊人), 큰 아이(大孩子), 어린아이(小孩子), 어머니(母親), 고대사람(古代人), 사색자(沉思者)
⑪	척팔(尺八)	바다 서쪽의 손님(海西客), 술주정뱅이(醉漢), 외국손님(番客)
⑫	둥근 보석합(圓宝盒)	조부(祖父), 배에 탄 사람(艙里人)
⑬	외로움(寂寞)	꼬마(小孩)
⑭	항해(航海)	여객(旅客), 차 심부름꾼(茶房), 사색가(多思者)
⑮	편지(音塵)	편지 배달원(綠衣人), 먼 곳 친구(遠人)
⑯	서장안거리(西長安街)	노인(老人), 기병(騎兵), 누런 군복을 입은 병사(黃衣兵), 오래된 친구(老朋友)
⑰	저녁 무렵(傍晩)	늙은이(老漢)
⑱	추운 밤(寒夜)	진씨(老陳)
⑲	밤바람(夜風)	친구(朋友)
⑳	긴 길(長途)	짐꾼(挑夫)
㉑	흰 돌 위에(白石上)	관광객(遊人), 여인(女子),
㉒	큰 차(大車)	한가한 사람(閑人)
㉓	고도의 도심(古城的心)	젊은 점원(小伙計), 이방인(異鄉人)
㉔	봄날의 도시 모습(春城)	꼬마(小孩兒), 늙은이(老頭子), 방씨(老方), 최씨(老崔)
㉕	돌아옴(歸)	천문학자(天文家)
㉖	거리의 조직(距離的組織)	먼 곳 친구(遠人), 친구(友人), 여인(女人)
㉗	음력 정월 초하루 밤에 끝없는 사색(舊元夜遐思)	홀로 깬 사람(獨醒者)

㉘	정류장(車站)	옛 사람(古人), 아이(孩子)
㉙	침대열차(睡車)	가게 심부름꾼(店小二)
㉚	수분(水分)	여행객(旅人)
㉛	개구쟁이(淘氣)	아이(孩子)
㉜	불나방(燈蟲)	영웅들(英雄們), 헬렌(海倫)

위 도표를 통해 알 수 있는 것은 卞之琳의 시에서 인물 이미지가 매우 다양하게 등장한다는 사실이다. 그 중에서 도시 하층 소시민의 이미지가 차지하는 비중은 상당하다. 타자 인물 이미지가 등장하는 32편 시 중에 2편(⑰ ⑱)을 제외한 30편이 동일하게 익명의 이미지를 통해 사물화되어 나타난다. 그리고 12편(③ ④ ⑤ ⑥ ⑧ ⑪ ⑭ ⑮ ⑯ ⑳ ㉒ ㉓ ㉙)이 '청소부(淸道夫)', '도붓장수(叫賣的)', '새장수(提鳥籠的)', '무 파는 이(賣蘿卜的)', '난쟁이 거지(矮叫化子)', '장님(瞎子)', '야경꾼(更夫)', '술주정뱅이(醉漢)', '피곤한 나그네(倦行人)', '서양의 떠돌이(西洋的浪人)', '차 심부름꾼(茶房)', '누런 군복을 입은 병사(黃衣兵)', '편지 배달원(綠衣人)', '한가한 사람(閑人)', '짐꾼(挑夫)', '가게 심부름꾼(店小二)' 등을 통해 다양한 익명화된 도시 하층 인물을 그려냄으로써 시대의 고통과 비극을 표현했다.

작은 마을에 두 가지 소리가 있는데
한결같이 쓸쓸하네 :
낮에는 운명을 점치라는 징,
밤에는 딱따기.

치는 소리에 남들의 꿈을 깨지는 못하고,
꿈을 꾸듯

장님이 거리를 걷는다.
한 걸음 또 한 걸음.
그는 안다 어느 돌덩이가 낮고,
어느 돌덩이가 높고,
뉘 집 규수의 나이는 몇 살인지를.

치는 소리에 남들이 잠을 깊이 들고,
꿈을 꾸듯
야경꾼이 거리를 걷는다,
한 걸음 또 한 걸음.
그는 안다 어느 돌덩이가 낮고,
어느 돌덩이가 높고,
뉘 집 대문을 가장 잘 닫는지를.

"삼경예요. 당신 들으세요.
모아 아빠,
이 녀석이 울어대서 잠을 들 수가 없어요,
늘 꿈에서 우는데,
내일은 그의 운세를 점쳐 봅시다."

한밤중이며,
또한 쓸쓸한 오후이다 :
막대를 치는 사람이 다리를 건너가고,
징을 치는 사람도 다리를 건너가며,
끊기지 않는 것은 다리 아래 물 흐르는 소리이다.

—「고읍의 꿈」 전문[6]

이 시는 중국 강남 벽지의 전형적인 작은 지방도시를 상상하면서 지은 작품[7]으로 30년대 중국사회 현실의 축소판이다. 시 속 등장인물은 '장님', '야경꾼' 그리고 대화 속에 나타난 부재적 인물 '모아의 아빠'가 있는데, 이들은 한결같이 꿈속에 빠져 있는 상태이다. 다시 말해 이 시의 등장인물들은 정신적으로 죽은 존재와 다를 바 없다.

우선 제1연은 징소리와 딱따기 소리로 옛 마을 현실세계의 쓸쓸한 모습을 그려낸다. 등장인물은 보지는 못했지만 이 소리만 들어도 누군지 알 수 있다. 심지어 마을사람들은 소리를 내는 사람보다는 이 소리 자체에 더 관심을 둘지도 모른다. 점쟁이와 야경꾼은 때에 따라 바뀔 수 있겠지만 징소리와 딱따기 소리는 한결같이 마을에 맴돌고 있듯 긴 세월 속에서 실존적 개인은 '징소리'와 '딱따기 소리'로 대체되어 소멸된다. 장님과 야경꾼, 심지어 징과 딱따기는 이 부류의 사람들의 대명사로 그 인물들이 익명화된 기호로 추상화되어 나타날 뿐이다.

제2, 3연에 장님 점쟁이와 야경꾼이 한 차례 등장하는데, 이들은 모두 '꿈을 꾸듯' 거리를 걷는다. 여기서 '거리'는 인생행로, 운명 등을 함축하는 중심어로 인생 역정에 시련의 극복이라는 정신적인 세계의 상징성을 지닌다. 그러나 '꿈을 꾸듯'이란 수식어는 이들이

6 卞之琳, 「古鎮的夢」. 小鎮上有兩種聲音 / 一樣的寂寥 : / 白天是算命鑼, / 夜裏是梆子. // 敲不破別人的夢, / 做着夢似的 / 瞎子在街上走, / 一步又一步. / 他知道哪一塊石頭低, / 哪一塊石頭高, / 哪一家姑娘有多大年紀. // 敲沉了別人的夢, / 做着夢似的 / 更夫在街上走, / 一步又一步. / 他知道哪一塊石頭低, / 哪一塊石頭高, / 哪一家門戸關得最嚴密. // "三更了, 你聽哪, / 毛兒的爸爸, / 這小子吵得人睡不成覺, / 老在夢里哭, / 明天替他算算命吧?" // 是深夜, / 又是清冷的下午 : / 敲梆的過橋, / 敲鑼的又過橋, / 不斷的是橋下流水的聲音.

7 卞之琳, 「『雕蟲紀曆』 自序」, 앞의 책, 362쪽. "『古鎮的夢』 却是回憶江南僻地典型小鎮的想像之作."

마비되어 살아가는 비참한 삶을 암시하고 있다. 정신적으로 이미 죽은 그들은 걸어가는 송장과 달리는 고깃덩이와 같은 존재뿐이다. 그리고 '꿈을 꾸듯' '거리를 걷는다', '한 걸음 한 걸음', ' 그는 안다 어느 돌덩이가 낮고' '어느 돌덩이가 높고' 등의 동일한 시구의 반복을 통해서 통일성과 리듬감을 부여하는 동시에 정신적으로 죽음 상태에 빠져든 이들의 비극을 강렬하게 느끼게 한다.

제4연은 늘 꿈속에서 울고 있는 아이를 걱정하는 엄마가 아빠에게 그 아이의 운세를 점쳐보자고 하는 대화 내용이다. 한밤인 '삼경'은 '어두움'이 서서히 물러가고 밝음을 향하여 나아가는 지향 과정으로서, 현실세계를 벗어나 유토피아 세계로 향하는 지향성이 내재되어 있다. 아이의 울음소리는 미래의 희망으로 현실에 반항하는 힘 혹은 영혼을 깨우는 초월적 존재를 상징한다. 따라서 한밤중에 울어대 남들을 깨우는 아이는 부정적인 현실세계를 극복해낼 안내자의 역할을 하고 있다. 그러나 '내일은 그의 운세를 점쳐 봅시다'라는 낙후되고 우매한 세계에서 아이의 울음소리는 캄캄한 어둠 가운데 더욱 더 무기력하게 들린다. 여기 마을사람들의 운명은 모두 점쟁이와 야경꾼에 의해 좌지우지당하고 있다. 더욱더 재미있는 것은 남의 앞날을 확실히 예언할 수 있는 엄청난 능력을 가진 점쟁이는 자기 눈앞이 캄캄하게 안 보이는 장님이라는 점이다. 이와 같이 시인은 암담한 현실을 살아가는 비극적인 사람들의 모습을 역설적으로 표현하고 있다.

그리고 마지막 제5연에서 끊기지 않은 물소리처럼 멈추지 않고 흘러가는 세월에 침묵하게 되리라는 암담한 현실을 극적으로 연출해내고 있다. 끝없이 반복되는 삶 속에서 인간은 시간을 무의미하게 생각한다. 그래서 죽은 것처럼 영원히 꿈에 빠져 반복되는 삶을 사는 무지몽매한 마을사람들에게 밤과 오후의 경계는 허물어져 버린다. 오후든 밤이든 마을사람들의 비극적인 삶은 다리 아래 끊임없이 흐르는 물과 같이 변함없이 지속된다.

이상에서 밝힌 바와 같이 장님과 야경꾼은 시에서 두드러지는 중심주체가 된다. 그런데 이들 개개인의 구체적 인물상은 형상화되어 있지 않다. 익명의 이들이 시적 구성에서 중요한 기능을 한다기보다 주제의식을 드러내려는 의도 속에서 등장하는 도구로 활용됐을 뿐이다. 이때 등장인물은 시인의 의도에 따라 사물화된 존재인 인간상을 보여준다. 구체적으로 말하면 여기의 장님과 야경꾼은 마비(痲痹)된 30년대 중국사회 현실을 비판하려는 주제의식을 나타내는 보조역할을 하고 있을 뿐이다.

㉠ 가을 거리 낙엽 속에서 / 청소부가 쓸어내는 / 소녀의 작은 독사진 한 장

—「흐르는 물에 기탁하여」 1연

從秋街的敗葉裏 / 淸道夫掃出了 / 一張少女的小影：

—「寄流水」 1연

㉡ 어쩐지 젊은 점원이 꾸벅꾸벅 졸리고 싶어하더니, / 전등도 이미 게슴츠레하고 있었다.

—「고도(古都)의 도심」 2연

難怪小伙計要打瞌睡了, / 間電燈也已經睡眼蒙朧.

—「古城的心」 2연

㉢ 한 줄기의 밝은 빛을 낼 정도로 뜨겁게 달아오른 긴 길이 / 광야의 옆으로 쭉 뻗어 있네, / 마치 하나의 무거운 멜대가 / 짐꾼의 어깨를 짓누르는 것처럼.

―「긴 길」 1연

一條白熱的長途 / 伸向曠野的邊上, / 像一條重的扁担 / 壓上挑夫的肩膀.

―「長途」 1연

㉣ 우리가 고개를 숙여 망루 아래를 보자 / 당나귀를 탄 시골사람 한 명이 지나간다.

―「등성」 14~15행

當我們低下頭來間台底下 / 走過了一個騎驢的鄉下人.

―「登城」 14~15행

㉤ 편지 배달원이 익숙하게 벨을 누르다 / 곧 주인의 마음을 누른다.

―「편지」 1~2행

綠衣人熟稔的按門鈴 / 就按在住戸的心上:

―「音塵」 1~2행

㉥ 교만하게 여객들에게 시간을 맞추라고 한다. / "시간이 늦어졌어요. 15분 느려졌습니다." / 말을 하는 차 심부름꾼은 승부욕이 강한 것 같다.

―「항해」 3~5행

驕傲的請旅客對一對表 — / "時間落後了，　差一刻." / 說話的茶房大約是好勝的.

—「航海」3~5행

위에 인용한 시들은 익명의 도시 하층민 이미지가 등장한 부분이다. 우선 ㉠에서 등장한 인물은 '청소부(淸道夫)'로 익명화된 상태이며, 그것도 쓸쓸한 가을 거리에서 부재중인 존재이다. 시 「흐르는 물에 기탁하여」는 여인의 버려진 사진에 초점을 주면서 사랑을 상실하는 비애와 슬픔을 다룬다. 가을의 '낙엽'이란 죽음 이미지는 시 전체의 분위기를 함축하고 있다. 사진은 찰나의 순간을 영원으로 남기고 싶은 인간의 욕망을 뜻하는데, 이러한 사진은 청소부가 쓸어낸 가을 거리의 낙엽 속에 버려져 있다. 거리 청소라는 단순한 육체노동을 하는 청소부한테 소녀의 사진은 낙엽과 동일한 쓰레기일 뿐이다. 그래서 제2연은 "비 때문인가, 눈물 때문인가 / 흐릿해진 아름다운 얼굴 / 누가 알까!"라고 반문하면서 한 소녀의 인생을 서글프게 묘사하고 있다. 이와 같이 청소부란 인물 이미지는 쓸쓸한 시적 분위기를 표현하기 위해 현실을 고려한 심미적 장치로 동원되었다.

㉠과 동일하게 ㉢ ㉥에서 등장한 타자 인물들은 역시 익명화된 부재중인 이미지들이다. ㉢은 한 줄기의 외롭고 힘겨운 긴 길을 묘사한다. 시인이 표현한 이 길은 어찌 보면 세상에서 가장 긴 인생길일지도 모른다. 내달리는 인생길에서 홀로 서서 우는 마음이 아무리 쓸쓸해도 어쩔 수 없이 한숨으로 감싸 안고, 아무도 돌아봐주지 않아도 혼자 힘겨운 짐을 짊어진 듯 걸어가야 한다. "마치 하나의 무거운 멜대가 짐꾼의 어깨를 짓누르는 것처럼"이라는 시어는 삶의 힘겨움을 비유하는 의도 속에서 익명의 짐꾼은 주제를 드러내

기 위해 사물화되어 나타날 뿐이다. ㉥에서 말을 통해서만 등장하는 부재중인 '차 심부름꾼'의 인물 이미지 역시 위와 유사하다.

㉡은 고도(古都)의 밤풍경을 그려내는데, 시인이 스케치한 도심의 밤풍경은 반짝이는 조명에 휩싸인 번화한 모습이 아니라 '자신의 발걸음소리가 들린다'고 할 정도로 조용하고 쓸쓸하다. 손님이 없어서 꾸벅꾸벅 졸고 싶은 젊은 점원이 전력 부족으로 으스름한 전등과 어우러져 도심의 황폐함과 쓸쓸함을 한층 더하게 만들고 있다. 즉 익명의 젊은 점원은 전등과 함께 도심의 밤풍경에 배치되어 생기가 박약한 도시의 전반적 분위기를 이미지화하려는 의도 속에서 조형의 도구로 활용됐을 뿐이다.

위와 같이 시적 주제를 드러내기 위한 도구로 활용된 타자 이미지는 ㉣과 ㉤에서도 확인된다. ㉤에서 편지 배달원이 '주인'에게 편지를 전해주려 벨을 누르는 것은 곧바로 주인 마음의 벨을 울린다는 표현에서 이 편지를 기다리는 주인의 마음이 얼마나 절박하고 절실한 것인가를 적절하게 드러내고 있다. 또한 ㉣에서 망루 아래 '어디로 가야 할지 전혀 모르'고 지나간 '당나귀를 탄 시골사람' 역시 시적 화자가 바라보는 가을 해질 무렵 풍경의 일부분이 되어 시인이 '어디로 가야 할지 전혀 모르'는 방황과 상실감이란 주제의식을 드러내기 위한 도구로 나타난다.

이상으로 김광균과 卞之琳의 시를 대상으로 그들의 작품에 등장한 타자 이미지 유형을 분석해보았다. 1930년대 한국과 중국에 공통적으로 수용된 영미계 모더니즘, 즉 이미지즘을 바탕으로 하여 김광균과 卞之琳 시에 나타나는 인물 이미지 유형의 특징을 살펴본 결과 다음과 같은 결론을 얻을 수 있었다.

타자 이미지에 있어서 김광균과 卞之琳은 많은 유사성을 가지고 있다. 두 시인이 다루는 타자 이미지는 단지 '여성인물'과 '소시민'이란 분류의 차이일 뿐, 이러한 인물 이미지의 특징이나 형상화 방법은 별다른 차이가 없다고 할 수 있다. 우선 김광균의 『와사등』에서 인물을 다룬 시 중 여성인물 이미지가 가장 많이 등장하는데, 이때 흔히 문명적인 어휘를 이용하여 이들을 도시적 여성 이미지로 그려낸다. 그리고 이 여성인물들은 모두 익명화된 존재이며, 시의 전반적 분위기 창출을 위해 쓰인 조형적 도구이다. 뿐만 아니라 시들에 등장한 여성인물은 공통적으로 부재중이거나 상실된 존재로 형상화된다. 이러한 특징은 1930년대의 비극적인 시대 상황에서 기인한 인간성 상실이나 소외감에서 근원을 찾을 수 있다.

卞之琳의 『十年詩草(십년시초)』에 다양하게 등장하는 인물 이미지 중에서 도시 하층 소시민 이미지가 차지하는 비중이 가장 큰데, 이들은 모두 황량한 도시에서 살고 있는 비극적인 소시민들이다. 이 도시 하층 인물들은 역시 김광균 시 속의 여성인물들과 유사하게 익명화된 존재이며, 시적 주제를 드러내기 위한 도구로 활용된다. 게다가 시들에 등장한 도시 하층민들은 동일하게 부재중이거나 상실된 존재로 형상화된다. 시인은 이와 같은 인물을 통해서 시대의 고통과 비극을 표현해낸다.

2) 개인적 죽음과 사회적 죽음

(1) 상실의 기억과 개인적 죽음

김광균의 『와사등』에 등장한 여성인물은 타인으로서의 여성인물 외에 '어머니', '누나', '할머니' 등 가족집단으로 나타나고 있다. 이들이 다루는 시를 통독하고 나면 '죽음'과 관련된다는 특징을 발견할 수 있다. 역사의 새벽, 인류는 '생각'의 첫머리에서 죽음이라는 문제와 맞닥뜨렸을 것이다. 생물학자들은 삶과 죽음의 구분에 고심하지만, 어떤 철학자는 인간을 죽음으로 향하는 존재라고 규정하며 삶은 무덤을 향하여 한 발자국 한 발자국 다가가는 과정라고도 한다. 여기에서 우리가 읽어낼 수 있는 것은 죽음 안에 삶이 들어 있고, 삶 안에 죽음이 숨 쉬고 있다는 죽음에 대한 인식이다. 김광균 시에 나타난 죽음에 대한 인식 또한 삶과 관련성이 있다. 그가 나이가 들어 쓴 글이긴 하지만, 시집 『秋風鬼雨』의 서문을 통해 드러낸 죽음에 대한 인식을 미루어 짐작할 수 있다.

> 사람은 누구나 노년에는 회상을 껴안고 산다지만 정말은 故友들과 幽明을 같이하고 살아가고 있는 것이 아닐까?
>
> 어쩌면 우리들은 죽음과 한 이불에 누워 매일 밤을 지내고 있는 것인지도 모른다.[8]

김광균의 많은 시 작품은 '죽음'을 소재로 하였다. 물론 민족의 수난기에 예민한 감수성을 지닌 많은 시인들이 당대를 '죽음의 시대'

---

8 김광균, 「『추풍귀우』의 서문」, 『김광균 문학전집』, 537쪽.

로 인식하고, 죽음을 노래한 것은 주지의 사실이다. 하지만 김광균의 경우 죽음에 대한 강박관념은 구체적인 사건을 근거로 형성되었던 것 같다.[9] 감수성이 예민한 12세에 그의 아버지가 뇌출혈로 사망하였고, 이후에도 누이동생과 어린 조카와 주변사람들의 죽음은 계속 이어졌다. 특히 아버지의 갑작스런 죽음과 함께 찾아온 경제적 가난과 정신적 빈곤, 그리고 6남매를 혼자 데리고 살림을 꾸려가야 하는 어머니의 고생, 장남으로서 일찍이 집을 떠나 타지에서 느낀 고독감은 그에게 커다란 충격을 주었다. 이것은 그에게 지워지지 않는 아픈 기억이 되어 그의 시 전체에 애상적 분위기로 남는다.

누님은 가셨나요 바다를 건너
쒸— 쒸— 하는 큰 배 타고 머나먼 나라로
사랑하는 나를 두고 누님은 가셨나요
쓸쓸한 가을비 부실부실 오든 밤
희미한 촉불 알에 고개를 비고
재미잇는 녯이약이 번갈아 하는
내 누님은 가셨나요 바다를 건너
달 밝은 滿月臺의 우거진 풀 속에서
벳쟁이의 우는 소리 들려오고요
옛 비인 대터의 盤石 우에는
누님 찾는 내 놀애가 읇흐기도 합니다

멀고 먼 그 나라의 그리운 내 누님
누님의 써나든 날 꼬저논 들국화는

9 서덕주, 「정신적 외상과 비애의 정조」, 김학동 외, 『김광균 연구』, 46쪽.

조수은 시들어 볼 것 업서도
찬 서리는 如前히 때를 짤하서
오늘밤도 잠자코 나려옵니다.

—「가신 누님」 전문

김광균은 중앙 일간지인 『중외일보』(1926.12.14)에 이 시를 발표함으로써 세상에 처음으로 이름을 알리게 된다. 「가신 누님」이란 제목에서 시의 주제의식을 쉽게 파악할 수 있다. 이 시는 시인이 과거에 실제적으로 체험한 사실을 객관화하여 쓴 작품이라 전체적으로 애상적 정감을 기조로 하고 있다. 우선 '누님'의 죽음을 큰 배를 타고 바다를 건너서 머나먼 나라로 떠난다는 것과 동일하게 인식하고 있다. 이와 같이 시인은 삶과 죽음, 이승과 저승을 배 타고 갈 수 있는 동일한 세계로 그려낸다. 바꿔 말하면 시인이 생각한 삶과 죽음은 겹쳐 있는 수직이 아닌 수평적 공간에 있다. 그래서 시인에게 이 누님은 여전히 재미있는 이야기를 번갈아 해주었던 친근한 모습이다.

사별은 인간에게 가장 강력한 상실의 아픔을 느끼게 한다. 그러나 사별 직후에 오는 것은 사실 슬픔보다는 충격일지도 모른다. 제3행의 '쓸쓸한 가을비 부실부실 오든 밤'과 제4행의 '희미한 촉불 알에'는 과거의 아름다운 추억을 떠올리게 되는 시간 배경을 묘사한 것이다. '쓸쓸한 가을비', '밤', '희미한 촉불 알' 등과 같은 사라지고 어두워지는 이미지를 통해 시적 화자에 자신의 감상을 투영시키고 있다. 이와 같이 처량한 현실 배경의 묘사는 아름다운 추억과 대비되어 비애의 감정이 더욱 뚜렷이 나타나고 있다. 만월대의 우거진 잡초 속에서는 베짱이 우는 소리가 들려오는데 이것은 어쩌면 옛 '비인 대터의 반석' 위에 누님을 찾는 '나'의 슬픈 노래인지도 모른다.

제2연에서 누님이 '멀고 먼 그 나라'에 있다는 것은 서로 만날 수 없음을 뜻한다. '나'에게 재미있는 이야기를 번갈아 해주었던 누님을 더 이상 만날 수 없다는 사실이 12세의 어린아이에게 얼마나 큰 충격을 주었는지 상상할 수 있다. 제2행의 누님이 떠나던 날 꽂아 놓은 '들국화'에서 누님을 연상할 수 있다. 시인에게 누님의 죽음은 마치 들국화가 시든 것과 같다. 누님이 떠나던 날은 들국화가 이미 시든 것처럼 오래되었는데, 찬 서리가 여전히 내려오듯이 내 마음에 여전히 누님의 죽음에 대한 고독과 슬픔이 밀려온다. 오늘밤도 마찬가지다. 이처럼 직접적인 감정의 표출은 화자의 애상과 고독을 그대로 반영한다.

> 저녁 바람이 고요한 방울을 흔들며 지나간 뒤
> 돌담 우에 박꽃 속엔
> 죽은 누나의 하－얀 얼굴이 피어 있고
> 저녁마다 어두운 램프를 처마 끝에 내어걸고
> 나는 굵은 삼베옷을 입고 누워 있었다
>
> —「壁畵－3南村」 전문

이 시에서도 '누님의 죽음'을 시적 주제로 하고 있다. 두 작품은 많은 공통성을 보이는 동시에 상당한 차이도 보이고 있다. 먼저 작품을 창작한 시간을 보면, 「가신 누님」은 누나의 사망 직후인 1926년에 쓴 작품이고, 「남촌」은 누나와 사별한 지 6년이 지난 1935년에 발표한 작품이다. 오랜 시간이 흐른 지금은 누님과의 사별을 인정하고 내려놓을 모습이다. 그러나 「가신 누님」에서의 여전히 재미있는 옛이야기 번갈아 하는 누님의 이미지와 달리 남촌에서는 이

제 직접적인 죽음의 상징으로 등장한다. 시 마지막 행에 '나는 삼베옷을 입고 누워 있었다'라는 것은 누나의 죽음을 받아들이는 화자의 의식을 보여준다.

「가신 누님」과 같이 이 시의 시간 배경은 여전히 밤이다. 밤이란 시간은 어둠을 상징하여 죽음과 관련된다. 제1행에서 이러한 저녁바람이 방울을 흔들며 내는 방울소리는 천지 사방에 다 울려 맑고 청아한 소리로 들리듯 어둠을 뚫는 듯하다. 마치 무당이 방울을 흔들며 신을 청하는 것처럼 저녁바람이 방울을 흔들면 죽은 누나를 청할 수 있음을 유추할 수 있다. 이어서 "박꽃 속엔 / 죽은 누나의 하-얀 얼굴이 피어 있"다고 이야기하고 있다. 여기서 '하얀색'은 박꽃의 색채에서 연상해온 화자의 비유로 봐도 되겠지만, 색채의 상징성을 고려하면 생명력을 잃은 죽음의 이미지로 비애, 고독, 추억 등 애상적인 분위기를 불러일으키는 데 기여한다고 보는 것이 더 타당하다. 누나의 죽음을 인정하고 내려놓고 나서 찾아오는 것은 오직 슬픔인 것이다. 이러한 슬픔은 사람에 따라 상황과 환경에 따라 오래 계속될 수도 있다. 때로는 평생 계속되기도 한다. 그래서 화자는 '저녁마다' '굵은 삼베옷'을 입고 누워서 온통 누나를 그리는 슬픔 속에 빠져든다. 이와 같이 이 작품은 「가신 누님」에서의 직접적인 비애 감정의 표출보다는 절제된 보습을 보여준다.

> 해바라기의 하-얀 꽃잎 속엔
> 褪色한 작은 마을이 있고
> 마을 길가의 낡은 집에서 늙은 어머니는 물레를 돌리고
>
> 보랏빛 들길 우에 黃昏이 굴러 나리면

시냇가에 늘어선 갈대밭은
머리를 흩뜨리고 느껴 울었다

아버지의 무덤 우에 등불을 켜려
나는
밤마다 눈멀은 누나의 손목을 이끌고
달빛이 파—란 산길을 넘고

—「해바라기의 感傷」 전문

늘 태양을 바라보고 있는 '해바라기'의 꽃말은 사랑과 그리움인데 이러한 해바라기의 꽃잎 속에 마을이 있다. 비록 퇴색하고 작은 마을이지만 시인에게는 계속 바라보고 있는 그리움의 존재다. 시를 보면 그 추억의 마을에서 어머니와 아버지, 누나라는 가족들이 등장하며 시간의 경과에 따른 마을 풍경에 대한 묘사로 시 전체가 세 개의 장면으로 나누어져 있다.

우선 제1행에서 주목할 것은 '해바라기의 하—얀 꽃잎'이란 표현이다. 해바라기의 자연색은 노란색인데 여기에서는 하얀색으로 되어 있다. 하얀색은 삶과 죽음의 경계를 상징하는 색깔로 비애, 고독, 추억 등 애상적인 분위기를 불러일으킨다. 또한 백색의 이미지는 공간적으로 먼 곳을, 시간적으로는 옛 과거를 환기하도록 하는 주요한 수단이 된다.[10]

이어서 제2행의 '퇴색'하다는 표현 또한 옛 과거를 표상하고 시간의 역사성을 환기하는 역할을 하고 있다. 하지만 화자의 머릿속에 떠오르는 추억들이 마치 과거의 사진처럼 퇴색되더라도 사진을

10 김유중, 『김광균』, 건국대학교 출판부, 2000, 93쪽.

보관하는 사람의 기억에서는 여전히 그대로 남아 있을 것이다. 시인 머릿속 어머니의 모습은 아직도 유년 시절의 가난한 모습이다. '낡은 집에서' '물레를 돌리'고 있는 늙은 어머니의 고생은 아버지의 죽음으로 인한 것이다.

화자는 아버지의 죽음에 대한 자신의 애상적이고 비극적인 감정을 제2연의 '황혼'에 대한 묘사에서 투영시키고 있다. 화자에게 황혼은 그냥 오는 것이 아니라 마치 벼랑에서 바윗돌이 멈추지 않고 떨어지듯 '굴러 내리'는 것이다. 그래서 6행에서 '시냇가에 늘어선 갈대밭은 머리를 흩뜨리고 느껴 울었다'고 하는 것이다. 여기서 갈대밭이 바람에 흔들리면서 내는 소리를 표현하는 것이지만, 아버지의 죽음을 맞이하는 시인의 슬픔과 비애를 투사시켜 자기의 감정을 표현한 것으로 이해할 수도 있다. 시에서 황혼은 죽음을 환기하며 죽음의식이 더욱 뚜렷이 나타나고 있다.

제3연에 이르러 화자는 아버지의 무덤에 등불을 켜기 위해 누나의 손목을 이끌고 산길을 넘는데 '무덤'은 아버지의 죽음을 암시한다. 무덤은 생과 사, 혹은 삶과 죽음의 경계로서 나와 아버지를 완전 다른 공간에서 단절시켰지만 등불을 통해 그들은 한 공간에 몸담게 된다. 등불은 어두운 곳을 밝히는 존재로서 흑암의 영역인 죽음과 반대되는 생명을 상징하며 신 혹은 영혼의 현존을 말해준다. 그래서 결국 밤마다 '무덤 위에 등불을 켜려'는 행위는 아버지의 영혼을 만나려고 하는 의미를 암시한다. 화자가 아버지를 만나러 가는 길은 파란 달빛이 비추는 길이다. 하늘을 품은 파란색은 차갑고 어두운 색으로 초월적이며 정신적인 세계를 상징한다. 또한 달을 음(陰)으로 불렀듯이 달빛은 역시 죽음을 초월한 유토피아의 세계를 지향하는 안내자로 이해할 수 있다. 이와 같이 '등불'과 '달빛'은 삶과 죽음을 연결시켜 죽음을 넘어서려는 의지를 드러낸다.

이러한 지향성은 이 시에서의 '해바라기'란 지배적인 이미지를 통해서도 읽어낼 수 있다. 시에서 모든 화면이 해바라기의 하얀 꽃잎 속에 있다. 그러나 흥미로운 것은 해바라기란 빛 지향성의 이미지와 달리 그 꽃잎 속에 있는 모든 이미지는 어둠 지향성을 지닌다는 점이다. 이는 죽음을 해바라기와 대비시켜 죽음을 넘어서려는 시적 염원을 드러낸 것이다. 그러나 아쉽게도 이와 같은 긍정적인 지향성은 더 넓게 확산시키지 못하고 있다. 이러한 한계성은 '나'를 이끄는 누나 앞에 '눈멀은'이란 부정적인 수식어가 달려 있다는 것과 해바라기 또한 뒤에 '감상'이란 소극적인 수식어가 붙어 있다는 것에서 확인할 수 있다.

우리는 「가신 누님」, 「남촌」, 「해바라기의 감상」에서 김광균의 죽음의식을 충분히 발견할 수 있다. 그것은 등불과 황혼 / 밤, 색채 이미지 등을 통해 생명에 대한 강한 애착과 삶에의 욕구 혹은 죽음에 대한 외면이라고 볼 수 있다.

즉, 죽은 사람에 대한 그리움으로 죽은 영혼을 다시 만나고자 하는 부활의 측면이다. 그러나 죽음을 피할 수 있는 것이라 생각하지는 않는다. 굳이 외면하고 싶지만 가까이 있음을 안다. 시인은 믿기 힘들 정도로 '누님 가셨나요'라고 묻지만, 사실은 '바다를 건너 / 쒸 – 쒸 – 하는 큰 배 타고 머나먼 나라로' 떠났다고 생각한다. 저 세상은 바로 배만 타면 갈 수 있는 곳에 있다. 지표면에서 불과 1m 정도밖에 떨어지지 않은 그곳에 있을지도 모른다. 따라서 저세상은 우리들 사이에, 우리가 사는 세상과 겹쳐져 있는, 수직이 아닌 수평의 방향에 있다는 것이 시인의 죽음의식이다.

(2) 현실의 절망과 사회적 죽음

문학에서의 죽음은 육체적일 뿐만 아니라 정신적인 죽음도 포함한다. 정신적인 죽음은 사회에서의 매장, 고립, 소외와 불안 등을 들 수 있다. 이것은 죽음보다 나을 것이 없는 삶이라 할 수 있다. 또한 무기력은 자기 존재의 이유를 상실하거나 자신의 삶을 자신의 뜻대로 살 수 없을 때 나타나는 현상으로 정신적 죽음의 한 양상이라 할 수 있다. 무의미한 일의 반복적인 삶도 무기력한 삶처럼 정신적인 죽음이라 할 수 있다. 반복적인 삶을 사는 사람은 무기력하게 사는 사람보다 활기차게 보일 수도 있지만 실제로는 삶에 있어서 아무런 발전이 없으며 결국 무감각한 정신적 죽음 속에서 기계적으로 움직이고 있는 것이다.[11] 卞之琳의 시에는 이와 같은 정신적인 죽음 상태에 빠져 있는 인물 이미지들이 많이 등장한다. 이러한 특징은 1930년대 암담하고 고통스러운 현실세계에서 기인한 인간성 상실이나 무기력에 따른 것에서 근원을 찾을 수 있다. 이는 시인 자신의 고백에서 확인된다.

> 사람은 언제나 사회 속에서 생활하며 문학은 현실을 반영한다. 깊이 있게 반영되든 그렇지 못하든 (…중략…) 내가 30년대 쓴 일련의 시들은 나도 모르게 당시 사회의 모습을 반영했다.[12]

---

11 한국현, 「소시민의 삶에 비친 정신적 죽음의 양상」, 『全國大學生學術硏究發表大會 論文集』 제10집(人文語文分野), 동아대학교, 1985, 239~247쪽; 정지연, 「모더니즘 시에 나타난 죽음의식」, 계명대학교 교육대학원 석사학위논문, 2009, 15쪽 재인용.

12 卞之琳, 「『雕蟲紀曆』 自序」, 앞의 책, 360쪽. "人總生活在社會現實當中, 文學反映現實, 不管反映深刻還是反映膚淺 (…中略…) 我自己寫在30年代的一些詩, 也總不由自己, 打上了30年代的社會印記."

卞之琳은 베이징의 하층 소시민들의 모습을 많이 그려낸다. 1930년대 자본주의 제국의 침략으로 외세에 의하여 중요한 개항장에 조계(租界)가 설치되어 조계가 기반이 되어 유럽풍의 도시가 형성되기 시작하였다. 이러한 전통적이고 자생적인 도시화가 아닌 조계지 도시화 과정에서 상당수의 중국인이 전통도시 체계의 몰락에 따라 어쩔 수 없이 도시 빈민, 또는 도시 하층민이 되었다. 황량한 거리에서 도시 소시민들의 다양한 삶 모습과 비애를 살아 있는 듯 생생한 인물 이미지를 통해 독자들에게 전달해주고 있다.

> 행상인이 "삥탕후루요"[13]라고 외쳐
> 재를 뒤집어쓰고도 아무렇지도 않았네;
> 새장을 든 새장수는 하늘의 흰 비둘기를 바라보며,
> 자유로운 발걸음 강모래를 밟고 지나갔네,
> 한 젊은이가 황량한 거리에서 깊은 생각에 잠길 때.
> 무를 파는 이가 반짝반짝 갈린 칼을 쓸데없이 휘두르고,
> 한 짐 홍당무는 석양 속에서 바보스럽게 웃네,
> 한 젊은이가 황량한 거리에서 깊은 생각에 잠길 때.
> 난쟁이 거지가 자기의 긴 그림자를 바보같이 쳐다보네.
> 한 젊은이가 황량한 거리에서 깊은 생각에 잠길 때 :
> 어떤 사람들은 한 그릇의 밥을 들고 한숨짓고,
> 어떤 사람들은 한밤중 다른 사람의 잠꼬대를 듣고,
> 어떤 사람들은 백발에 붉은 꽃을 한 송이 꽂고,
> 마치 눈이 뒤덮인 광야의 끝부분이 지는 해를 받쳐 드는 것처럼……
>
> —「몇 사람」 전문[14]

13 겨울에 중국 베이징 지역의 대표적인 전통 간식거리 중 하나로 산사나무 열매를 꼬치에 꿰어 달콤한 시럽을 바른 후 굳혀 만든 과자이다.

이 작품은 1930년대 당시 가난과 고통 속에서 살아가는 도시 하층민들의 삶의 핍진성을 담고 있다. 시대의 공허감, 상실감, 소외감이 드러난다. 시에서 등장한 '삥탕후루'를 파는 과자장수, 새장을 든 새 장수, 무를 파는 야채장수, 난쟁이 거지 등의 이미지는 모두 베이징 거리에서 흔히 볼 수 있는 도시 하층민들의 모습이다. 이들은 모두 소시민이나 장애인으로 죽지 못해 살아가듯 생각 없이 궁핍한 삶의 하루하루를 연명하는 존재들이다. 다시 말하면 이들은 정신적으로 생기를 잃은 죽은 존재라고 할 수 있다.

우선 제1행에서 가난하고 지저분한 생활에 익숙해진 '삥탕후루'를 파는 과자장수가 손님을 끌기 위해 열심히 외치고 있다. '재를 한 입 가득 먹었는데도 아무렇지 않았'다는 묘사를 통해 희망이 없이 살아가는 하층민의 비극적 생활상을 그대로 그려낸다. 제3행에서 할 일이 없어 '하늘의 흰 비둘기를 바라보'는 새장수가 등장하는데, 흰 비둘기가 텅 빈 하늘을 빙빙 맴돌며 날아다닌다는 모습에 비례해 새장수의 소외감과 공허감은 더욱 깊어간다. 무를 파는 이가 제6행에서 등장하는데 그 역시 할 일이 없는 무료한 인물이다. 반짝반짝 갈린 칼은 원래 무를 자르는 도구인데 지금은 손님이 없어서 '쓸데없이 휘두르고' 있다. 허공에 대고 칼을 휘둘러 괜히 먼지만 일으키는 것일 수도 있다.

이런 비이성적이고 쓸데없는 행동 속에서 인물의 무료함과 공허함을 느끼게 된다. 장사하는 사람들의 삶도 이러한데 하물며 남에

---

14 卞之琳,「幾個人」. 叫賣的喊一聲"冰糖葫蘆" / 吃了一口灰像滿不在乎; / 提鳥籠的望着天上的白鴿, / 自在的脚步踩過了沙河, / 當一個年輕人在荒街上沉思. / 賣蘿卜的空揮着磨亮的小刀, / 一担紅蘿卜在夕陽里傻笑, / 當一個年輕人在荒街上沉思. / 矮叫化子痴看着自己的長影子, / 當一個年輕人在荒街上沉思 : / 有些人捧着一碗飯嘆氣, / 有些人半夜裏聽別人的夢話, / 有些人白髮上戴一朵紅花, / 像雪野的邊緣上托一輪紅日……

게 구걸해서 하루하루 목숨을 연명해나가며 살고 있는 거지의 운명은 더욱 비참했을 것이다. 제9행에서 거지는 '멍청하'다는 정신적 결핍과 '난쟁이'라는 육체적 결핍을 가진 존재로 상징화되어 있는데, 인물의 장애를 통해 사회적 결핍 상태를 나타내고 있다. 그리고 이 거지는 자기의 긴 그림자를 멍청하게 바라보고 있다. 그림자는 사물에 빛이 가려 어두워지면서 투영되는 것으로 일종의 불확정성을 부여함으로써 존재와 부재, 실체와 환영, 사라짐과 생겨남, 삶과 죽음의 모호성을 암시하고 있다. 이러한 그림자를 바보같이 바라보는 난쟁이 거지의 모습 속에 공허함과 고독이 더욱 짙게 느껴진다.

이 시에서 한 가지 주목되는 점은 '한 젊은이가 황량한 거리에서 생각에 잠길 때'라는 어구 중심으로 이루어지는 특징이다. 앞에 등장한 결핍이 있는 인물들과 달리 '젊은이'란 이미지는 지성, 진보, 꿈, 미래, 가능성, 열정 등 긍정적인 의미를 갖고 있다. 卞之琳의 시에서 반복적으로 등장하는 사색에 잠기는 젊은이는 냉철하게 현실을 인식하는 일상의 성찰자로서 부정적인 현실에서 벗어나고자 하는 욕망 또한 초월성으로의 진보를 향한 갈망을 드러내고 있다. 그러나 아쉽게도 이와 같은 긍정적인 지향성을 더 넓게 확산시키지 못하고 있다. 이러한 한계성은 죽음을 연상케 하는 '황량한 거리'라는 부정적인 수식어에서도 확인할 수 있다.

현실을 벗어나고 싶어도 그 현실 속에 있어야만 하는 것이 무력감과 절망감을 증폭시키는 것이다. 그는 이러한 무력감과 절망감을 끝까지 밀고 나가 시적 분위기를 조성하고 있다. 앞의 과자장수, 새 장수, 무를 파는 사람 그리고 난쟁이 거지 등 구체적인 인물상과 달리 시의 마지막 부분에서 '어떤 사람들'로 인물을 익명화하여 세

종류의 사람들을 형상화하였다. 제11행에서 사람들이 밥 한 그릇을 들고 있는 것은 물질적 삶의 결핍이 없음을 암시하며, '한숨짓다'는 '신음하다'로 자기 힘으로 헤어날 수 없는 사회현실로 인해 괴로움 중에 있음을 토로하면서 탄식하는 것을 말한다.

이와 같이 불만스러운 현실을 극복하려고 노력해도 벗어나지 못하는 무력감과 비애가 극명하게 드러난다. 제12행에서 '한밤'은 '어두움'이 서서히 물러가고 밝음을 향하여 나아가는 지향 과정으로서, 현실세계를 벗어나 절대적인 정신세계로 승화되는 지향성이 내재되어 있다. 그러나 이 한밤중에 이들은 다른 사람들의 잠꼬대를 듣고 있을 뿐이다. 그들은 현실세계의 고통을 지각하지도 못한 채 잠속에 빠져 들어가는 '다른 사람들'의 잠꼬대 소리 속에 깨어 있어 '다른 사람들'과는 참으로 비교할 수 없을 만큼 비참하고 무기력하게 느껴진다.

시의 말미에 세월을 속이려고 하는 노인의 모습이 나타난다. 휘날리는 흰 머리카락만큼 오랜 세월이 다듬어진 노인은 몸은 비록 늙어가지만 자신의 삶에 생기만은 잃어가지 않도록 스스로 노력하며 붉은 꽃 한 송이를 꽂는다. 그러나 흐르는 세월을 막을 수 없는 법이다. "마치 눈이 뒤덮인 광야의 끝부분이 지는 해를 받쳐 드는 것처럼"이란 마지막 행에서 묘사하듯 흰 머리카락에 꽂은 붉은 꽃은 오히려 암울하여 비극적 죽음을 맞이할 것처럼 보인다. 이와 같이 시인은 불가항력적인 세월의 흐름 속에서 인간의 삶을 허무로 정의하고 있다.

이 시에 나타난 인물들은 모두 생기를 잃어 정신적으로 죽은 이미지라는 점이다. 시에서 제한된 현실을 극복하고자 노력하는 지향성을 보이지만, 극복되지 못하는 한계를 보여주고 있다. 그러나 현실의 모순을 체계적으로 인식하기에 앞서, 사회의 어두운 면에 가려진 못 가진 자들의 아픔과 비애로 인한 충격을 정서적으로 전달했다는 점에서 시대를 반영하고 있음을 알 수 있다.

태양이 서남쪽으로 기울 때
한쪽 손을 뒷짐 진 한가한 사람 한 명이
길가에서, 뒤뚱뒤뚱,
한 걸음 한 걸음 부드러운 흙모래를 밟는다.

흙모래에 발자국도 아주 적은 편이 아니고,
긴 것 짧은 것 뾰족한 것이 모두 있네.
한 사람이 앞서 나가면 또 한 사람이,
그는 상관하지 않고, 오직 고개만 숙이고 있네, 고개만 숙이고 있네.

아하, 당신이 그 손 안을 보라
두 알의 작은 호두가, 얼마나 반질반질 빛나는지를,
도르륵 도르륵 문지르고, 비비고……
아! 세월을 얼마나 갈았는가?

—「한가한 한 사람」 전문[15]

이 시는 '한가한 한 사람'을 제목으로, 고독하고 쓸쓸한 한 인간의 무료한 삶을 그려내고 있다. 주인공이 등장하는 시간적 배경은

15 卞之琳,「一個閑人」. 太陽偏在西南的時候 / 一個手叉在背後的閑人 / 在街路旁邊, 深一脚,　淺一脚, / 一步步踩着柔軟的沙塵. // 沙塵上脚印也不算太少, / 長的短的尖的都有. / 一個人赶了過去又一個, / 他不管, 盡是低着頭, 低着頭. // 啊哈, 你看他的手里 / 這兩顆小核桃, 多麽滑亮, / 軋軋的軋軋的磨着, 磨着… / 唉! 磨掉了多小時光?

'태양이 서남쪽으로 기울 때', 즉 황혼녘이다. 낮과 밤의 사이인 황혼녘은 죽음을 떠올리는 소재로 화자의 비극적이고 절망적인 상태를 더욱 부각시켜주고 있다. 쓸쓸한 황혼녘의 길가에서 흙모래를 밟으면서 걸어가는 화자의 모습은 마치 죽음을 향해 달려가는 것처럼 보인다. 그리하여 '한 쪽 손을 뒷짐 진' 채 뒤뚱뒤뚱 양반걸음을 걷는 모습이 겉으로는 여유로워 보이지만 실상 정신적인 내면에는 텅 빈 공허감과 상실감을 느끼고 있다.

제2연에서 이 한가한 사람은 길거리의 많은 행인들 속에서 목적을 잃고 의식 없이 홀로 느릿느릿 걷고 있다. 사람에게 추월을 당해도 아무렇지 않은 채 승부욕 없이 고개만 숙이고 있는 그가 너무도 무기력하다. 여기서 승부욕의 상실은 곧 꿈의 상실, 정신적 의욕 상실과 동일하다. 제3연에서 한가한 사람 손 안에 반질반질 빛날 정도로 반복적으로 문지르는 호두는 공허와 허무가 가득한 주인공의 삶을 보여준다. 죽음이 두렵지만 죽음보다 더욱 두려운 것은 무의미다. 세월을 흘려보내기 위해 호두를 비비는 행위 자체가 무의미한 만큼 이 한가한 사람은 결국 정신적 의욕의 상실과 삶의 허무함에서 벗어나지 못하고 있다. 이처럼 반질반질 빛나는 호두를 통해 죽음과 같은 정신적 의욕 상실과 삶의 무의미함을 역설적으로 폭로하고 있는 것이다.

> 시골 꼬마가 외로움이 두려워
> 베개 옆에 여치 한 마리를 길렀네.
> 커서는 도시에서 힘들게 일해서
> 그는 야광시계 하나를 샀다네.

어렸을 때 그는 항상 부러워했네
묘지 풀로 여치의 집을 만든 것을.
이제 그가 죽은 지 3시간이 자났는데,
야광시계는 아직도 멈추지 않았네.

—「외로움」 전문[16]

이 시에서 묘사한 시골 꼬마의 일생은 곧 현대인의 비극적 초상이다. 20세기에 들어오면서 산업 및 과학혁명의 가속화, 급격한 도시화와 경제적 혼란, 강대국들에 의한 경제적·사회적 지배 등의 사회현상은 사람들로 하여금 전통적 가치와 삶의 참의미에 대해 새로운 의문을 제기하도록 하였다.[17] 이러한 시대상황에서 현대인들의 삶은 내면적 외로움과 공허와 무의미로 가득 채워지며 인간은 누구나 결코 강해지지 못한 채 외로움 가운데서 죽음을 맞이하게 된다.

어렸을 때 시골 꼬마의 외로움은 인간 본성에 끌려 나오는 숙명적인 감정이다. 이러한 외로움을 달래줄 수 있는 것은 오직 자연뿐일 것이다. 그가 베개 옆에 길렀던 한 마리의 여치에 곧 인간이 자연으로 회귀하고픈 원초적 욕망이 내재되어 있다. 그래서 어린 꼬마가 늘 부러워하는 것도 역시 묘지 풀에서 노는 여치였다.

어렸을 때와 달리 커서 도시에서 힘들게 일하는 그가 훨씬 활기차게 보일 수도 있지만, 실제로 삶 속에서는 아무런 의미 없이 무감각한 정신적 죽음 상태로 기계적으로 움직이고 있을 뿐이다. 그가

16 卞之琳,「寂寞」. 鄕下小孩子怕寂寞, / 枕頭邊養一只蟈蟈; / 長大了在城里操勞, / 他買了一個夜明表. // 小時候他常常羡艷 / 墓草做蟈蟈的家園; / 如今他死了三小時, / 夜明表還不曾休止.

17 심성보,『도덕교육의 새로운 지평』, 서현사, 2008, 319쪽.

열심히 일해서 산 시계는 근대문명의 산물로서 기계적으로 반복되는 단조롭고 무의미한 근대문명의 상징이다. 그리하여 밤의 어둠 속에서도 시간을 잘 보일 수 있게 하는 야광시계가 주인공이 밤낮 없이 기계적으로 반복되는 무미건조한 도시생활을 암시하고 있다. 시골 꼬마의 외로움과 대비시켜 성년 이후 도시에서 사는 그의 외로움은 멈추지 않은 시계처럼 지속된다. 시 마지막에 야광시계가 주인의 죽음과 아무런 상관없이 멈추지 않고 똑딱똑딱 움직인다는 표현을 통해 외로움은 한 개개인의 감수성이 아닌 인류 전체에서 발견되는 보편적인 감정으로 승화된다. 그리고 죽어가는 꼬마와 죽지 않는 야광시계의 극단적인 대비를 통해 근대적인 삶의 무의미함을 역설적으로 폭로한다.

이와 같이 卞之琳 시에 나타나는 정신적 죽음 양상은 「한 명의 스님(一個和尙)」[18]에서도 확인된다. "오늘의 종을 치고 나서 또 하루를 치고 / 스님은 창백한 꿈속으로 깊게 빠져드네"라고 시작하는 이 시는, 스님의 무의미하게 반복되는 일상과 정신없는 상태에 대

18 一天的鐘兒撞過了又一天, 오늘의 종을 치고 나서 또 하루를 치고,
和尙做着蒼白的深夢 : 스님은 창백한 꿈속으로 깊게 빠져드네 :
過去多少年留下的影蹤 과거 몇 년간의 행적들이
在他的記憶里就只是一片 그의 기억 속에 있는 것은 다만 온통
破殿里到處迷漫的香煙, 파손된 절 안에 가득 자욱한 향불연기이네,
悲哀的殘骸依舊在香爐中 비애의 잔해가 여전히 향로 안에 남아
伴着善男信女的古衷, 선남신녀의 괴로운 사정을 담으며,
厭倦也永遠在佛經中蜿蜒. 싫증 또한 영원히 불경에서 구불구불하네.

昏沉沉的, 夢話又沸涌出了嘴, 흐리멍덩하게, 잠꼬대가 또 입에서 용솟음쳐 나오고,
他的頭兒又和木魚兒對應, 그의 머리는 또 목탁과 대응되어,
頭兒木魚兒一樣空, 一樣重; 머리와 목탁은 똑같이 텅 비고, 무거워;
一聲一聲的, 催眠了山和水, 소리 하나하나가 산과 물을 잠에 빠지게 하며,
山水在暮靄里里懶洋洋的睡, 산과 물은 저녁안개 속에서 기운 없이 잠을 자고,
他又算撞過了白天的喪鐘. 그는 드디어 또 한 번 낮의 조종을 울렸네.
—「一個和尙(한 명의 스님)」(1931) 전문

한 묘사를 첫 구절로 시작하며, "산과 물은 저녁안개 속에서 기운 없이 잠을 자고, / 그는 드디어 또 한 번 낮의 조종을 울렸네"라면서 기계적으로 반복되는 무미건조한 삶, 죽음과 같은 자기상실의 정신 상태에 대한 묘사로 끝나는 구성을 가지고 있다. 이 시는 '파손된 절', '비애의 잔해', '괴로운 사정', '흐리멍덩하게', '잠꼬대', '머리와 목탁은 똑같이 텅 비고, 무거워' 등의 부정적인 표현을 통해 시 전체를 상실과 허무함이 가득한 분위기로 연출하면서 정신적 자기상실과 삶의 무료함에서 벗어나지 못하는 스님의 비극적인 운명을 보다 극적으로 나타낸다.

지금까지 「몇 사람(幾個人)」, 「한가한 한 사람(一個閑人)」, 「외로움(寂寞)」, 「한 명의 스님(一個和尙)」을 통해서 卞之琳의 죽음의식을 살펴보았다. 그것은 비극적 현실에서 느끼는 절망과 허무로 간주되는 정신적인 죽음이라고 볼 수 있다. 그는 삶의 상실감이나 무기력함, 무의미함, 허무함에서 무의식적으로 살아가는 비극적 인물 이미지를 통해 정신적 죽음의식을 형상화한다. 이와 같은 현실세계의 절망과 상실의 의미를 내재하고 있는 죽음은 현실에 대한 적극적인 대항보다는 비관적인 정서를 서정적으로 전달하고 있을 뿐이다. 간혹 시 「몇 사람(幾個人)」처럼 현실의 절망, 즉 정신적 죽음을 넘어서려는 지향성을 가지고 있어도 끝까지 확산하지 못하는 한계를 보여준다. 그러나 사회의 어두운 면에 가려진 못 가진 자들의 아픔과 비애로 인한 충격을 정서적으로 전달했다는 점에서 卞之琳 시의 시대적 의미를 발견할 수 있다.

이상으로 김광균과 卞之琳의 시를 대상으로 그들의 작품에 등장하는 인물 이미지에 드러나는 죽음의식을 규명해 보았다.

우선 김광균 시의 죽음의식은 가족 상실의 기억에서 나오는 개인적 또는 육체적 죽음의식이다. 이러한 죽음의식은 생명에 대한 강한 애착과 삶에 대한 욕구 혹은 죽음에 대한 외면이라고 볼 수 있다. 그의 시는 '등불', '길' 등 다양한 이미지를 통해 죽음을 넘어서려는 지향성을 드러내지만 끝까지 확산되지 못하는 한계를 보여준다. 그리하여 시 전반적인 정서는 가족 상실에 대한 철저한 슬픔과 비애가 깔려 있다.

卞之琳 시의 죽음의식은 현실의 절망에 따른 사회적 또는 정신적 죽음의식이다. 이러한 죽음의식은 삶의 상실감이나 무기력함, 무의미함, 허무함에서 무의식적으로 살아가는 비극적인 인물 이미지를 통해 구체화된다. 이와 같은 현실세계의 절망과 상실의 의미를 내재하고 있는 죽음은 현실에 대한 적극적인 대항보다는 비관적인 정서를 서정적으로 전달하고 있는 한계를 보여준다. 그리하여 卞之琳의 시는 비극적인 현실에 대한 철저한 비애와 절망적인 분위기로 가득하다.

02 근대적 시간으로서의 황혼·밤 이미지와 소멸의식

문학작품은 인간 경험의 기록이다. 경험은 시간 안에서 이루어지므로 시간은 가장 특수한 경험양식의 하나가 된다. 그리고 우리의 모든 경험 속에는 시간적 지표가 찍혀 있다.[19] 시간에 대한 논의는 지금까지 크게 두 가지의 범주에서 이루어져 왔다. 자연의 시간(time in nature)과 경험의 시간(time in experience)이 그것이다. 전자는 객

19 H. Meyerhoff, 김준오 역, 『문학과 시간현상학』, 삼영사, 1987, 11쪽.

관화되고 사회적으로 측정이 가능한 시간으로서, 질서와 방향성, 그리고 불가역성을 지니는 반면에, 후자는 주관적이며 상상적인 시간으로서 상대성과 비일관성 그리고 가역성이 내재되어 있다.

문학적인 시간은 인간적 시간, 경험의 막연한 배경의 일부가 되고 또 인간의 생활 구조 속에 포함되어 있는 시간 의식이다. 그것은 사적이고 주관적이며 심리적이다. 따라서 문학에서는 앞에서 논의된 두 가지 의미 가운데 특별히 '경험적 시간'의 의미에 주목하고 있다.[20]

모더니즘 문학에서 시간은 또한 중요시된 관념들 가운데 하나이다. 제2장에서 지적한 바와 같이 모더니티 자체가 '근본적인 새로운 시작의 파토스'[21]를 그 정신적 본질로 하고 있으며, 모더니티의 미적 개념이 시간의 문제에 직접 관계되는 지적 태도들을 반영하고 있다. 그것은 개인적이며 주관적이고 상상적인 지속, 즉 문화적으로 경험되는 삶에 대한 인식이다. 여기서 '자아'의 전개에 의해 창조된 시간과 자아의 동일성은 모더니즘 문화의 기초를 구성한다.[22]

1) 시간적 이미지 유형의 유사성

한스 메이어홉(H. Meyerhoff)에 의하면 "문학이란 다양한 양상을 띠고 있는 체험적 시간, 즉 의식 내용을 의미 관련으로 조직하여 예술화한 것"이다. 이것은 문학에서 시간 문제가 작가의 체험 곧 의식 내용과 근본적인 관련을 맺고 있음을 시사해 준다.[23] 김광균

20 강양희, 「조지훈 시의 시간과 공간 연구」, 충남대학교 대학원 박사학위논문, 2001, 21쪽.
21 김성기, 『모더니티란 무엇인가』, 민음사, 1994, 405쪽.
22 M. 칼리니스쿠, 이영욱 외 역, 앞의 책, 13쪽.

과 卞之琳의 시에서 자주 출현하는 시간적 배경에 대한 분석을 통해 시에 드러난 자아의식이 파악될 것이다.

시간의 이미지는 하루의 주기를 기준으로 새벽·낮(오전·오후)·황혼·밤으로 나누어볼 수 있다. 『와사등』 속에 형상화된 시간적 배경은 크게 세 가지로 나눌 수 있는데 오후, 황혼과 밤이 그것이다. 구체적으로 『와사등』 22편 중 시간 이미지가 나타나는 시를 아래와 같이 도표화할 수 있다.

〈표 5〉 『와사등』에 나타나는 시간적 이미지

<table>
<tr><th>순번</th><th colspan="2">제목</th><th>시간 이미지에 대한 시적 표현</th><th>시간적 배경</th></tr>
<tr><td rowspan="3">①</td><td colspan="2" rowspan="3">午後의 構圖</td><td>天井에 걸린 시계는 새로 두 시</td><td rowspan="3">오후
황혼</td></tr>
<tr><td>고독한 나의 午後의 凝視 속에 잠기어가는</td></tr>
<tr><td>黃昏에 돌아온 작은 汽船이 부두에 닻을 나리고</td></tr>
<tr><td rowspan="2">②</td><td colspan="2" rowspan="2">해바라기의 感傷</td><td>보랏빛 들길 우에 黃昏이 굴러 나리면</td><td rowspan="2">황혼</td></tr>
<tr><td>아버지의 무덤 우에 등불을 켜려</td></tr>
<tr><td rowspan="5">③</td><td rowspan="5">鄕愁의 意匠</td><td rowspan="2">黃昏에 서서</td><td>황혼이 고독한 半音을 남기고/
어두운 地面 우에 구을러 떠러진다</td><td rowspan="2">황혼</td></tr>
<tr><td>저녁 안개가 나직이 물결치는 河畔을 넘어</td></tr>
<tr><td rowspan="3">童話</td><td>조각난 달빛과 낡은 敎會堂이 걸려 있는</td><td rowspan="3">오후</td></tr>
<tr><td>엷은 水泡 같은 저녁별이 스며 오르고/
흘러가는 달빛 속에선 슬픈 뱃노래가 들리는</td></tr>
<tr><td>가엾이 눈보라에 얼어붙은 午後</td></tr>
<tr><td rowspan="3">④</td><td colspan="2" rowspan="3">蒼白한 散步</td><td>午後/하이얀 들가의 외줄기 좁은 길을 찾아나간다</td><td rowspan="3">오후
황혼</td></tr>
<tr><td>저녁 안가 고달픈 旗幅인 양 나려 덮인/
單調로운 외줄기 길가에</td></tr>
<tr><td>앙상한 나뭇가지는/
희미한 觸手를 저어 黃昏을 부르고</td></tr>
</table>

23 김준오, 『詩論』, 三知院, 1992, 232쪽.

<table>
<tr><td rowspan="4">⑤</td><td rowspan="4">紙燈</td><td>窓</td><td>오후의 露台에 턱을 고이면</td><td>오후</td></tr>
<tr><td rowspan="3">湖畔의
印象</td><td>저녁 안개가 고운 花紋을 그리고 있다</td><td rowspan="3">황혼</td></tr>
<tr><td>조그만 등불이 걸려 있는 물길 우으로</td></tr>
<tr><td>해맑은 별빛을 줍고 있었다</td></tr>
<tr><td rowspan="2">⑥</td><td colspan="2" rowspan="2">山上町</td><td>한낮이 겨운 하늘에서 聖堂의 낮종이 굴러나리자</td><td rowspan="2">낮
오후</td></tr>
<tr><td>牛乳車의 방울 소리가 하-얀 午後을 싣고</td></tr>
<tr><td rowspan="4">⑦</td><td rowspan="4">壁畵</td><td>1庭園</td><td>달밤에 돈대를 걸어나린다</td><td>밤</td></tr>
<tr><td>2放浪의
日記에서</td><td>나는/ 유리빛 黃昏을 향하여 모자를 벗고</td><td>황혼</td></tr>
<tr><td rowspan="2">3南村</td><td>저녁바람이 고요한 방울을 흔들며 지나간 뒤</td><td rowspan="2">밤</td></tr>
<tr><td>저녁마다 어두운 램프를 처마 끝에 내어걸고</td></tr>
<tr><td>⑧</td><td colspan="2">石膏의 記憶</td><td>어두운 街列이 그친 곳에/
고웁게 化粧한 鐘樓가 하나 달빛 속에 기울어지고</td><td>밤</td></tr>
<tr><td rowspan="3">⑨</td><td colspan="2" rowspan="3">外人村</td><td>하이한 暮色 속에 피어 있는</td><td rowspan="3">황혼
낮</td></tr>
<tr><td>한낮에 少女들이 남기고 간</td></tr>
<tr><td>外人墓地의 어두운 수풀 뒤엔/
밤새도록 가느단 별빛이 나리고</td></tr>
<tr><td rowspan="3">⑩</td><td colspan="2" rowspan="3">街路燈-B</td><td>街路燈에는 유리빛 黃昏이 서려 있고</td><td rowspan="3">황혼
밤</td></tr>
<tr><td>鋪道에 흩어진 저녁 등불이</td></tr>
<tr><td>밤은 새파란 거품을 뿜으며 끓어오르고</td></tr>
<tr><td rowspan="3">⑪</td><td colspan="2" rowspan="3">밤비</td><td>어두운 帳幕 넘어 빗소리가 슬픈 밤은</td><td rowspan="3">밤</td></tr>
<tr><td>조각난 달빛같이 흐득여 울며</td></tr>
<tr><td>초라한 街燈 아래 홀로 거닐면</td></tr>
<tr><td rowspan="2">⑫</td><td rowspan="2">星湖附近</td><td>1</td><td>해맑은 밤바람이 이마에 서리는</td><td>밤</td></tr>
<tr><td>2</td><td>車窓에 서리는 黃昏 저 멀-리</td><td>황혼</td></tr>
<tr><td rowspan="2">⑬</td><td rowspan="2">少年思慕</td><td>A</td><td>黃昏이면 그 찬란한 노을을 물고 오던</td><td>황혼</td></tr>
<tr><td>B</td><td>동리의 午後는 졸고 있었다</td><td>오후</td></tr>
<tr><td>⑭</td><td colspan="2">SEA BREEZE</td><td>피어오르는 黃昏 저 멀리</td><td>황혼</td></tr>
<tr><td rowspan="2">⑮</td><td colspan="2" rowspan="2">瓦斯燈</td><td>차단-한 등불이 하나 비인 하늘에 걸려 있다</td><td rowspan="2">밤</td></tr>
<tr><td>늘어선 高層 창백한 墓石같이 황혼에 젖어/
찬란한 夜景 무성한 雜草인 양 헝클어진 채</td></tr>
</table>

⑯	空地	등불 없는 空地에 밤이 나리다 / 수없이 퍼붓는 거미줄같이 / 자국-한 어둠에 숨이 잦으다	밤
		내 무슨 오지 않는 幸福을 기다리기에 / 스산한 밤바람에 입술을 적시고	
		이 밤 한 줄기 凋落한 敗殘兵 되어	
		腐汚한 달빛에 눈물 지운다	
⑰	風景-A	바다는 대낮에 등불을 켜고	황혼
⑱	廣場	비인 방에 호올로 / 대낮에 體鏡을 대하여 앉다	낮 황혼
		슬픈 都市엔 日沒이 오고	
		열없는 標木 되어 조으는 街燈 / 소리도 없이 暮色에 젖어	
		황혼을 좇아 네거리에 달음질치다	
⑲	新村서-스케치	초록빛 별들이 등불을 켠다	황혼
		하이-한 돌팔매같이 / 밝은 등불 뿌리며 / 이 어둔 黃昏을 소리도 없이	
⑳	燈	벌레 소리는 / 고운 설움을 달빛에 뿜는다	밤
		방안에 돌아와 등불을 끄다 / 자욱-한 어둠 저쪽을	
		어둔 天井에 / 희부연 영창 위에	
㉑	庭園-A	푸른 하늘이 곱-게 비친다 / 흰구름이 스쳐간다	낮
㉒	雪夜	이 한밤 소리없이 흩날리느뇨	밤
		처마 끝에 호롱불 여위어가며 / 서글픈 옛 자췬 양 흰눈이 나려	
		마을 허공에 등불을 켜고 / 내 홀로 밤 기어 뜰에 나리면	

위 도표에서 정리된 결과를 살펴보면 시편들에 드러나는 시간적 지표를 쉽게 알 수 있다. 우선 하루의 시간으로는 (1) 낮, (2) 오후, (3) 황혼, (4) 밤 등이 내포되어 있다. 총 22편의 시편들 중 '낮'은 4회, '오후'는 6회, '황혼'은 16회, '밤'은 8회로 나타난다. 그중에서 '낮'은 주된 시간적 배경이기보다 현재인 '황혼'이나 '밤' 혹은 현재

인 시적 화자의 비애를 극명하게 비춰주는 보조적인 시간적 배경이고, '오후'는 '낮'과 '황혼'이 모두 포함되어 있어 서로 동일한 시간대를 가리키기도 한다. 그러므로『와사등』에 나타나는 주된 시간적 배경은 '황혼'과 '밤'이라고 볼 수 있다.

'낮'이 보조적 역할을 한다는 사실은 낮의 속성을 드러내기보다 과거에만 존재한 낮의 풍물들을 드러내주면서 현재인 시적 화자의 쓸쓸함을 극명하게 대비시키는 데 국한되어 있기 때문이다.

> 바람에 불리우는 작은 집들이 창을 나리고
> 갈대밭에 묻히인 돌다리 아래선
> 작은 시내가 물방울을 굴리고
>
> 안개 자욱－한 花園地의 벤치 우엔
> 한낮에 少女들이 남기고 간
> 가벼운 웃음과 시들은 꽃다발이 흩어져 있다.
>
> —「外人村」 2~3연

위 인용한 제2연은 어둠이 내린 황혼 무렵 외인촌의 풍경을 묘사하고 있다. 제3연은 과거인 한낮의 풍물을 형상화하고 있는데, 여기서 '낮'이란 시간 이미지를 형상화하기보다 현재 시간인 황혼 무렵 화원지의 풍경으로서만 나타난 부재중인 존재를 드러내주는 데 국한되고 있다. 한낮에 생생한 꽃다발이 저녁에 시든 것처럼 활력이 넘치는 생명 또한 죽음을 피할 수 없이 받아들일 수밖에 없다는 것을 암시하고 있다. 생명의 소멸, 현대인의 고독과 쓸쓸함을 효과적으로 표현하고 있다.

'오후'는 오전과 대비되는 시간으로 정오부터 해가 질 때까지의 시간을 가리키는데, 그 시간대에 '황혼'도 포함되어 있다. 이때의 황혼 역시 오후라고 할 수 있다. 그 외 한낮이면서 오후인 때도 있지만 이때의 오후는 예비단계의 역할을 하고 있을 뿐이다. 왜냐하면 오후에 대한 진술이 대개 시적 화자가 대상을 관조적으로 관망하는 데 국한되고 있기 때문이다.[24] 이와 같이 『와사등』에 나타나는 주된 하루의 시간적 배경은 '황혼'과 '밤'이라고 볼 수 있다. 여기서 '황혼'은 소멸의 시간으로서, '밤'은 침잠의 시간으로서 김광균 시의 중요한 서정적 충동의 모티프인 소멸의식을 담고 있다.

卞之琳 시집 『十年詩草(십년시초)』 속의 시간적 이미지도 일정한 특징을 보여준다. 『十年詩草(십년시초)』의 시간적 배경은 '황혼'과 '밤'만 내포되어 있다. "한가을 내내, 아, 나는 늘 곁에서 무언가를 잃어버린 것처럼 느껴", "회색 벽에 어린 석양을 바라보며", "멍하니 서 있다"는 모습은 곧 적막하고 우울한 시인 자신의 초상화이다. 따라서 그의 시들의 정조는 역시 김광균 시의 정조와 크게 다르지 않은 슬프고 애잔한 분위기일 수밖에 없다.

구체적으로 卞之琳의 『十年詩草(십년시초)』 속의 시간적 이미지들은 어떠한 모습으로 등장하고 있는지 도표로 정리해보면 〈표 6〉과 같다.

도표를 통해 알 수 있는 것은 卞之琳 시에 등장한 시간적 이미지들이 뚜렷한 특징을 보여준다는 사실이다. 『십년시초』 17편의 시간적 이미지가 등장하는 시 중 '황혼' 이미지는 14편의 시에서, '밤' 이미지는 5편의 시에 등장하고 있다.

---

24 정형근, 「죽음에로 흘러드는 삶, 삶에로 흘러나오는 죽음」, 『김광균 연구』, 국학자료원, 2002, 276쪽.

〈표 6〉『十年詩草』에 나타나는 시간적 이미지

순번	시 제목	시간 이미지에 대한 시적 표현	시간적 배경
①	그림자(影子)	한가을 내내, 아, 나는 늘/ 곁에서 무언가를 잃어버린 것처럼 느껴 (一秋天, 唉,我常常覺得 / 身邊像丢了什麼東西)	황혼 밤
		지금은 추운 밤이 되었구나, 난로가의 벽에/ 그림자 하나가 나와 함께 멍하니 서 있네 (現在寒夜了, 爐邊的墻上 / 有個影子陪着我發呆)	
②	등성(登城)	나는 연한 사양을 향하며(我對着淡淡的斜陽)	황혼
③	담장 꼭대기의 풀(墻頭草)	다섯 시엔 한 조각의 석양을 부치며, / 여섯 시엔 반쪽의 등불을 걸고 (五点鍾貼一角夕陽, / 六点鍾挂半輪燈火)	황혼
④	가을 창(秋窓)	회색 벽에 어린 석양을 바라보며(看夕陽在灰墻上)	황혼
⑤	척팔(尺八)	한밤중 건물 아래 술주정뱅이의 척팔 소리를 듣고 (夜半聽樓下醉漢的尺八)	밤
⑥	고도의 도심(古城的心)	저녁 일곱 시의 시장에(在晚上七点鍾的市場)	황혼
⑦	편지(音塵)	서쪽으로 석양 속의 함양 옛 길을 바라보며 (西望夕陽里的咸陽古道)	황혼
⑧	기록(記錄)	지금 또 등불을 밝히는 때가 되었네 (現在又到了燈亮的時候)	황혼
⑨	어찌함(황혼과 한 사람의 대화)(奈何(黃昏和一個人的對話))	어찌된 일인지 모르겠어, 더욱 쓸쓸한 정원에 돌아왔고, / 또 집안에 돌아와, 다시 벽 앞에 가까이 왔네 (不知怎的. 回到了更加淸冷的庭院, / 又回到了屋子里, 重新挨近了墻跟前)	황혼
⑩	먼 길 떠남(遠行)	황혼의 적막함에 빠져든다(穿進了黃昏的寂寞)	황혼
⑪	서장안거리(西長安街)	석양 아래 나는/ 늙은 친구 하나가 있다 (夕陽下我有 / 一個老朋友)	황혼
⑫	해질녘(傍晚)	서산의 석양에 기대어 (倚着西山的夕陽)	황혼 밤

		한밤중 '까아' 하는 외마디, / 한 마리의 까마귀가 나무 꼭대기에서 / 날아오르는데, 말이 없어졌네 (半夜里哇的一聲, / 一只烏鴉從樹頂 / 飛起來,可是沒有話了)	
⑬	추운 밤(寒夜)	난로 하나에 가득한 불, 방 하나에 가득한 불빛 (一爐火,一屋燈光)	밤
⑭	밤바람(夜風)	한바탕 밤바람이 외롭게 / 산꼭대기를 넘어가고 (一陣夜風孤零零 / 爬過了山巔)	밤
⑮	긴 길(長途)	쉼 없이 울어대는 한두 마리 매미소리가 / 서쪽으로 기울어가는 태양을 잡아끌고 (幾絲持續的蟬聲 / 牽住西去的太陽)	황혼
⑯	백석 위에(白石上)	황혼을 맞아, 특히 가을에 / 항상 여기로 와 (近黃昏, 尤其在秋天, / 常到這里來) 점차 황혼으로 빨려 들어간다…… (漸漸的溶進黃昏去……)	황혼
⑰	큰 차(大車)	큰 수레에 가득한 석양의 황금빛을 끌고 (拖着一大車夕陽的黃金)	황혼

지금까지 『와사등』과 『십년시초』에 나타나는 시간적 이미지 유형을 정리해 보았다. 김광균과 卞之琳 시의 주된 시간적 배경은 모두 '황혼'과 '밤'이다. 김광균의 『와사등』에서 '오후'와 '낮'이 등장하지만 '낮'은 주된 시간적 배경이기보다 현재인 '황혼'이나 '밤', 혹은 현재인 시적 화자의 비애를 극명하게 비춰주는 보조적 시간 배경이며, '오후'는 '낮'과 '황혼'이 모두 포함되어 있어 서로 동일한 시간대를 가리키기도 한다. 소멸과 침잠의 시간인 '황혼'과 '밤'에 김광균 시의 근본적인 서정적 충동의 모티프가 되는 것은 그가 딛고 있는 서정적 충동의 근본적인 모티프가 생성 지향적 비판의식보다는 소멸 지향적 상실의식이기 때문이다.[25] 다음으로 두 시인이 공

25 유성호, 「김광균론-이미지즘 시학의 방법적 수용과 그 굴절」, 『1930년대 한국

통적으로 형상화하는 '황혼'과 '밤'은 시에서 구체적으로 어떻게 이루어졌는지에 대해 분석하고자 한다. 이 과정에서 시 속에 나타나는 시간 이미지의 소멸의식까지 상관적으로 규명해볼 것이다.

2) 소멸의 시간과 '황혼' 이미지

(1) 조락한 '황혼' 풍경

'황혼' 이미지는 주로 시간적 관념으로 인식된다. 일몰 직전인 황혼은 태양이 지평선 너머로 사라져가는 시간으로서 죽어가는 하나의 빛이다. 아침에 태어난 신생의 빛이 정오의 젊음을 거쳐, 황혼의 노쇠 속에서 점점 저물어가는 소멸의식에서 황혼이 불러일으키는 정서 역시 고독이나 상실감 혹은 무기력과 우울로 채색될 수밖에 없다.[26] 김광균 시에 등장하는 황혼 이미지 역시 이 같은 시간관념에서 벗어나지 않는다.

『와사등』 속에 '황혼'을 형상화하는 시어나 시구들이 출현하는 빈도가 가장 높은데, 그 중에 '황혼'이 직접적인 시어로 등장하는 경우는 22편 중 12편에 해당한다. 뿐만 아니라 '황혼'을 환기하는 다양한 대체 이미지나 시적 표현을 통해 나타나기도 한다. 그 구체적 예들은 다음과 같다.

> ㉠ 보랏빛 들길 우에 黃昏이 굴러 나리면
> 시냇가에 늘어선 갈대밭은

모더니즘 작가 연구』, 평민사, 1999, 23쪽 참조.

26 이어령, 『저항의 문학』, 문학사상사, 2003, 241쪽 참조.

머리를 흩뜨리고 느껴 울었다

—「해바라기의 感傷」 2연

ⓛ 車窓에 서리는 黃昏 저 멀－리

노을은

나 어린 鄕愁처럼 희미한 날개를 펴고 있었다

—「星湖附近－2」 2연

ⓒ 하이－한 돌팔매같이

밝은 등불 뿌리며

이 어둔 黃昏을 소리도 없이

汽車는 지금 들을 달린다

—「新村서－스케치」 4연

ⓔ 하이한 暮色 속에 피어 있는

山峽村의 고독한 그림 속으로

파－란 驛燈을 달은 馬車가 한 대 잠기어가고

—「外人村」 1연

ⓜ 조각난 달빛과 낡은 敎會堂이 걸려 있는

작은 산 넘어

엷은 水泡 같은 저녁별이 스며 오르고

—「鄕愁의 意匠－童話」 2연

그의 시는 이처럼 '굴러 나리면', '서리는', '저 멀-리', '어둔', '하이한', '조각난', '엷은 水泡 같은' 등과 같은 수식어를 통해 '황혼' 이미지를 다양한 모습으로 그려낸다. 황혼은 햇빛이 사라지는 일몰 적전의 시간으로 소멸되어가는 상태, 죽음 직전의 마지막 시간을 의미한다. 그리하여 황혼이란 시간 이미지가 문학작품 속에 개입되면 자연스럽게 감상적 분위기가 느껴진다. 이러한 감상은 김광균의 '유리알같이 반짝이는 비애'[27]가 대부분이다.

㉠의 황혼에 대한 묘사에서 아버지의 죽음에 대한 자신의 애상적이고 비극적인 감정을 투영시키고 있다. 시적 화자에게 황혼은 그냥 오는 것이 아니라 마치 벼랑에서 바윗돌이 멈추지 않고 떨어지듯 '굴러 내리'는 것이다. 그래서 '시냇가에 늘어선 갈대밭은 머리를 흩뜨리고 느껴 울었다'. 여기서 갈대밭이 우는 것은 곧 시적 화자의 슬픔과 비애를 투사시켜 자기의 감상을 표현한 것으로 시적 화자가 우는 것이다.

㉡은 시적 화자가 지금 차창에 비치는 노을을 보면서 어린 시절의 고향을 희미하게 떠올리고 있다. 빠른 속도의 창밖 풍경은 날개를 펴듯 순식간에 시야 너머로 사라진다. 마치 흘러가고 영원히 소멸된 어린 시절의 향수와 같다. 김광균이 묘사한 고향은 현실적인 공간이 아닌 마음의 고향이자 자신의 비애를 반영하는 공간이다.[28] 근원을 향한 향수인 마음의 고향을 다시는 찾아갈 수 없는 데서 소

27 李哲範, 『韓國新文學大系』(下), 耕學社, 1980, 97쪽.
28 김창원, 「김광균론－김광균과 소멸의 시학」, 『한국 현대시인론』, 시와시학사, 1995, 176쪽 참조. "김광균은 일반적으로 도시적 비애의 시인, 또는 식민지 지식인의 방황과 좌절을 읊은 시인, 소시민의 고독을 노래한 시인이라고 이해된다. 그러나 그가 도시에서 비애를 느껴야 했던 근본 원인은 잃어버린 고향에서 찾아야 한다. 마음의 고향이자 삶의 근원으로서의 고향을 상실한 데서 그의 소멸의 미학이 자라게 된다."

멸의 미학이 자라게 된다. 이것은 '서리는', '저 멀-리'와 '희미하게' 등 관형어를 통해 암시되고 있다.

㉢은 황혼 속에서 하얀 돌팔매같이 밝은 등불을 뿌리는 기차가 소리 없이 달리는 장면을 묘사하고 있다. 등불은 어두운 곳을 밝히는 존재로서 유토피아의 세계 혹은 정신적인 영역을 지향하는 안내자로 이해할 수 있는데, '황혼'의 어두운 이미지에 대조되어 더욱 선명하게 나타나고 있다. 어두운 황혼 속에 놓여 있는 기차를 통해 ㉡과 같이 상실한 과거의 고향으로 회귀하고자 하는 욕망을 드러낸다. 소리도 없이 달리는 기차에서 잃어버린 고향에 돌아가고자 하나 돌아갈 수 없음에 안타가워하며 소리 없이 우는 시적 화자의 모습을 엿볼 수 있다. 홀로 자신만의 슬픔에 젖어 있는 시적 화자의 비애가 쓸쓸하게 느껴진다.

㉣은 외인촌의 고독한 풍경을 회화적 수법으로 묘사한 시이다. 안개 자욱한 暮色에 산골마을을 지나는 마차, 우두커니 서 있는 전신주, 어두운 수풀의 별빛, 날카로운 고탑 그리고 퇴색한 성당 등에서 전체적으로 외로움, 슬픔과 쓸쓸함이 깔려 있다.

㉤에서는 '달빛'과 '저녁별'을 통해 황혼 이미지를 그려낸다. 이 시에서 시적 화자가 그리운 고향을 동화처럼 아름답게 그려내고 있으나, 이러한 고향은 현실에서 절대 찾아갈 수 없는 동화와 같은 세계이다. 이와 같이 황혼이란 이미지를 통해 시적 화자는 비애가 담겨져 있는 마음의 고향을 환기시킨다.

위에서 분석한 바와 같이 김광균의 시 속 황혼 이미지는 황혼으로 직접 등장할 뿐만 아니라 등불, 별, 달빛 등 다양한 모습으로 나타나고 있다. 그러나 공통적인 것은 이러한 이미지를 통해 감상적인 분위기를 짙게 드러낸다는 사실이다. 시에서 시적 화자의 비극적인 감정을 노래하거나 상실한 마음의 고향을 그리워할 때는 대부분 황혼녘이다. 이러한 특징은 그의 다른 시에서도 뚜렷하게 나타나고 있다.

> 긴-뱃길에 한 배 가득이 薔薇를 싣고
> 黃昏에 돌아온 작은 汽船이 부두에 닻을 나리고
> 蒼白한 感傷에 녹슬은 돛대 우에
> 떠도는 갈매기의 날갠가 그리는
> 한 줄기 譜表는 적막하려니
>
> 바람이 올 적마다
> 어두운 커-튼을 새어오는 보이얀 햇빛에 가슴이 메어
> 여윈 두 손을 들어 창을 나리면
>
> 하이-헌 追憶의 벽 우엔 별빛이 하나
> 눈을 감으면 내 가슴엔 처량한 파도 소리뿐
>
> —「午後의 構圖」 3~5연

이 시는 바다 · 거품 · 파도 · 항로 · 해안 · 돛대 · 갈매기 등 바다와 관계되는 형상기호들이 화면 전체에 펼쳐져 있는 풍경화이나 바다의 풍경만은 아니고 그림 속의 인물이 창을 통해 내다보고 있는 초상화가 곁들인 풍경화이다.[29] 위에 인용한 부분은 늦은 오후가 되는 황혼녘에 기선이 돌아오는 풍경에 대한 묘사이다. 가득한 '장미'와

29 권오욱, 「김광균 시의 기호론적 연구」, 명지대학교 대학원 박사학위논문, 1998, 129쪽.

'떠도는 갈매기', '어두운 커－튼', '보이얀 햇빛' 등 시각적 이미지로서 이 시의 회화성을 고조시킨다. 아울러 '바람이 올 적'과 '파도 소리'의 지각과 청각적 이미지를 통해 바다 풍경을 효과적으로 부각시켜준다. 그러나 시적 화자가 이러한 황혼녘의 바다 풍경에서 느끼는 것은 오직 고독과 비애뿐이다. 즉 "창백한 감상에 녹슬은 돛대 우에" "떠도는 갈매기"의 날개가 그리는 "한 줄기 보표(譜表)는 적막하다"라든지, "여윈 두 손을 들어 창을 나리는" 행위라든지, 가슴에는 "처량한 파도 소리뿐"이라는 표현이 그것이다. 이와 같이 황혼의 풍경에서 시적 화자의 고독감과 비애를 그대로 투영시키고 있다.

이 시의 시간적 배경이 오후에서 황혼으로 이동하는 모습을 보여준다면, 아래 인용한 「鄕愁의 意匠－黃昏에 서서」와 같은 시에서는 그 제목만 봐도 '황혼'을 배경으로 하고 있음을 알 수 있다.

> 바람에 불리우는 서너 줄기의 白楊나무가
> 고요히 凝固한 풍경 속으로
> 황혼이 고독한 半音을 남기고
> 어두운 地面 우에 구을러 떨어진다
>
> 저녁 안개가 나즉이 물결치는 河畔을 넘어
> 슬픈 記憶의 장막 저편에
> 故鄕의 季節은 하이－얀 흰 눈을 뒤집어쓰고
>
> —「鄕愁의 意匠－黃昏에 서서」 전문

이 시는 황혼의 풍경에서 잃어버린 고향에 대한 그리움, 향수를 주제로 하고 있다.

우선 제1연을 보면 현실세계의 황혼 풍경을 묘사하는 과정에서 '바람'은 풍경을 조각하는 이미지로 등장하여 시적 주제의식을 끌어올린다. 보통 바람이 떠오르는 상징성은 유동성, 또는 주체의 온전한 존재성을 일깨워 주는 매개이다. 그러나 시인에게 풍경은 생동감과 유동성이 없이 고요히 응고되며, 황혼은 고독한 반음을 남기고 어두운 지면 위에 굴러 떨어져 오듯 불완전한 존재이다. 여기서 상실과 소멸을 노래하는 가장 적절한 '바람'과 '황혼'이란 이미지의 상징성과 '고요히 응고한', '고독한 반음', '어두운 지면', '구을러 떨어진다' 등 부정적인 수식어에 나타나듯 시 전체에서 상실과 소멸의 이미지가 강하게 나타난다고 볼 수 있다.

바람은 황혼 풍경을 울리고, 황혼 풍경은 사람을 울린다. 제2연에서 시인은 황혼에 서서 응고된 과거 시간 속에 있는 고향의 슬픈 기억을 떠올리고 있는데, 여기서 저녁 안개는 향수를 떠올리게 하는 가속 페달 역할을 한다. 어스름한 저녁 시간은 몽환적인 분위기를 만들어내며 안개는 공기와 물이 혼합된 상태로 불확실성 또는 부재의 현실을 암시하고 있다. 그리하여 나직하게 물결치는 강을 넘어가는 저녁 안개 속에서 과거에 묻혀 있는 기억들이 현재의 순간으로 회복될 수 있을 것이다. 시인이 상상하는 세계에서 고향은 '하이-얀 흰 눈을 뒤집어쓰고' 있는 모습이었다. '하얀 흰색'의 눈은 몽환적이면서도 탈속적인 느낌을 주는 이미지로서 다시 돌아갈 수 없는 고향에 대한 그리움을 보여준다.

위에 분석한 바와 같이 시인에게 '슬픈 기억의 장막 저편에' 놓여 있는 그 고향은 이미 현실적으로는 아무런 위안도 도움도 줄 수 없는, 자아 내면의 우울하고 슬픈 인식을 반영하는 퇴영적 공간이다. 바로 그런 심리적 고향에의 상실감이 그의 시에 심각한 소멸의 미학으로 나타난다.[30] 다음의 인용 시에서는 이러한 소멸 의식이 황혼과 더불어 더욱 뚜렷이 드러나고 있다.

午後
하아얀 들가의 외줄기 좁은 길을 찾아나간다

들길엔 낡은 電信柱가
儀仗兵같이 나를 둘러싸고
논둑을 헤매던 한 떼의 바람이
어두운 갈대밭을 흔들고 사라져간다

잔디밭에는
엷은 햇빛이 花粉같이 퍼붓고
고웁게 化粧한 솔밭 속엔
흘러가는 물소리가 가득-하고

여윈 그림자를 바람에 불리우며
나 혼자
凋落한 풍경에 기대어 섰으면
쥐고 있는 지팡이는 슬픈 피리가 되고
金孔雀을 繡놓은 옛 생각은 섧기도 하다

저녁 안개 고달픈 기폭인 양 나려 덮인
單調로운 외줄기 길가에
앙상한 나뭇가지는

30 김유중, 『김광균』, 58쪽 참조.

희미한 觸手를 저어 黃昏을 부르고

조각난 나의 感情의
한 개의 슬픈 乾板인 푸른 하늘만
멀－리 발밑에 누워 희미하게 빛나다

—「蒼白한 散步」 전문

이 시는 제목부터 시적 화자의 주관적인 의지를 나타내는 '창백한'이라는 형용사를 사용해서 시적 화자의 비극적인 감정을 직접 표출하고 있다. 그리고 산보를 소재로 인간 존재에 대한 성찰을 보여준다. 일반적으로 산보를 통해 마음의 여유를 느끼게 하거나 지친 심신을 달래주는 보통의 경우와 달리, 화자는 산보를 통해 자신의 고독과 슬픔, 존재의 허약과 소멸을 확인하고 있다.

제1연은 산보의 시간과 장소를 제시한다. 첫 행은 '오후'라는 한 단어만 사용하여 시 전체의 분위기를 무겁게 가라앉힌다. 제2행은 산보의 장소를 제시하고 있는데, 시적 화자가 찾아간 곳은 하얀 들가의 '외줄기 좁은 길'이었다. 길이 삶의 과정에 비유되거나 인생의 진리와 깨달음을 의미한다면, 여기서 시적 화자가 산보하는 '외줄기 좁은 길' 위의 인생이란 말도 있을 것이다. 시적 화자가 찾아갈 길은 선택의 여지가 없는 한 줄기 좁은 인생길로서, 그 길은 고독과 소멸의 끝까지 이어져 있다.

제2연은 먼저 나를 둘러싼 전신주를 송영행사를 행하는 의장병으로 의인화하고 있다. 그러나 전통적인 의장병의 화려하고 반짝반짝한 모습과 달리 '나'를 맞이하는 전신주의 모습은 낡고 허름하다. 나를 둘러싼 낡은 전신주가 바로 시적 화자의 초라한 모습이다.

심지어 낡은 전신주보다 더 참담하고 서글프게 보일지도 모른다. 다음으로 논둑을 지나던 바람이 갈대밭에 스쳐가는 장면을 묘사한다. 보이지 않는 바람은 허공과 같은 것이다. 때로는 흔들리는 갈대밭으로 그의 존재를 확인할 수 있지만 끝내 사라질 수밖에 없다. 여기서 바람의 소멸은 시인의 소멸의식을 드러낸다. 비관적 색채를 띠는 형용사 '어두운'이 사용되어 시적 분위기를 우울하게 만드는 동시에 시적 화자의 소극적인 심정을 강조하고 있다.

제3연의 잔디밭의 햇빛과 물소리 등 이미지에 대산 형상화에서 김광균의 예민한 감수성과 풍부한 시적 상상력을 엿볼 수 있다. 시인은 '햇빛'이라는 무형적인 대상을 '화분'으로 유형화시키고, 또 '물소리'라는 청각적인 대상을 '흘러가는'과 '가득하다'로 시각화시킴으로써 공감각적 이미지는 시각과 청각을 자극하여 쓸쓸하게 저무는 황혼 풍경의 여운을 오래 지속시킨다. 더 중요한 것은 여기서 무형적인 대상을 유형화시키는 시인의 태도에는 그의 내면적 감정이나 의식까지를 내포하고 있음을 알 수 있다.[31]

언뜻 보기에 '화분'과 '고웁게 화장한 솔밭'은 생동감과 영원한 존재를 상징하는 이미지들이다. 그러나 시간 속에서 영원한 것은 없는 법이다. 엷어지는 늦은 오후의 햇빛 속에서 모든 것은 소멸되기 마련이고 덧없이 흘러가버릴 뿐이다. 이때 소멸의식은 절대적인 허무가 된다. 이와 같이 생동감과 생명력을 상징하는 이미지를 등장시켜서 시적 화자의 비애와 소멸의식을 더욱 부각시키고 있다.

제4연에서는 '여윈 그림자', '혼자', '조락한', '지팡이', '슬픈 피리', '쉽기' 등 감상적 색채를 띠는 시어를 통해 제3연과 같은 정서가 보다 분명하게 표출되고 있다. 시 제목의 '창백한'이라는 수식어

31 백철, 『新文學思潮史』, 앞의 책, 344쪽 참조.

에 대응하여 여기서 '여윈 그림자'와 '지팡이' 등의 이미지를 통해 현재 시적 화자의 허약한 상태를 그려낸다. 이는 금색 공작새를 수 놓은 듯이 화려하고 멋진 옛 모습과 대비시켜 세월의 흐름 속에 현재 소멸되어가는 모든 존재에 대한 슬픔이 한 축을 이룬다.

제5연은 바람에 흔들리는 깃발과 나뭇가지의 모습을 그리고 있다. 여기서 바람이 직접 등장하지는 않는다. 그러나 깃발을 날리는 것도 바람이고, 나뭇가지를 움직이는 것도 바람이다. 이때 바람으로 시적 화자에게 보이는 고달픈 깃발과 앙상한 나뭇가지의 모습은 곧 황혼의 바람에 불리는 창백한 '나'의 여윈 모습과 동일하다. 저녁 안개로 덮인 쓸쓸한 길가와 같이 모든 시적 대상은 점차 희미해져가고, 날이 저물어가는 것과 함께 화자의 시선 바깥으로 사라져간다. 이와 같은 고독감과 소멸의식은 시의 끝까지 이어진다.

제6연은 슬픈 감정에 젖어 있는 시적 화자를 형상화하고 있다. '건판'은 사진에 쓰는 감광판의 하나로 그 위에 빛의 작용을 이용하여 형성된 상을 기록하는 재료다. 그러나 이러한 건판에서 기록한 화자의 감정은 고독한 세월의 흐름 속에서 슬프게 소멸되어가듯 결핍되어 조각나 있다. '한 개의 슬픈 건판'과 동격으로 '푸른 하늘'이 등장하는데 푸른색과 하늘은 각각 내면적인 정신세계를 상징한다. 이 시의 마지막 행에서 한 개의 슬픈 건판인 푸른 하늘이 멀리 발밑에 누워 희미하게 빛난다는 표현에서 시적 화자에게 내재된 근원적인 소멸의식을 엿볼 수 있다.

사람이 세상에 태어나 유·소년기에서 청년기와 장년기를 거쳐 노년기에 이르러 늙어 죽을 때까지의 일생은 하루가 지나가는 것과 닮은꼴이다. 그렇기에 우리는 자연스럽게 황혼을 인생황혼기로 연결시켜 생각하게 된다. 황혼은 인생의 마지막이 가까워오는 시기로서 화자 통합기이기도 하다. 모든 사물이 하루를 마감하는 황혼의 어둠 속으로 빨려 들어가듯 세월의 흐름 속에서 모든 존재는 소멸과 사라짐을 맞이하게 된다. 황혼 시간에 홀로 산보를 나가는 김광균이 조락한 풍경을 바라보면서 느끼는 것은 자신이 소멸되어 가는 창백함과 슬픔이다.

(2) '황혼'과의 대화

'황혼'은 卞之琳 시에 즐겨 사용되는 시간적 배경이다. 『십년시초』 속에 '황혼'을 형상화하는 시어나 시구들이 출현하는 빈도가 가장 높은데, 그중 '석양'이 직접적인 시어로 등장하는 경우는 14편 중 7편에 해당한다. 뿐만 아니라 '황혼'을 환기하는 다양한 대체 이미지나 시적 표현을 통해 나타나기도 한다. 그 구체적 예들은 다음과 같다.

> ㉠ 나는 연한 석양을 향하며(我對着淡淡的斜陽)
>
> —「등성(登城)」
>
> 회색 벽에 어린 석양을 바라보며(看夕陽在灰墻上)
>
> —「가을 창(秋窓)」
>
> 서쪽으로 석양 속의 함양 옛 길을 바라보며(西望夕陽里的咸陽古道)
>
> —「편지(音塵)」
>
> 서산의 석양에 기대어(倚着西山的夕陽)
>
> —「해질녘(傍晚)」

석양 아래 나는 / 늙은 친구 하나가 있다(夕陽下我有 / 一個老朋友)

—「서장안거리(西長安街)」

㉡ 다섯 시엔 한 조각의 석양을 붙이며, / 여섯 시엔 반쪽의 등불을 걸고(五点鍾貼一角夕陽, / 六点鍾挂半輪燈火)

—「담장 꼭대기의 풀(墻頭草)」

지금 또 등불을 밝히는 때가 되었네(現在又到了燈亮的時候)

—「기록(記錄)」

㉢ 서쪽으로 기울어가는 태양을 잡아끌고(牽住西去的太陽)

—「긴 길(長途)」

황혼의 적막함에 빠져든다(穿進了黃昏的寂寞)

—「먼 길 떠남(遠行)」

점차 황혼으로 빨려 들어간다……(漸漸的溶進黃昏去……)

—「백석 위에(白石上)」

위 인용한 내용을 보면 알 수 있듯이 『십년시초』에서 '황혼'은 두드러지게 나타나는 이미지이다. ㉠은 '석양'을 통해 황혼을 형상화하는 내용이다. 그러나 卞之琳 시 속의 화자는 황혼의 풍경이 직접 개입하지는 않고 있다. '나'는 단지 '연한 석양'을 향해 '석양을 바라보'거나 '서산의 석양'에 '기대'면서 그의 비극성을 연상하면서 슬픔을 느끼고 있다. 이러한 비극성과 슬픈 정서는 '석양'과 어울릴 수 있는 단어들인 '연한', '회색', '옛', '늙은' 등으로 표출된다.

객관적 이미지의 투사와 그에 따른 풍경의 창출을 통해 작품을 완성시키는 것은 현대시 창작의 아주 일상적인 방법이라고 해도 과언이 아니다.[32] ㉡은 '다섯 시', '여섯 시'와 '등불을 밝히는 때' 등의 구체적인 시점(時點)을 통해 황혼을 객관적으로 형상화하고 있는 예들이다. 시에서 주관적 감정 이입을 차단하고 현실세계의 황폐함과 비극을 냉정하게 바라본다. 이는 '한 조각'과 '반쪽'이란 수식어와 ㉢에서 황혼에 대한 형상화에서 엿볼 수 있다.

卞之琳에게 '황혼'은 역시 사라지는 시간으로 김광균 시에서 드러나는 의미와 유사하게 보인다. ㉢에서 '서쪽으로 기울어가는', '뚫여간다', '빨려 들어간다' 등 '소멸'의 형상으로 변용되어 등장하는 '황혼'이 그것이다. 더 구체적으로 말하면 卞之琳과 김광균에게 황혼은 공통적으로 어둠 이미지와 더불어 모든 풍물들이 점차 그 안으로 '빨려 들어가'면서 사라져버린다는 점에서 내재된 근원적인 소멸의식을 엿볼 수 있다.

이와 같이 卞之琳 시 속의 황혼 이미지는 직접 등장할 뿐만 아니라 '석양', '등불', '다섯 시', '여섯 시', '서쪽으로 기울어가는 태양' 등 다양한 모습으로 나타나고 있다. 그러나 공통적인 것은 이러한 이미지를 통해 감상적인 분위기가 짙게 드러난다는 사실이다. 시에서 시적 화자는 황혼을 객관적으로 바라보면서 그의 비극성과 슬픈 감정을 느끼고 있다. 이러한 특징은 그의 다른 시에서도 뚜렷이 나타나고 있다.

32 이은봉, 『시와 생태적 상상력』, 소명출판, 2000, 423쪽.

서산의 석양에 기대어
무너질 듯한 사찰의 담장에 서서
서로 바라보며 : 무엇을 말하려고 하는가?
왜 또 말하지 않는가?

늙은이를 실은 마른 나귀가
급히 집으로 돌아가,
발굽은 길을 두드려 —
지루한 소리를 내는구나!

한밤중 '까아' 하는 외마디,
한 마리의 까마귀가 나무 꼭대기에서
날아오르는데, 하지만 말이 없네
여전히 쉴 따름이니.

—「해질녘」 전문[33]

「해질녘(傍晚)」은 시간의 흐름에 따라 황혼과 밤의 풍물을 묘사하고 있다. 시 속 화자는 직접적으로 개입하지 않고 일정한 거리를 두고 객관적으로 사물을 보고 있다. 이러한 관조적 태도로 관찰한 풍경은 바로 1930년대 당시 현실의 상징으로 볼 수 있다.

우선 제1연은 표면적으로 드러나지 않는 시적 화자가 황혼에 서서 성찰하고 있는 내용이다. 화자는 서산의 석양에 기대어 담장과 서로 바라보면서 "뭘 말하려고 하는가? 왜 또 말하지 않는가?"를 질

33 卞之琳, 「傍晚」. 倚着西山的夕陽 / 站着要倒的廟墻 / 對望着 : 想要說什麽呢? / 怎又不說呢? // 馱着老漢的瘦驢 / 匆忙的赶回家去, / 脚蹄兒敲打着道兒 — / 枯澀的調兒! // 半夜里哇的一聲, / 一只烏鴉從樹頂 / 飛起來, 可是 沒有話了, / 依舊息下了.

문하고 있다. 그러나 이에 답변해주는 것은 오직 마른 나귀의 발굽이 길을 두드리는 '지루한 소리'와 한밤중 까마귀의 '까아' 하는 '외마디'뿐이다. 여기서 점점 어두워진 '서산의 석양'과 '무너질 듯한 사찰의 담장'은 바로 1930년대의 참담하고 비극적인 현실의 모습이라면, 시적 화자의 탄식은 이러한 현실 앞에서 자의식을 가진 나약한 지식인들이 겪은 보편적인 고통과 비극을 함축적으로 보여준다고 할 수 있다.

제2연과 제3연은 '늙은이', '마른 나귀'와 한 마리의 '까마귀' 등 시각적 이미지와 나귀 발굽이 두드리는 지루한 소리와 까마귀 한 마디의 '까아' 하는 청각적 이미지를 통해 시적 화자가 바라본 풍경을 효과적으로 부각시켜준다. 그러나 시적 화자가 이러한 풍경에서 느끼는 것은 오직 고독과 비애뿐이다. 늙은이를 실어서 집으로 향해 급히 달리는 나귀 발굽의 지루한 소리는 무감각하게 사는 하층민의 무미건조하고 지루한 삶을 미묘하게 비판하는 것이며, 한밤중 까마귀가 '까아' 하는 외마디가 밤의 쓸쓸함과 적막을 역설적으로 극대화시키면서 시대의 어두움과 고통에 매몰되는 사람의 비극을 효과적으로 고발하고 있다. 이와 같이 시적 화자가 관조적 태도로써 해질녘의 사물을 바라보면서 시대의 고통과 비극을 신랄하게 비판하고 있는 것이다.

위에 분석한 바와 같이 나약한 지식인들한테 현실세계는 고독·고통·방황 외에 아무 것도 가져올 것이 없는, 내면의 쓸쓸하고 비극적인 인식을 반영하는 것이다. 바로 그런 비극적인 현실세계에서 오는 상실감이 卞之琳의 시에 심각한 소멸의 미학으로 나타난다. 이와 같은 정서는 또 다른 작품 「기록(記錄)」에서도 감지할 수 있다.

지금 또 등불을 밝히는 때가 되었네,
나는 거리의 몽롱함을 한 숨 들이마셔,
오히려 정신이 들 듯, 기지개를 한 번 켜서
꽤 무겁게 가라앉은 백일몽에서 벗어났네.

먼 곳에서 들려오는 "완바오!"
나는 놀라, 어지러이 발걸음을 옮기며,
구깃구깃한 백지 한 조각을 내버린다 :
가라, 내 온종일의 기록들아!

—「기록」 전문[34]

시적 화자인 '나'는 시인 자신을 비롯한 비극적인 시대 모든 지식인들의 표상이다. 첫 연 첫 행의 "등불을 밝히는 때"와 제2연 첫 행에 "완바오(晩報)"[35]을 파는 소리에서 시의 시간적 배경이 황혼이라는 점을 쉽게 읽을 수 있다. 황혼은 하루의 일과를 마무리하는 시간이다. 그러나 시적 화자에게 황혼은 차분에게 하루를 정리할 수 있는 시간이 아니라 오히려 '거리의 몽롱함'으로 느껴지는 시간이다. 그러한 '몽롱함'의 인식은 상실에서 기인한다.[36] 이러한 상실감과 허무함은 꽤 무거운 '백일몽' 같은 일상에 흐르고 있다. '기지개를 한번 켜서' 잠에서 깨는 순간 백일몽의 환상은 영원히 사라지기 때문이다. 다시 말해서 시적 화자에게 황혼은 '백일몽'과 '구깃구깃

---

34 「記錄」. 現在又到了燈亮的時候, / 我喝了一口街上的朦朧, / 倒像清醒了, 伸一個懶腰, / 掙脫了怪沉重的白日夢. // 從遠處送來了一聲 "晚報!" / 我吃了一驚, 移亂了脚步, / 丟開了一片皺折的白紙 : / 去吧, 我這一整天的記錄!

35 中國社會科學院語言研究所詞典編輯室編, 『現代漢語詞典』(第5版), 商務印書館, 2005, 1,404쪽(晩報 : 每天下午出版的報紙).

36 이희현, 「新月詩派 研究」, 성균관대학교 대학원 박사학위논문, 2005, 248쪽.

한 백지'와 같은 삶이 허무하게 사라지는 것을 경험하는 시간이기도 하다.

제2연에서 시적 화자는 '완바오'라는 소리에 놀라 당황스럽게 발걸음을 옮긴다. '완바오(晩報)'는 날마다 오후에 발행되는 지역 소식지로 그 지역에서 발생한 사건에 대해 자세한 내용을 전달한다는 점에서 분주한 도시의 하루를 마무리하는 의미를 지닌다. 그것은 '나'의 하루를 기록한 '구깃구깃한 백지'와 대조를 이룬다. 텅 빈 백지 한 조각을 내버린다는 화자의 행동은 온갖 시도에도 불구하고 결국 소멸의 공허를 피할 수 없는 지식인의 비극을 암시하고 있다. 이러한 소멸의식은 마지막에 화자가 "가라, 내 이 온종일의 기록들아!"라는 외침에서 절정에 이른다. '기록'으로 남겨지지 않은 모든 것들은 그 의미를 채 얻기도 전에 사라져버리기 때문이다.

이 시에서 묘사하는 '나'의 모습은 시인 자신뿐만 아니라 1930년대 방황과 상실의 비극적 현실세계 속에서 벗어나고자 하는 모든 지식인들의 모습이다. 다시 말해서 '백일몽' 같은 하루하루의 일상들이 황혼의 '몽롱함'에서 사라지고 소멸되어가는 현실인식을 가진 지식인들이 자신의 '온종일 기록'을 스스로 버린다는 비극적인 모습이다.

卞之琳의 시는 '소설화(小說化)', '전형화(典型化)', '비개인화(非個人化)' 경향이 있다. 심지어 그는 가끔 시를 패러디(parody)하기도 한다. 그래서 그의 시에 등장하는 화자인 '나'는 나만이 아닌 '너 / 당신' 혹은 '그 / 그녀'와 호환해도 무관하다.[37] 구체적으로 말하면 卞之琳 시 속의 서정적 주체인 '나'의 모습은 곧 '나'를 비롯한 '너'

37 卞之琳, 「『雕蟲紀曆』 自序」, 앞의 책, 360쪽. "我總喜歡表達我國舊說的'意境'或者西方所說'戲劇性處境', 也可以說是傾向于小說化, 典型化, 非個人化, 甚至偶爾用出了戲擬(parody). 所以, 這時期的極大多數詩里的'我'也可以和'你'或'他'('她')互換."

와 '그 / 그녀', 즉 '우리'의 모습이다. 하지만 그들의 모습은 한결같이 비극적 현실에 대한 고통과 상실의 정서를 보여준다.

> "난 당신이 수십 맷돌을 헛되이 돌리는 걸 보았다,
> 당신이 먼지로 뒤덮인 자리에 앉은 보살이 되었던 것도 보았어요,
> 침대를 시켜서 당신의 몸 반쪽을 받쳐 들게 하며
> 이것도 오래되었어요. 지금 당신은 뭘 할까요?"
> "글쎄요. 내가 뭘 할까요?"
>
> "당신은 알고 있죠. 나는 처음에 길가에 있었는데,
> 어찌된 일인지 모르겠어, 더욱 쓸쓸한 정원에 돌아왔고,
> 또 집안에 돌아와서, 다시 벽 앞에 가까이 왔네요.
> 당신이 나 대신 생각해 보세요. 내가 어디로 가면 좋을까요?"
> "글쎄요. 당신은 어디로 가면 좋을까요?"
>
> —「어찌함(황혼과 한 사람의 대화)」 전문[38]

이 시는 대화식의 서술적 구조를 통해 시상을 전개하고 있어 서술적이면서도 서사적인 특징을 지닌다. 대화 형식의 서사구조를 취한 이 시는 '황혼'과 '한 사람'이 서로 이야기를 나누면서 무엇을 할 건지, 또는 어디로 갈 건지도 모르는 허무감과 상실감을 나타내고 있다.

2연으로 구성된 이 시는 문답식 대화를 통하여 '나'와 '너', 즉 '황

38 卞之琳, 「奈何」(黃昏和一個人的對話). "我看見你亂轉過几十圈的空磨, / 看見你塵封座上的菩薩也做過, / 叫床鋪把你的半段身體托住 / 也好久了, 現在你要干什麽呢?" / "眞的, 我要干什麽呢?" // "你該知道吧, 我先是在街路邊, / 不知怎的, 回到了更加淸冷的庭院, / 又到了屋子里, 重新挨近了墻跟前, / 你替我想想間, 我哪兒去好呢?" / "眞的, 你哪兒去好呢?"

혼'과 '한 사람' 사이에 대화가 이루어진다. 우선 제1연에서 '한 사람'이 보았던 '황혼'의 모습을 말하고 있는데, 수십 바퀴를 '빙빙 맴돌면서' 시간을 헛되이 보내는 것과 '먼지로 뒤덮인' 좌석에 얹힌 보살, 그리고 침대가 받쳐 든 '몸 반쪽'이 그것이다. 이러한 모습은 깊은 결핍과 그로 인한 상실과 비애를 고스란히 보여준다.

그리고 '한 사람'의 "지금 당신은 뭘 할까요"라는 질문에 "글쎄요. 내가 뭘 할까요?"라는 '황혼'의 대답은 그러한 참담한 삶에 대한 비애감을 더욱 극대화시킨다. 이어서 제2연에서 '황혼'은 자기의 행방을 이야기하고 있는데, 처음에 '길가'에 있었고, 어찌된 일인지 자기도 모르게 '정원'에 들어왔고, 또 '집안'에 돌아와서, 다시 '벽 앞'에 가까이 오는 것이다. 이제 더 이상 갈 길이 없어서 '황혼'은 "내가 어디로 가면 좋을까요?" 질문을 던지고 있다. 그러나 "글쎄요. 당신은 어디로 가면 좋을까요?"라는 '한 사람'의 탄식처럼 시간의 흐름 속에서 모든 것은 소멸되어갈 수밖에 없는 슬픈 상황이다.

이와 같이 시 속에는 '황혼'과 '한 사람'만이 존재한다. '황혼'은 소멸의 이미지로서, '한 사람'은 현실과 단절된 존재로서 시 전체의 분위기를 함축하고 있다. 이들의 냉담한 이야기가 아무 감정도 개입되지 않고 있지만, 각 연 마지막에서 "글쎄요. 내가 뭘 할까요?"와 "글쎄요. 당신은 어디로 가면 좋을까요?"라는 반문식의 대답에서 처절한 상실감과 비애를 경험하게 된다. 이같이 자연의 질서와 객관적 진술을 통해 상실감과 고독에서 나오는 소멸의식은 한 개인만의 것이 아닌 보편적 인식으로 승화된다.

지금까지 김광균의 『와사등』과 卞之琳의 『십년시초』 속에 등장하는 '황혼' 이미지에 대해 분석해보았다. 시 속에 공통적으로 시간적 관념으로 인식되는 '황혼'은 직접적인 시어로 등장할 뿐만 아니라 '황혼'을 환기하는 다양한 대체 이미지로 나타나기도 한다. 즉 김광균 시 속의 등불, 별, 달빛과 卞之琳 시 속의 석양, 등불, 다섯 시, 여섯 시, 서쪽으로 기울어가는 태양 등이 그것이다. 그러나 공통적인 것은 이러한 이미지를 통해 시에서 감상적인 분위기를 짙게 드러내면서 소멸의식을 반영한다는 점이다.

『와사등』 속에서 '황혼'이 시적 화자의 비극적인 감정을 노래하거나 상실한 마음의 고향을 그리는 시간이라면, 『십년시초』 속의 '황혼'은 비극적인 현실에서 상실한 지식인들의 고독과 상실감을 경험하게 된 시간이다. 바꿔 말하면 김광균은 황혼을 환기하는 심리적 고향에 대한 상실감이 시에 소멸의 미학으로 나타난다면, 卞之琳은 황혼을 환기하는 비극적인 시대의 상실감이 시에 소멸의 미학으로 나타난다. 또한 卞之琳 시는 황혼을 관조적 태도로 관찰한다는 점에서 김광균과 변별성을 띠고 있다.

3) 상실의 시간과 '밤' 이미지

(1) 어두운 밤의 차단한 '등불'

앞에서 언급했지만 『와사등』에 나타나는 주된 시간적 배경은 '황혼'과 '밤'이라고 볼 수 있다. 밤은 해가 져서 어두운 시간으로 상실과 비애와 죽음의 이미지를 갖고 있다. 밤이 되면 모든 존재들이 어둠 속으로 빨려 들어가며 그 형체를 잃어버리게 된다. 『와사등』에서 이러한 밤은 별(빛)·달빛·등불 등 다양한 이미지를 통해 그려진다. 그 중에 등불은 김광균에게 특별한 의미를 지니고 있다.

개성(開城)에 처음 전등(電燈)불이 켜진 것은 1922년이다.

그전까지는 램프 등을 켜고 살았는데 램프의 호야(어른들이 말하던 것을 그대로 썼는데, 일본말 같다)를 닦는 것이 내 일이었는데, 매일 저녁때마다 유리가 깨질세라 조심조심 걸레로 문지르고 석유를 따라 넣은 다음 성냥불을 켠 뒤에 불빛을 크게 하거나 작게 하여 가며는 램프의 등 뒤부터 환히 밝아오는 것을 신기하게 쳐다보곤 했다.
(…중략…)

지붕 너머에 땅거미가 깔려 어둑어둑할 무렵 전기불이 들어왔다. 10촉짜리 전등불은 신화(神話)같이 밝아 불빛이 안마당에서 헛간까지 비쳐 우리들은 숨도 제대로 못 쉬고 놀랐다.

초가지붕 너머 밤나무에서 까치들이 요란히 울고 안방에 기대어 앉아 계시던 젊은 어머니 얼굴이 박꽃같이 환하게 피어 있었던 생각이 난다. 내 나이 아홉 살 때였으니까 65년 전 일이다.

—「금가(琴歌)」[39]

위의 회상을 통해 김광균 시인이 어린 시절의 기억에서 비롯된 등불을 창작의 중요한 소재로 사용하는 이유를 충분히 짐작할 수 있다. 그의 시에서 '등불'이 시어로 등장하는 빈도가 높고 시의 제목으로부터 시집의 제목으로까지 '와사등(瓦斯燈)'으로 사용되는 것[40]처럼 그는 등불에 대한 남다른 애착을 보인다. 「湖畔의 印象」, 「壁畵－3南村」, 「街路燈－B」, 「밤비」, 「空地」, 「燈」, 「雪夜」, 「해바라기의 感傷」 등의 시편에서 등불은 어두운 밤에 걸려 있다.

39 김광균, 「금가(琴歌)－1. 박꽃」, 『김광균 문학전집』, 503쪽.
40 1938년 6월 3일 『조선일보』 지상을 통해 처음 발표한 시 「瓦斯燈」과, 이 시가 실린 첫 시집 『瓦斯燈』(남만서방, 1939), 그리고 후에 발표된 시전집 『瓦斯燈』(근역서재, 1977)의 제목처럼 모두 '와사등'으로 동일하다.

㉠ 조그만 등불이 걸려 있는 물길 우으로
季節의 亡靈같이

—「湖畔의 印象」 2연

㉡ 저녁마다 어두운 램프를 처마 끝에 내어걸고
나는 굵은 삼베옷을 입고 누워 있었다

—「壁畵－3南村」 4~5행

㉢ 舖道에 흩어진 저녁 등불이
창백한 꽃다발같이 곱기도 하다

—「街路燈－B」 1연

㉣ 낯설은 흰 장갑에 푸른 장미를 고이 바치며
초라한 街燈 아래 홀로 거닐면

—「밤비」 4연

㉤ 등불 없는 空地에 밤이 나리다
수없이 퍼붓는 거미줄같이
자욱－한 어둠에 숨이 잦으다

—「空地」 1연

㉥ 방안에 돌아와 등불을 끄다
자욱－한 어둠 저쪽을
목쉰 汽笛이 지나간다

—「燈」 2연

ⓢ 하이얀 입김 절로 가슴이 메어
마음 허공에 등불을 켜고
내 홀로 밤 깊어 뜰에 나리면

—「雪夜」 3연

ⓞ 아버지의 무덤 우에 등불을 켜려

—「해바라기의 感傷」 3연

위의 인용 내용은 시에서 등불이 나타난 부분이다. 우선 시(㉠ ㉡ ㉧ ㉧)를 보면 등불이 위치한 공간은 '물길 우', '처마 끝', '마음 허공', '아버지의 무덤 우' 등이다. 이러한 공간에 존재한 등불은 '조그만', '어두운', '창백한', '초라한' 모습으로 나타나고 있다. 즉 김광균 시에서 등불은 모두 공허와 슬픔이 가득한 공간에 위치하는 결핍된 존재이다. 이들의 결핍은 어둠을 밝히는 강한 이미지로 부각되지 않고 희미하고 나약하기만 하다.

㉠은 밤을 맞이하는 모습을 형상화하고 있다. 망령같이 희미한 빛을 내는 '조그만 등불'은 '병든 소를 이끌은 소년'과 함께 시적 우울한 분위기를 만들어준다. ㉢의 등불은 도시의 '舖道에 흩어진' 것이다. 도시의 밤을 화려하게 비추는 가로등은 화자에게 그저 빈약하고 창백한 환영이며 어지럽게 흩어지는 고독한 모습에 지나지 않는다. ㉣의 등불은 '초라한 가등'이다. 이러한 등불 아래서 홀로 걸어가는 화자의 모습은 바로 고독과 비애로 가득한 모든 현대인의 초상이다. 이와 달리 ㉤과 ㉥에서는 '등불 없'거나 '등불을 끄다'라고 한다. 빛이 하나도 들지 않는 철저한 어둠 속에서 시적 화자의 내면은 더욱 어둡고 고독하다. 이와 같이 시 ㉢ ㉣ ㉤ ㉥에서처럼, 등

불은 공허한 도시의 하늘에 걸려 있는 희미한 존재로서 아무것도 믿고 의지할 수 없는 어두운 현실 속에서 현대인의 고독과 상실감, 도시 문명에 대한 현대인의 절망과 비애 등의 주관적인 정서가 추상적으로 드러나고 있다. 더욱이 ㉦에서 '마음의 허공에' 걸려 있는 등불을 통해 이러한 주관적인 정서가 드러나는 사실은 새삼 말할 필요도 없다.

시 ㉡ ⓞ에서의 등불은 죽음을 상기시키는 대상으로 밤의 세계에서 시적 화자의 비애와 우울함 등의 비극적인 정서가 드러나고 있다. 구체적으로 말하면 ㉡ ⓞ의 등불은 죽은 가족과 다시 만나기를 바라는 마음을 비추어주는 이미지로 사용되는데, 그 바람은 하나의 환상으로 끝나고 말았다. 즉 삼베옷을 입고 누워 있는 화자와 어두운 램프, '나'를 이끌고 가는 누나의 손목은 '눈멀다'는 표현이 그것이다. 이처럼 밤마다 '내어걸고' / '켜려' 하는 등불을 통해 화자의 절망과 슬픈 내면을 극명하게 보여준다.

이와 같이 어린 시절에 숨도 못 쉴 정도로 놀랍고 신기한 대상이었던 등불은 이별과 애상의 표상으로 변모한다.[41] 이것은 아버지의 갑작스러운 죽음과 그에 따른 가세의 몰락으로 인한 슬프고 아픈 기억의 환기라고 할 수 있다. 그는 생활을 위해 19세의 장남으로서 고향을 떠났던 날을 지금도 잊지 못한다고 말한다.

> 기차가 새벽 다섯 시에 따난다고 하여 잠을 설치고 네 시에 집을 나섰는데 가로등도 없는 때여서 길은 사방이 어두웠다. 어머님이 지등(紙燈)을 들고 앞서 가시는데 바람이 세차게 불어 등 안의 촛불이

41 엄성원, 「우울한 내면의 도시적 풍경화－『와사등』 시편을 중심으로」, 앞의 책, 82쪽 참조.

자주 꺼져서 그때마다 성냥불을 그어 불을 다시 켜야 하였다.

(…중략…)

어머님과는 거기서 헤어졌는데 그 새벽길에서 희미한 지등을 들고 서서 "잘 가라. 그리고 도착하거든 속히 편지해라"고 우시며 저으시던 어머님의 하얀 손길을 지금도 잊지 못한다.[42]

김광균 시에서 빈번하게 등장하는 등불 이미지는 위와 같은 이별과 애상을 상기시키는 대상이다. 이러한 특징은 다음의 시에서 더욱 뚜렷이 나타난다.

차단-한 등불이 하나 비인 하늘에 걸려 있다
내 호올로 어델 가라는 슬픈 信號냐

긴-여름해 황망히 나래를 접고
늘어선 高層 창백한 墓石같이 황혼에 젖어
찬란한 夜景 무성한 雜草인 양 헝클어진 채
思念 벙어리 되어 입을 다물다

皮膚의 바깥에 스미는 어둠
낯설은 거리의 아우성 소리
까닭도 없이 눈물겹고나

空虛한 群衆의 행렬에 섞이어
내 어디서 그리 무거운 悲哀를 지고 왔기에

42 김광균, 「금가(琴歌)-3. 개성역」, 앞의 책, 507쪽.

길-게 늘인 그림자 이다지 어두워

내 어디로 어떻게 가라는 슬픈 記號기
차단-한 등불이 하나 비인 하늘에 걸리어 있다.

—「瓦斯燈」 전문

이 시는 '와사등'이란 이미지를 통해 아무것도 믿고 의지할 수 없는 어두운 현실 속에서 방황하는 현대인의 고독과 상실감을 형상화하고 있다.

우선 제1연을 보면 시적 화자는 와사등을 '차단-한 등불'과 '슬픈 신호'로 인식하고 있다. 등불은 어두움을 밝히는 도구로서 일반적으로 사람을 목적지로 인도하는 안내자에 비유할 수 있는데, 첫 행 "차단-한 등불이 하나 비인 하늘에 걸려 있다"에서 '차단-한'은 등불이 제 기능을 상실했음을 말하고 있다. 텅 빈 하늘에 걸려 있는 등불은 어두운 현실 속에서 방향을 상실한 시적 화자의 슬픈 모습이다. 여기서 등불은 단순히 이미지로 등장하지 않고 '하나', '비인', '슬픈'과 "내 호올로 어델 가라는 슬픈 信號냐"와 결합되어 나타나 1930년대 식민지 현실 속의 지식인의 비애와 상실감에 기인한 소멸의식을 철저하게 드러낸다. 뿐만 아니라 제2행의 "내 호올로 어델 가라는" 구절과 제5연의 "내 어디로 어떻게 가라는" 구절이 수미상응하여 시적 화자가 방향을 상실한 데서 기인한 내면의 소멸감과 고독감을 더해주고 있다.

제2연은 초저녁 무렵 도시의 외면적 풍경을 묘사하고 있다. "긴-여름해 황망히 나래를 접고"의 나래, 즉 날개는 비상하기 위한 수단으로 도약, 꿈을 실현하는 수단, 억눌림의 탈출이나 벗어남 등을 상징하고 있다. 그러므로 날개를 접는다는 것은 제 기능의 소멸, 꿈의 상실, 또는 의욕의 상실을 암시한다. 그리고 도시의 상징인 '늘어선 고층' 빌딩은 마치 죽음의 상징인 '창백한 묘석'처럼 황혼에 젖어 있으며, 가장 도시적 이미지인 '찬란한 야경'은 '무성한 잡초'처럼 황폐화된다는 인식에서 종말론적 의미를 추출할 수 있다. 이러한 시적 화자의 비판적인 사고가 참혹한 현실 앞에서 더 이상 아무 것도 할 수 없는 벙어리가 되어 입을 다물게 된다. '입을 다물고'는 역시 '나래를 접고'와 같이 상실과 소멸의 의미를 드러낸다. 이와 같이 '묘석'과 '잡초'로 비유된 도시문명의 삭막함, 무질서 등은 상실감과 비애에 드러낸다.

제3연은 공감각적 표현을 통해 시적 화자의 비극적인 감정을 드러내고 있다. 즉 "피부의 바깥에 스미는 어둠"에서 '어둠'을 '스미다'라고 표현함으로써 시각을 촉각으로 전이시켜 마음속에 깊이 느끼는 도시 삶의 음울함과 비애가 온 몸으로 느껴진다. 이어서 '낯설은 거리' 역시 도시 문명의 상징이다. 도시의 아우성 소리에 둘러싸여 있으면서도 내면의 고립감에서 벗어나지 못하는 시적 화자가 끝내 "까닭도 없이 눈물겹고나"라고 탄식하고 만다.

도시에서 생활하는 사람들 사이에는 이른바 '군중 속의 고독'이라는, 이전까지는 상상조차 할 수 없었던 새로운 형태의 고독이 등장하게 되는데, 이 경우 고독이란 비인간화되고 개체화·익명화된 도시 공간의 특성을 복합적으로 반영한 주체 내면의 정서적 반응 양태로 기록될 수 있을 것이다.[43]

이러한 고독과 그 속에 내재된 비애를 제4연에서 구체적으로 형상화하고 있다. '공허한 군중의 행렬' 속의 소외감과 고독, '무거운

---

43 김유중, 앞의 책, 136~137쪽.

비애'와 '길-게 늘인 그림자'를 통해 구상화하는 지극한 슬픔 등은 시적 화자의 내면적인 정서 묘사로서 현실에서 정체성을 잃어 그림자가 되어 떠도는 어두운 감정을 드러내고 있다. 마지막 제5연은 제1연의 반복으로 행의 배열만 바꾸어 놓은 형태이다. 앞에서 이미 언급했지만 이러한 반복 기법을 통해 방향 감각을 상실한 현대인의 내면적 슬픈 감정을 더해주고 있다.

이상으로 살펴본 바와 같이 김광균 시 속의 '등불'은 어두운 밤을 밝혀 주어 길을 확실히 인도해주는 안내자의 역할을 하는 것이 아니라, 어디로 어떻게 가야 할지 모르는 공허와 비애로 가득한 현대인의 슬픈 신호로 고독과 비애를 더욱 짙게 해주고 있다. 말하자면 그의 내면에 상존하고 있는 소멸의식의 이면인 것이며, 이러한 역설적 인식이 그의 시 전체를 일관된 흐름으로 관류하고 있음은 그의 시학을 소멸의 시학으로 규정하는 데 주저하지 않게 만드는 근거가 된다.[44]

(2) '추운 밤'과 '밤바람'

김광균과 유사하게 卞之琳 역시 자신의 시집 『십년시초』에 밤 이미지를 많이 활용한 시인이다. 卞之琳의 작품 성향은 비교적 어둡다. 그러한 어두운 표출 매개 가운데 하나가 밤이라는 시간 설정이다.[45] 밤은 태양이 완전히 소멸한 어둠의 세계이고, 인생의 국면에선 탄생, 성숙, 노쇠 다음 단계인 죽음에 해당한다.[46] 이러한 밤의

44 金昶元, 「김광균과 소멸의 시학」, 『先淸語文』 제19권 1호, 1991, 193쪽.
45 이희현, 앞의 글, 247쪽.
46 이승훈, 『문학으로 읽는 문화상징사전』, 푸른사상, 2009, 40쪽.

상징성에 기반을 두고 卞之琳의 『십년시초』의 밤은 허무와 절망으로 가득한 '추운' 밤이다.

> 난로 하나에 가득 찬 불, 방 하나에 가득 찬 등빛
> 진씨가 찻잔을 들고,
> 마주 앉아 있는 사람은 장씨이다.
> 장씨는 담배를 입에 꼬나물고
> 진씨는 따뜻한 물을 다 마셨네.
> 그들은(눈꺼풀이 반은 이미 내려앉았네)
> 푸른 연기가 흩날려
> 사라진 것을 보고, 또(취한 듯)
> 석탄재가 누렇게 빛을 내
> 태워버린 것을 보네. 그들이 몽롱하여
> 무겁게, 선잠 속으로 빠져든 것처럼……
> 어디서 들려오는 종소리인가?
> 또 한 번, 다시 또 한 번……
> 뭐? 누군가 정원으로 달려나와
> "눈이 왔다, 진짜 많이도 온다!"
>
> ―「추운 밤」 전문[47]

이 시의 시간적 배경은 제목에서 드러나듯 추운 밤인데, 이 같은 사실은 제1행에서 등장하는 '난로'와 '불빛', 어디서 들려오는 세

47 卞之琳, 「寒夜」. 一爐火. 一屋燈光 / 老陳捧着個茶杯, / 對面坐的是老張. / 老張銜着個烟卷. / 老陳喝完了熱水. / 他們 (眼皮已半掩) / 看着青煙飄蕩的 / 消着, 又(像帶着醉) / 看着煤塊很黃的 / 燒着, 他們是昏昏 / 沉沉的, 像已半睡…… / 哪來的一句鐘聲? / 又一下, 再來一下…… / 什麽? 有人在院內 / 跑着 : "下雪了, 眞大!"

번의 종소리, 그리고 마지막 행에서 '눈'이 많이 온다는 외침을 통해 강조되고 있다. 시인이 한 추운 겨울밤에 '진씨'와 '장씨'에 대한 객관적인 묘사를 통해 현대인의 삶을 지배하고 있는 허무감과 상실감을 극명하게 드러낸다.

이 시에서 진씨와 장씨는 몽롱하여 무겁게 반수 속으로 빠져든 것처럼 화롯불 가에서 차를 마시며 말없이 마주 앉아 있다. 사라지는 담배연기, 꺼져 가는 화로의 석탄, 깜박이는 등잔불은 최면을 걸 듯 사람들의 활동을 중지시키고, 마비시킨다.[48] 따뜻한 물을 다 마셔버린 진씨와 담배를 꼬나무는 장씨의 모습에서 어떠한 열정과 활기도 찾아볼 수 없다. 담배 연기를 '흩날려 사라진 것'과 석탄재를 다 '태워버린 것'을 보다 잠이 드는 그들의 비극적인 삶은 이 밤과 같이 춥고 어둡다.

이는 제1행에서 난로에 가득 찬 화롯불과 방에 가득 찬 불빛을 통해 연출한 따뜻하고 밝은 분위기와 너무나도 상반된 느낌이다. 넘칠 정도로 가득 찬 따뜻함과 밝음은 첫 행에서 연출해온 터라, 시 속 등장인물들의 운명은 더욱 참혹하게 느껴진다. 멀리서 들려온 세 번의 종소리가 한밤중인 삼경[49]이란 시간을 암시하고 있다. 이 종소리와 누군가의 "눈이 왔다. 진짜 많이도 온다!"는 외침에서 밤의 깊어짐에 따라 추위와 혹한도 극심해진다.

따라서 이 시에 등장하는 '추운 밤'은 고요와 적막의 시간으로 존재함과 동시에, 취한 듯 잠에 깊이 빠져들게 되는 시간으로 존재한

48 李先玉, 「卞之琳의 抗戰前 시에 대한 소고」, 『中國現代詩와 詩論』, 한국중국현대문학회, 1994, 485쪽.

49 옛날에 중국 민간에서 밤 시간을 알리는 제도가 있는데 이는 '打更'이라고 한다. 종소리를 통해 밤 시간을 알 수 있다. 밤 시각은 다섯으로 구분되는데, 초경(初更, 저녁 7~9시), 이경(二更, 저녁 9~11시), 삼경(三更, 저녁 11~새벽 1시), 사경(四更, 새벽 1~3시), 오경(五更, 새벽 3~5시)마다 경의 수에 따라 종소리를 울리도록 하였다. 즉 초경인 저녁 7시에는 한 번, 이경인 저녁 9시에는 두 번, 삼경인 저녁 11시에는 세 번 소리를 낸다.

다. 화자는 시 속 등장인물들의 몇 가지 일상 상황을 그려냄으로써 고요히 침묵하다가 몽롱하게 깊은 잠을 자게 되는 사람의 허무와 무목적적인 삶을 생생하게 연출하고 있다. 게다가 시 속에 장씨가 다 마셔버린 따뜻한 물, 흩날려 사라진 연기, 태워버린 석탄재 등 소멸의 이미지를 통해 열기 식은 후 밤의 추위를 더욱 춥게 느끼게 할 뿐만 아니라, 1930년대의 시대상황이 갈수록 암담해짐에 따라 이전의 열정을 상실하고 다시 차가운 지성의 세계로 들어가는 모습을 보여주기도 한다.

이렇듯 卞之琳 시의 '추운 밤'은 1930년대의 비극적인 현실에 대한 비판과 연결되어 있다. 눈으로 덮인 현실세계는 허무 · 절망 · 상실 · 고통 외에 가져올 것이 아무것도 없을 것이고, 바로 여기서 卞之琳 시에 내재된 소멸의식이 나타나는 것이다. 이러한 '추운 밤'의 이미지는 「그림자(影子)」에서도 등장하고 있다.

지금은 추운 밤이 되었구나, 난로가의 벽에
그림자 하나가 나와 함께 멍하니 서 있네
침묵하기도 하고, 머리를 숙이기도 하며, 역시 나를 가장 잘 알아주는 친한 친구구나!
비록 좀 흐리멍덩하지만, 내 생각에는
이것은 당신이 몰래 보내온 것이, 멀고도 먼,
아주 먼 곳에서 이 고성까지 온 것이다.

나도 그림자 하나를 당신에게 보내고 싶은데,
어쩔 수 없이 오래전부터 이미 알 수 없네 : 당신이 어딨는지.

—「그림자」 2~3연[50]

위의 인용 부분은 추운 밤 시간에, 난로가의 벽에 비친 그림자에 대한 묘사를 통해 시적 화자 자신의 모습을 그려냄으로써 어두운 현실 속 현대인의 외로움과 슬픔, 무기력과 상실감을 드러내는 내용이다. 융[51]에 따르면 원형적 이미지로서의 '그림자'는 자아를 보완하는 작용을 가지는 것으로서, 무의식적 자아의 어두운 측면, 열등하고 즐겁지 않은 자아의 측면이다. 이러한 '그림자'가 시적 화자와 함께 멍하니 서 있는 모습은 곧 지금의 자아라고 볼 수 있다. 고개를 숙인 채 침묵하는 자신의 모습은 비록 좀 흐리멍덩하지만 시적 화자는 절망하지 않는다. 다만 너무 먼 곳에서 오는 것이기 때문에 힘들고 지쳐 그럴 것이라고 생각할 뿐이다. 잃어버리는 것보다 낫다는 생각에 제3연에서 '나'도 '당신에게' 그림자 하나를 보내고 싶다고 한다. 그러나 아쉽게도 '당신이 어딨는지'를 이미 오래전부터 알 수 없다. 그것은 현실을 인식해서 벗어나려고 하지만 그 방법을 모르는 것과 같다. 힘든 현실 속 현대인의 무기력과 상실감을 잘 전달하고 있다.

이와 같은 어두운 현실 속에 현대인 내면의 비극적인 감정은 바람 부는 밤의 이미지를 통해서도 드러내고 있는데, 「밤바람」에서의 '바람'은 어두운 밤의 현실을 더욱 슬프게 심화시키는 이미지로 작용한다.

---

50 卞之琳, 「影子」. 現在寒夜了, 爐邊的墻上 / 有個影子陪着我發呆 : / 也沉默, 也低頭, 到底是知己呵! / 雖是神情恍惚些, 我以爲, / 這是你暗里打發來的, 遠迢迢, / 遠迢迢地到這古城里來的. // 我也想送個影子給你呢, / 奈早已不淸楚了 : 你是在哪兒.

51 융은 인간의 정신구조 안에서 그림자, 영혼, 탈이라는 원형적 상징을 찾았다. 그림자는 무의식적 자아의 어두운 측면, 영혼은 인간의 내적 인격이며 내적 태도로서 인간이 자신의 내부세계와의 관계를 맺는 자아의 한 측면, 탈은 인간의 외적 인격, 외적 태도로 외부세계와 관계를 맺는 자아의 한 측면이다(가스통 바슐라르, 김현 역, 『몽상의 詩學』, 홍성사, 1978, 68~111쪽 참조).

한바탕 밤바람이 외롭게
산꼭대기를 넘어가고
백양나무 꼭대기를 더듬어 만지고
거문고 줄을 뜯어
“만성풍우”를 연주하는구나,
당신이 들어봐, 그렇지 않으면
꼭 간절히 하소연하는
그 묵직하고 차가운 산골물이네;
당신이 들어봐, 잔잔히 흐르는 물소리가
낡은 처마에 달린 풍령을 흔들리게 하며,
마치 슬픈 밀물처럼 물려와
슬픈 마음을 흔들리게 하네.
아, 마음이 절렁절렁,
설마, 친구여,
당신이 아닐까? 당신이 늘 이렇게
말없이 고개를 숙이고 —
당신이 들어봐, 밤바람이 외롭게
창문 앞을 지나가고,
비틀거리면서 벌레소리를 밟으며,
울면서 하늘 끝까지 간다.

—「밤바람」 전문[52]

52 卞之琳,「夜風」. 一陣夜風孤零零 / 爬過了山巓, / 摸到了白楊樹頂, / 撥響了琴紘, / 奏一曲“滿城冷雨”, / 你聽, 要不然 / 准是訴說那咽語 / 冷澗的潺湲; / 你聽, 潺湲聲激動 / 破閣的風鈴, / 彷佛悲哀的潮涌 / 搖曳着愴心; / 啊, 這顆心丁當響, / 莫非是, 朋友, / 是你的? 你盡這樣 / 默默的垂頭 / 你聽, 夜風孤零零 / 走過了窓前, / 踉蹌的踩着蟲聲, / 哭到了天邊.

이 시에 투사된 정신구조의 원형을 밝히는 데 중요한 시적 배경은 밤의 어둠과 바람이다. 원형으로서의 '어둠(밤)'은 혼돈, 죽음, 우울, 무의식 등의 여러 의미를 상징하고, '바람'은 호흡의 상징으로 영감, 인식, 영혼, 자신 등의 의미를 상징한다. 여기서 밤은 죽음과 우울의 의미로, 바람을 인식의 의미로 추정한다면 밤과 바람이 결합한 시적 배경은 '혼돈, 우울의 인식'으로 해석할 수 있다. 실제로 시의 첫 행에서 '한바탕의 밤바람'과 '외롭게'라는 표현을 통해 밤바람을 의인화하여 밤과 같은 어두운 현실 속 현대인의 고독과 슬픔을 드러내고 있다.

바람은 언제나 닫힌 공간을 열고 모든 존재를 세계로 확산시킨다. 아랫것을 위로 끌어올리는 상승작용과 안에 있는 것을 바깥으로 끌어내 움직이게 하는 의미작용이 그것이다. 밤바람은 그러나 어둠 속에서 웅웅거리는 소리만으로 그 통로와 길을 만든다.[53]

시에서 '산'과 '백양나무'는 지상세계의 상징으로서 밤바람이 외롭게 '산꼭대기를 넘어가'거나 '백양나무 꼭대기를 더듬어 만지다'는 표현을 통해 현실은 시적 화자인 '밤바람' 자신의 삶을 꾸려가는 터전일 뿐 아니라, '슬픈 밀물처럼 물려와 슬픈 마음을 흔들리게 하는' 고통스럽고 슬픈 공간이다. 아무 빛도 희망도 안 보이는 캄캄한 현실 앞에서 시적 화자는 '늘 이렇게 말없이 고개를 숙이고' 있다. 이러한 비극적인 정서는 마지막의 '외롭게' "울면서 하늘 끝까지 간다"는 탄식을 통해 고조된다. 이렇듯 당대 현실의 비참한 모습이 밤바람과 슬픔, 울음으로 표상돼 있다. 소외와 고독 외에 아무것도 가져올 것이 없는 어두운 현실이지만, 그저 침묵으로 받아들일 수밖에, 울음을 폭풍우처럼 터트릴 수밖에 없는 것은 현대인의 비극

53 김용희, 『정지용 시의 미학성』, 소명출판, 2004, 103쪽.

적인 모습이다. 바로 이와 같은 현실로부터의 소외와 무기력에서 卞之琳 시의 소멸의식을 찾아볼 수 있다.

이상으로 김광균의 『와사등』과 卞之琳의 『십년시초』 속에 공통적으로 등장하는 '밤' 이미지에 대해 살펴보았다. 두 시인이 형상화하는 '밤' 이미지는 시간적 역할을 하기보다는 일정한 감정의 전달자 역할을 한다. 즉 이들의 시 속 '밤' 이미지는 고독과 슬픔과 허무로 일관되어 있다.

김광균의 『와사등』에서 어두운 '밤'에 걸려 있는 '등불'은 밤의 어둠을 더욱 깊게 만들고, 어디로 어떻게 가야 할지 모르는 공허와 비애로 가득한 현대인의 고독과 비애를 짙게 해주고 있다. 이러한 역설적 인식이 바로 김광균의 내면에 깃든 깊은 소멸의식의 이면이다. 이와 달리 卞之琳의 『십년시초』에서는 '추운 밤'과 '밤바람'을 통해 어두운 밤의 현실을 더욱 비참하게 심화시켜, 허무와 절망, 소외와 상실 외에 아무것도 가져올 것이 없는 현실 속에서 생활하는 현대인의 비극적인 모습을 생생하게 그려낸다. 이러한 현실로부터의 소외와 상실에서 卞之琳 시의 소멸의식을 찾아볼 수 있다.

03 근대적 공간으로서의 도시 이미지와 현실인식

문학 속에서의 공간이란, 문학이 현실세계와 유추적 관련을 맺는다는 점에서 그것이 실재하건 안 하건 작품 속에서 구체적 사물과 대상을 통해 나타난다. 따라서 이때 공간에 대한 의식은 어떤 대상에 대한 의식이며 대상을 통해 주관의 지향성이 드러난다.[54] 그리고 작품 속의 사물이나 대상이 단순한 외계의 모사나 재현이 아닐 때, 시적 상상력은 단순히 이들의 이미지를 기억하는 작용이 아니라 그들을 변형하고 재창조하는 정신활동이 된다. 이리하여 문학적 표현은 의식 속에 드러난 대상의 본질에 대한 인식으로서 외계와의 진정한 교류가 될 수 있다. 동시에 인간의 존재 자체로서 파악되어야 한다. 나아가 공간에 대한 문학적 인식은 자아와 세계 또는 존재와 세계라는 상호관련 속에서 시대정신과 세계관이라는 지평으로 확대되어 이해될 수 있다는 이점을 갖는다.[55]

시에서 공간 문제[56]는 작품 외적인 측면과 내적인 측면에서 접근이 가능하다. 상상력에 의해 순수직관으로 존재하는 외부세계와 시인의 내부세계가 연계되는 바, 곧 대상과 주체 사이에는 이 상상력을 계기로 하여 순수직관의 의미 있는 공간화가 이루어지게 된다. 이렇게 이루어진 작품 내적 공간은 다시 형식적 구조·질서와 관련한 外延의 공간과, 이미지들의 유기적 결합에 의한 內包의 공

54 R. Magliola, "Phenomenology and Literature－An Introduction"(Purdue Univ. Press, 1977), p.4.
55 ibid., pp.5～10; 김은자, 『현대시의 공간과 구조』, 문학과비평사, 1988, 18쪽 재인용.
56 시에 있어서의 공간 문제에 대해서는 고명수, 「韓國 모더니즘詩의 世界認識 硏究－1930年代를 中心으로」, 동국대학교 대학원 박사학위논문, 1995, 102～103쪽 참조.

간에 의해 체험된다. 외연의 공간은 형식상의 공간체험이며, 내포의 공간은 의미상의 공간체험이다. 이들은 '내적 상태의 외적 기호'[57]로서 그 속에 숨어 있는 원관념은 어떤 정서이거나 심리적 내용일 수도 있고 이념적 세계일 수도 있다.[58] 그러므로 우리가 한 작가의 작품 속에서 어떤 본질적이고 중요한 상상력의 구조와 편향성을 발굴하려면 그 이미지나 상징체계를 고찰해야 하는 것이다.

1) 공간적 이미지 유형의 비교

김광균의 『와사등』과 卞之琳의 『십년시초』에 시간적 이미지가 다양하게 등장했듯이 공간적 이미지도 다양성을 드러낸다. 우선 김광균의 『와사등』 속에 형상화된 공간적 배경은 크게 과거에 가족들과 같이 살았던 공간인 '고향(마을)'과 근대성의 공간인 '도시'로 나누어진다. 김광균에게 고향(마을)은 기억 속의 유년시절의 공간으로서 마음속으로 늘 간직하고 있다. 사실 어릴 적의 추억이나 향수 같은 것이 한국 시인에게는 보편적인 정서다. 다만 김광균에게 다른 점이 있다면 그에게는 어린 시절이 마냥 행복한 일로 차 있지 않았다는 사실이다.[59] 그래서 김광균 시 속에 그린 고향은 아름다운 장소 대신 우울하고 슬픈 공간이다. 그리고 도시는 고향을 떠나 살기 위해 선택한 공간으로서 고독과 비애, 우울의 정서가 드러날 수밖에 없다. 구체적으로 『와사등』 22편 중 공간적 이미지가 나타나는 시를 아래와 같다.

---

57 W. Y. Tindal, "The Literary Symbol", Indiana University Press, 1955, p.5.

58 김준오, 『시론』, 문장사, 1982, 137쪽.

59 최문준, 「김광균 시 연구－도시 이미지를 중심으로」, 연세대학교 대학원 석사학위논문, 2000, 19쪽.

〈표 7〉『와사등』에 나타나는 공간적 이미지

순번	제목		공간 이미지에 대한 시적 표현	공간적 배경
①	해바라기의 感傷		褪色한 작은 마을이 있고	마을
			마을 길가의 낡은 집에서 늙은 어머니는 물레를 돌리고	
②	鄕愁의 意匠	黃昏에 서서	故鄕의 季節은 하이-헌 흰 눈을 뒤집어쓰고	고향
		동화	落葉에 쌓인 옛 마을 옛 시절이	마을
③	山上町		露台가 바라다보이는 洋館의 지붕 우엔	도시
			한낮이 겨운 하늘에서 聖堂의 낮종이 굴러나리자	
			어디서 날아온 피아노의 졸린 餘韻이	
			수풀 저쪽 코-트 쪽에서/ 샴펜이 터지는 소리가 서너 번 들려오고	
④	壁畵	1. 庭園	어두운 나의 天井엔/ 어렸을 때 噴水가에 잊어버린 부수한 별들이	마을
		3. 南村	돌담 우에 박꽃 속엔	
			저녁마다 어두운 램프를 처마 끝에 내어걸고	
⑤	外人村		山峽村의 고독한 그림 속으로	마을
			바람에 불리우는 작은 집들이 창을 나리고/갈대밭에 묻히인 돌다리 아래선/작은 시내가 물방울을 굴리고	
			空白한 하늘에 걸려 있는 村落의 時計가	
⑥	街路樹	A	푸른 잔디를 뚫고 서 있는/體育場 時計塔 우에	도시
			敎堂이 기울어진 언덕을 걸어나리며	
		B	鋪道에 흩어진 저녁 등불이	
			나는 銅像이 있는 廣場 앞에 쪼그리고	
⑦	밤비		모자를 눌러 쓰고 鋪道를 가면	도시
			초라한 街燈 아래 홀로 거닐면	
⑧	少年思慕-B		동리의 午後는 졸고 있었다	고향
			梧桐잎이 흩어지는 앞마당에서/솜 뜯는 할머니의 머리카락이/아득-한 神話같이 밝은 빛을 하였다	
⑨	SEA BREEZE		보랏빛 구름이 酒店의 지붕을 스쳐간 뒤/鋪道엔/落葉이 어두운 빗발을 날리고	도시
			蒸汽船같이 퇴락한 街列을 좇아/늘어선 商館의 공허한 그림자	
			바다에는/지나가는 汽船이 하-얀 鄕愁를 뿜고 이름없는 港口의 潮水가에 앉아	
⑩	瓦斯燈		늘어선 高層 창백한 墓石같이 황혼에 젖어/ 찬란한 夜景 무성한 雜草인 양 헝클어진 채	도시
			空虛한 群衆의 행렬에 섞이어	

⑪	空地		등불 없는 空地에 밤이 나리다	도시
			어느 곳 지향 업는 地角을 향하여	
			주린 이리인 양 비인 空地에 호올로 서서/어느 먼－都市의 上弦에 창망히 서린/腐汚한 달빛에 눈물 지운다	
⑫	廣場		슬픈 都市엔 日沒이 오고/ 時計店 지붕 우에 靑銅 비둘기	도시
			늘어선 高層 우에 서걱이는 갈대밭/ 열없는 標木되어 조으는 街燈	
			모자도 없이 廣場에 서다	
⑬	新村서－스케치		電報대 列먼을 지어/먼－산을 넘어가고	마을
			오붓한 동리 앞에/포플라 나무 外套를 입고	
⑭	燈		자욱－한 어둠 저쪽을/목쉰 汽笛이 지나간다	도시
⑮	庭園	A	색소폰 우에/푸른 하늘이 곱－게 비친다	도시
		B	계집애와 나란히 돈대를 나린다/ 風速計와 噴水가 나란히 서 있다	

위 도표에서 정리된 결과를 살펴보면 시편들에 드러나는 공간적 특징을 쉽게 알 수 있다. 시집『와사등』의 22편 시 중에 공간적 배경을 형상화하는 시편은 15편이 있는데, 이중 '고향(마을)'은 6회, '도시'는 9회로 나타난다. 그리고 이를 형상화하는 구체적인 시적 표현을 보면, '마을(고향)'은 '퇴색한 작은 마을'(「해바라기의 感傷」)이거나 '낙엽에 쌓인 옛 마을'(「鄕愁의 意匠－童話」), 혹은 '낡은 집'(「해바라기의 感傷」)으로 이루어진 '고독한 그림'(「外人村」)일 뿐이다. 그리고 '도시'는 '초라한 街燈'(「밤비」)과 '자욱－한 어둠'(「燈」)의 '슬픈 都市'(「廣場」)이며, '洋館'과 '聖堂', '샴펜이 터지는 소리'와 '피아노의 졸린 餘韻'(「山上町」)이 들리는 이국적인 공간이다. 이와 같이 김광균 시 속의 '고향(마을)'과 '도시' 이미지는 감상적 정조를 띠고 있다.

김광균과 달리 卞之琳이 직접적으로 고향을 다루는 시작품은 거의 없고 도시가 집중적으로 나타나고 있다. 시집『십년시초』에서 「고읍의 꿈(古鎭的夢)」은 卞之琳이 옛날 살던 고향인 강남 벽지의 전형적인 작은 마을을 원형으로 지은 유일한 작품일 것이다. 도시는 그가 고향을 떠나 공부하던 베이징을 중심으로 그려낸다. 卞之琳 시 속의 베이징은 화려한 모습이 아닌 '몰락'하고 '쓰레기 더미 위'(「봄날의 도시 모습(春城)」)에 있는 황량한 모습이다. 구체적으로 卞之琳의 시 속에서 공간적 이미지가 어떻게 형상화되고 있는지를 살펴보면 다음과 같다.

〈표 8〉 『十年詩草』에 나타나는 공간적 이미지

순번	제목	공간 이미지에 대한 시적 표현	공간적 배경
①	고읍의 꿈 (古鎭的夢)	작은 마을에 두 가지 소리가 있는데 / 한결같이 쓸쓸하네 (小鎭上有兩種聲音 / 一樣的寂寥)	마을
②	척팔 (尺八)	한밤중 건물 아래 술주정뱅이의 척팔 소리를 듣고 (夜半聽樓下醉漢的尺八)	도시
		왜 네온사인의 만화경 속에 한 가닥의 처량한 古香이 떠돌고 있는가? (爲什麼霓紅燈的萬花間還飄着一縷凄凉的古香?)	
③	기록 (記錄)	먼 곳에서 들려오는 "완바오!" (從遠處送來了一聲 "晩報!")	도시
④	서장안거리 (西長安街)	자동차가 서장안거리의 아스팔트 도로를 날아지나가는 것은 얼마나 "모던"하고 편안한지 보라구! (看汽車掠過長街的柏油道, 多"摩登", 多舒服!)	도시
⑤	고도의 도심 (古城的心)	상점 안에 아무도 거들떠보지 않는 묵은 물건들 / 도쿄에서 온 것, 상해에서 온 것 / 모두들 자신의 몰락을 슬퍼하겠지? (鋪面里無人過問的陳貨, 來自東京的, 來自上海的, 也哀傷自己的淪落吧?)	도시
⑥	봄날의 도시 모습 (春城)	북경성 : 쓰레기 더미 위로 연을 날리다. (北京城 : 垃圾堆上放風箏)	도시
⑦	정류장 (車站)	옛 사람은 강변에서 물결이 오고 가는 것을 탄식하지만; / 나는 광고지처럼 정류장 옆에 붙인다. (古人在江邊嘆潮來潮去; / 我却像廣告紙帖在車站旁)	도시

⑧	몇 사람 (幾個人)	한 젊은이가 황량한 거리에서 깊은 생각에 잠길 때 (當一個年輕人在荒街上沉思)	도시
⑨	흐르는 물에 기탁하여 (寄流水)	가을 거리 낙엽 속에서 / 청소부가 쓸어 내는 / 소녀의 작은 독사진 한 장 (從秋街的敗葉里 / 清道夫掃出了 / 一張少女的小影)	도시

위 도표를 통해 卞之琳 시 속에 도시공간이 집중적으로 형상화되는 것을 알 수 있다. 『십년시초』 9편의 공간적 이미지가 등장하는 시 중 도시 이미지는 8편의 시에서, 마을(고향) 이미지는 1편의 시에서 나타나고 있다. 여기서 지적하고 넘어가야 할 것은, 卞之琳 시 속에 비록 고향 이미지를 직접적으로 그려내지 않았지만 고향에 대한 그리움은 시 곳곳에서 드러나고 있다. 이때의 고향은 지리적인 고향이 아니라 심리적인 고향이라고 할 수 있다.

> 한가을 내내, 아, 나는 늘
> 곁에서 무언가를 잃어버린 것처럼 느껴,
> 나를 더욱 외롭게 하네 : 그건 그림자였다.
> 맞다, 그 강남의 들판에서 잃어버렸구나.
> 비록 좀 마르고 길지만 그대는 알 것이니, 그건
> 항상 그대를 따라 석양 아래에서 배회하던 것을.
>
> —「그림자」 1연[60]

60 卞之琳, 「影子」. 一秋天, 唉, 我常常覺得 / 身邊像丢了什麽東西, / 使我更加寂寞了 : 是個影子, / 是的, 丢在那江南的田野中, / 雖然瘦長点, 你知道, 那就是 / 老跟着你在斜陽下徘徊的.

卞之琳은 강소성(江蘇省)[61] 해문현(海門縣) 강변마을에서 태어나 자랐는데, 베이징대학교 영문과에서 공부하던 1930년에 이 시를 썼다. 고향을 떠나 생활하는 시인은 가을이 깊어 가면 무언가 허전함을 느끼며 감상에 젖는다. 한가을 내내 곁에서 무언가를 잃어버린 것처럼 느껴 자신을 더욱 외롭게 하듯 가을이 깊어지면 화자 마음의 그리움도 깊어진다. 그런데 화자는 도대체 무엇을 잃어버렸는가? 또 무엇이 그리운가? 제3행과 제4행에서 마음이 탁 트이는 화자가 "그건 그림자였다" "맞다, 그 강남의 들판에서 잃어버렸구나"라고 외치고 있다. 여기서 그림자를 잃어버린 곳인 '강남의 들판'은 시인의 실제 고향으로서 타지에서 공부하던 시인의 외로움과 고향에 대한 그리움을 암시하고 있다고 할 수 있지만, 필자는 1930년대의 비극적인 시대에 마음의 고향을 잃어버린 당시 모든 지식인들의 심정을 대변하고 있다고 볼 수 있다.

시인에게 있어서 시는 의식의 표현이고, 언어이며, 의미이다. 시인은 시를 통해 자신을 성찰하고, 반성하며, 자신의 생각을 정리하고 표현한다. 그러므로 시 속에 나타난 고향은, 시인이 고향이라는 대상에 대해서 보고, 듣고, 느낀 감각적 체험으로 형성된 일체의 것에 대한 정신적 인식을 지적 인식으로 다시 정서화해서 시로 표출하고 있는 것이다.[62] 다시 말해 화자의 외침은 진정한 마음에 고향에 대한 소망을 일깨우는 목소리가 된다. 항상 뒤에 붙어 따라다니는 그 '가늘고 긴' 그림자는 화자 자신의 나약하고 무기력한 모습이다. 이러한 그림자조차 잃어버린 화자의 외로움과 초라함은 더 말할 나위도 없다. 시 속의 그림자가 나타내는 것은 바로 현실이고,

61 강소성(江蘇省)은 천혜의 자연환경을 기반으로 중국 강남문화의 대표적인 곳이다.
62 제해만, 『한국 현대시의 고향의식 연구』, 시세계, 1994.

현실 속에서의 또 다른 자아인 것이다.[63] 아무것도 의지할 수 없는 어두운 시대 속에서 '그림자'조차 잃어버려 고향 회귀 좌절의 상실감을 생생하게 전하고 있다. 다시 돌아갈 수 없는 마음의 고향은 김광균의 시에서도 유사하게 드러난다.

㉠ 바람에 불리우는 서너 줄기의 白楊나무가
고요히 凝固한 풍경 속으로
황혼이 고독한 半音을 남기고
어두운 地面 우에 구을러 떨어진다

저녁 안개가 나직이 물결치는 河畔을 넘어
슬픈 記憶의 장막 저편에
故鄕의 季節은 하이-얀 흰 눈을 뒤집어쓰고

—「鄕愁의 意匠-黃昏에 서서」 전문

㉡ 고독한 半音을 떨어트리며
梧桐잎이 흩어지는 앞마당에서
솜 뜯는 할머니의 머리카락이
아득-한 神話같이 밝은 빛을 하였다

—「少年思慕-B」 3연

㉠은 황혼의 풍경에서 잃어버린 고향에 대한 그리움, 향수를 주제로 하고 있다. 제2연에서 시인은 황혼 무렵 응축된 시간 속에서 고향의 슬픈 기억을 떠올리고 있는데, 여기서 저녁 안개는 향수를

63 최자경, 「卞之琳 詩 硏究-현실 대응 태도에 따른 시 변화」, 27쪽.

떠올리게 하는 가속페달 역할을 한다. 어스름한 저녁시간은 몽환적인 분위기를 만들어내고, 안개는 공기와 물이 혼합된 상태로 불확실성 또는 부재의 현실을 암시하고 있다. 그리하여 나직하게 물결치는 강을 넘어가는 저녁 안개 속에서 과거에 묻혀 있는 기억들이 현재의 순간으로 회복될 수 있을 것이다. 시인이 상상하는 세계에서 고향은 "하이-얀 흰 눈을 뒤집어쓰고" 있는 모습이다. 영원을 상징하는 '하얀 색'의 눈은 초월적 탈속 이미지로서 다시 돌아갈 수 없는 고향에 대한 그리움을 보여준다.

이어지는 ㉡의 경우도 마찬가지이다. 여기서 할머니가 있는 '앞마당'은 유년시절의 고향의 상징이라고 볼 수 있다. 그러나 고향의 앞마당은 오동나무 잎이 흩어져 있고, 할머니의 머리카락은 '아득-한 신화같이' 밝은 빛을 하였다고 한다. 이와 같이 시인에게 고향은 역시 아득한 신화같이 현실적으로는 아무런 위안도 도움도 줄 수 없는, 자아 내면의 우울하고 슬픈 인식을 반영하는 퇴영적 공간이다.

지금까지 『와사등』과 『십년시초』에서 나타나는 공간적 이미지 유형을 정리해보았다. 공간 이미지에 있어서 김광균과 卞之琳은 '마을'과 '도시' 이미지를 사용하였다. 두 시인이 그린 마을은 주로 고향을 비롯한 공간이다. 특히 김광균의 경우 유년시절에 같이 살았던 가족들(어머니, 할머니 등)을 시 속에 등장시켜 고향 이미지를 형상화하였다. 이와 달리 卞之琳 시 속에서 고향 이미지는 직접적으로 형상화되지 않는다. 하지만 고향에 대한 그리움은 그의 시 곳곳에 드러나듯 김광균과의 공통점이다. 이때의 고향은 지리적인 고향이라기보다는 심리적인 고향이다. 근대적 공간으로서의 도시는 두 시인의 시 속에 집중적으로 형상화되었다. 두 시인이 그린 도시는 현실과 아무런 연관도 없는 작위적 공간이거나 화려한 현대적 이미지가 아닌 우울하거나 황량한 모습이다.

1930년대 한국과 중국의 모더니즘 문학은 식민지 근대성을 가장 잘 보여줄 수 있는 도시를 배경으로 형성되었다. 작가들은 도시 공간을 묘사함으로써 식민지 도시의 제반 문명 양상을 비판하였다. 다음 항에서는 김광균의 『와사등』과 卞之琳의 『십년시초』 속에 형상화된 도시 모습에 대한 비교 분석을 통해 시인의 문명 비판적 현실의식을 밝혀보고자 한다.

2) '도시' 이미지와 문명 비판의식

(1) 이국적 정취의 '도시' 이미지

모더니즘이 휴머니티(humanity)를 바탕으로 문명 비판적 현실의식을 반영한다는 것은 앞에 이미 지적했다. 이러한 현실비판의식에 대하여 김광균은 시론에서 다음과 같이 밝히고 있다.

> 오늘 우리가 가장 큰 관심을 가지고 대할 문제 중의 하나로 '시가 현실에 대한 비평정신을 기를 것'이다. 이것이 현대가 시에게 요구하는 가장 긴급한 총의(總意)이다. 현대의 정신과 생활 속에서 시는 새로 세탁받고 몸소 그것을 대변하는 중요한 발성관(發聲管)이어야 할 것이다. (…중략…) 말하자면 현대와 피가 통하는 시가 대량으로 나와야겠다. 현대시에서는 시인의 현대관(現代觀)과 교양 여하를 불문하고 시를 죽이든지 현대를 뚫고 나아갈 호흡을 부어주든지 할 것은 물론이겠다.[64]

64 김광균, 「나의 시론-서정시의 문제」, 『김광균 문학 전집』, 361쪽.

위와 같은 주장에서 우리가 읽어낼 수 있는 것은 김광균은 시 속에서 현실문명을 능동적으로 비판하는 것을 목표로 하고 있다. 그러나 작품에서는 직접적인 현실비판이나 문명비판적인 요소보다는 현실과 아무런 연관성도 없는 작위적 도시 모습으로 현실과 현대문명을 비판하고 있다.

김광균은 개성에서 태어나 그 곳에서 고등학교까지 마쳤지만 본격적인 시작 활동을 한 곳은 경성이었다. 근대적 생활 체계의 체험 공간으로 새롭게 부각된 도시 경성은 그에게 특별한 의미로 다가왔을 것이다.

김광균 시에서 하얀 '코스모스'는 빈번하게 등장하는 이미지이다. 코스모스는 중남미 멕시코 원산지인 신 귀화식물(Neophyten, 新歸化植物)이면서, 탈출외래종(外來種)으로 한국 해방 이후에 도입된 것으로 추정되며, 1930년대 서울 지역의 식물상(植物相) 목록에는 나타나지 않고 있다.[65] 이러한 코스모스는 시인의 주관적 정서를 드러내기 위해 자의적으로 선택되어 시에 나타나고 있다.

㉠ 어디서 날아온 피아노의 졸인 餘韻이
고요한 물방울이 되어 푸른 하늘에 스러진다

牛乳車의 방울 소리가 하－얀 午後를 싣고
언덕 넘어 사라진 뒤에
수풀 저쪽 코－트 쪽에서
샴펜이 터지는 소리가 서너 번 들려오고
겨우 물이 오른 白樺나무 가지엔

65 김종원,『한국 식물 생태 보감』1, 자연과생태, 2013, 168～170쪽 참조.

코스모스의 꽃잎같이
해맑은 흰구름이 쳐다보인다

—「山上町」 4~5연

㉡ 색소폰 우에
푸른 하늘이 곱-게 비친다
흰구름이 스쳐간다

가늘은 물살을 짓고
바람이 지날 때마다
코스모스의 가느단 그림자는
치워서 떤다

—「庭園-A」 전문

위에 인용한 두 편의 시에서 '피아노', '牛乳車', '코트', '샴펜', '색소폰' 등의 이국적 문물들을 접하게 된다. 이와 같은 이국적 문물은 '코스모스'란 외래의 꽃 이름과 연합하는 것이 자연스럽게 보이지만, 1930년대 당시의 현실상으로 볼 때 경이롭지 않을 수 없다. 이 작품은 객관적인 이미지 조형에 노력한 시라고 보기에는 지나치게 이국정조가 미화되어 있고, 시인 스스로 살았던 현실상과 아무런 유추점도 되지 못하는 작위적 현실이 되고 말았다.[66]

㉠에서 피아노의 '졸인' 여운이 '고요한' 방울이 되어 푸른 하늘에 스러진다거나, 우유차의 방울소리가 '하얀' 오후를 싣고 사라진다거나, '흰구름'이 쳐다보인다는 표현에서 시인이 회화적인 이미

66 유성호, 「김광균론-이미지즘 시학의 방법적 수용과 그 굴절」, 앞의 책, 26쪽.

지와 공감각적인 비유를 조형하는 데 기이한 재주를 보여주고 있다. 시인은 청각의 시각화, 즉 무형적인 소리를 유형화하여 현대 문명이 몰려드는 현대 도시의 가을 풍경을 통해서 현대인의 고독감과 상실감을 드러내면서 현실 문명을 비판하게 된다.

㉡은 역시 '스쳐간다', '가늘은' 물살과 '가느단' 그림자 등 소멸과 조락한 이미지를 통해 현실의 비극적인 인식을 감각적으로 담아낸다. 이와 같이 김광균이 형상화하는 이국적 도시 풍경은 객관적으로 이미지를 묘사하기에 지나치게 감상적 정서에 집중되어 있고, 그가 살았던 1930년대 현실과 너무나 동떨어진 조형적 현실로 완벽하게 비쳐진다. 식민지 도시화의 현실에서 끼쳐지는 절망과 그것에 대한 부정적 태도의 변용, 그것은 경험적 역동적인 현실 연관성을 사상한 채 관념어린 애상이나 환상적 이미지만을 시 속에 고집했기 때문에 나타나는 현상이다.[67]

> 바람이 올 적마다
> 鐘樓는 낡은 비오롱처럼 흐득여 울고
>
> 하이얀 코스모스의 수풀에 묻혀
> 동리의 午後는 졸고 있었다
>
> 해맑은 빛을 한 가을하늘이
> 서글픈 印畵같이 엷게 빛나고

—「少年思慕-B」 1~3연

67 유성호, 「김광균론-이미지즘 시학의 방법적 수용과 그 굴절」, 앞의 책, 27쪽.

이 시는 '가을하늘' 아래서 '鐘樓', '비오롱', '코스모스', '梧桐' 등 이국적인 이미지들이 '아득한 신화'같이 환상적으로 구성된 한 폭의 '서글픈 印畵'이다. 이 시에서 '해맑은 빛을 한 가을하늘' 아래의 지상세계는 밝은 빛에 둘러싸여 있는 것처럼 보이지만, 지상의 모든 사물들의 분위기는 너무나 어둡고 음울하다. 이것은 현실세계의 쇠퇴한 모습을 반영하고 있다. 즉 현실문명에 대한 간접적 비판의식이라고 할 수 있다. 이와 같은 현실비판의식은 그의 다른 시에서도 확인할 수 있다.

> ㉢ 보랏빛 구름이 酒店의 지붕을 스쳐간 뒤 / 舖道엔 / 落葉이 어두운 빗발을 날리고
>
> —「SEA BREEZE」

> ㉣ 늘어선 高層 창백한 墓石같이 황혼에 젖어 / 찬란한 夜景 무성한 雜草인 양 헝클어진채 / 사념 벙어리 되어 입을 다물다
>
> —「瓦斯燈」

> ㉤ 주린 이리인 양 비인 空地에 호올로 서서 / 어느 먼-都市의 上弦에 창망히 서린 / 腐汚한 달빛에 눈물 지운다
>
> —「空地」

> ㉥ 늘어선 高層 우에 서걱이는 갈대밭 / 열없는 標木되어 조으는 街燈
>
> —「廣場」

ⓒ, ⓔ, ⓜ, ⓗ에서 형상화된 공간적 이미지는 '酒店', '鋪道', '늘어선 高層', '찬란한 夜景', '都市', '街燈' 등으로 이들은 의도적으로 이국 풍경의 도시공간을 만들어주는 요소들이다. 그러나 이러한 이국적 도시공간은 화려하고 밝기보다는 '어두운 빗발', '창백한 墓石같이', '황혼', '무성한 雜草', '腐汚한 달빛', '서걱이는 갈대밭', '열없는 標木' 등으로 음울하고 쇠퇴한 분위기를 자아낸다. 이것은 앞에서 제시한 것처럼 김광균이 도시문명과 현실을 황폐하고 비극적인 이미지로 파악한 증거이다. 여기서 시인이 의도적으로 조형한 이국적 도시공간과 쇠퇴한 도시 풍경과의 대비 속에서, 도시문명과 현실에 대한 김광균의 비판의식을 드러내는 것이다.

(2) 황량한 회색의 '도시' 이미지

卞之琳은 작품에서 도시공간을 집중적으로 형상화하고 있다. 「서장안거리(西長安街)」, 「고도의 도심(古城的心)」, 「봄날의 도시 모습(春城)」, 「정류장(車站)」, 「몇 사람(幾個人)」, 「기록(記錄)」 등이 도시를 배경으로 하는 대표적인 작품이라고 하겠다. 이들 작품에서 그려낸 도시는 공통적으로 황량한 회색의 모습이다. 卞之琳은 근대적 도시공간 안에 자리한 시적 화자의 감상과 정조를 그가 형상화된 도시의 모습에 투영하여 보여준다.

> 자동차가 긴 거리의 아스팔트도로를 지나가는 것을 보라,
> 얼마나 "모던하고", 얼마나 편안할까! 비록 위풍이 넘치지만
> 어디 종전의 큰 깃발이
> 붉은 태양 아래서 얼굴에 함박웃음이 가득하는 것과 비교가 되는가!

못 믿겠으면, 앞에 있는
세 개의 붉은 대문에게 물어보라. 지금은 시름없이 보라보고 있겠군
가을의 태양을.
아, 석양 아래 나는
늙은 친구 한 명이 있네. 그는
더 오래된 성 안에 있다. 이때는 어떻게 되었는가?
짐작컨대 한 황량한 거리에서 지나간 지도 모르겠군.
비스듬히 길어진 그림자와 함께?

—「서장안거리」[68]

전체 58행으로 이루어진 이 시의 시·공간적 배경은 어느 늦가을 날, 황혼으로 물든 베이징의 거리다. 위 인용한 부분을 보면 시인은 '자동차'와 '아스팔트' 같은 근대문명의 가장 완전한 상징물로 근대 도시 이미지를 그려낸다. 그리고 '모던'이라는 외래어의 사용도 그 속에 막연한 서구적 체취를 느끼고 있는 도시 지향의 징표이다. 그러나 이러한 거리는 황량하고 생기 없는 모습으로 회색적인 중국 현실사회를 극적으로 표현해준다. 이와 같이 시에 나타나는 쓸쓸한 '서장안거리'는 황량함과, 고독함을 드러내는 상징적인 소재이다.[69]

인용 내용의 뒷부분을 보면 늙은 친구가 이때는 비스듬히 긴 그림자와 함께 황량한 거리에서 지나간 지도 모른다고 독백하고 있

68 卞之琳,「西長安街」. 看汽車掠過長街的柏油道, / 多"摩登", 多舒服! 盡管威風 / 可哪兒比得上從前的大旗 / 紅日下展出滿臉的笑容! / 如果不相信, 可以問前頭 / 那三座大紅門, 如今悵望着 / 秋陽了. / 唔, 夕陽下我有 / 一個老朋友, 他是在一所 / 更古老的城里, 這時候怎麼樣了? / 說不定從一條荒街上走過, / 伴着斜斜的長影子?
69 孫玉石,『中國現代詩導讀』, 北京大學出版社, 2008, 250쪽.

다. 여기에서 황량한 거리에서 지나간 '늙은 친구'와 '비스듬히 길어진 그림자'는 과거를 나타내는 하나의 징표로서 현실사회에 대한 비판적 의식을 드러내는 것이다.

근대적 문물과 근대도시의 풍경은 이전과는 확연하게 다른 시각적 장을 열었고, 대상 세계에 대한 새로운 인식을 가져왔다. 특별히 '거리'에서의 경험은 도시체험의 가장 중요한 측면으로, 근대도시가 주체들에게 새로운 감각을 부여하는 핵심적인 장소라고 하겠다.[70] 시인과 과거와 현실, 상상과 현실의 묘사를 통해 기다란 거리를 중심으로 하는 예술세계를 구성하며,[71] 시인은 이 황량한 거리에서 쓸쓸하게 깊은 생각에 잠겼다.

이러한 황량한 거리는 시 「몇 사람(幾個人)」에서도 나타나고 있다. 「서장안거리(西長安街)」에서 황량한 거리를 지나간 '노인'과 달리 「몇 사람(幾個人)」 속의 황량한 거리는 '한 젊은이'가 심사숙고의 장소로 나타난다. 여기서 "한 젊은이가 황량한 거리에서 깊은 생각에 잠길 때"라는 시구가 시 전체에서 반복적으로 사용되어 시에서 주제의식을 표출하기 위해 의도적으로 활용된 기법이라고 하겠다. 미래의 희망인 젊은이의 깊은 생각에서 회색적이고 비극적인 현실에 대한 비판적 시각을 밝히는 것이다.

「몇 사람(幾個人)」과 「서장안거리(西長安街)」 속에 도시 거리만 중심 배경으로 나타난다면 「봄날의 도시 모습(春城)」은 도시 전체 모습을 배경으로 하고 있음을 그 제목부터 알 수 있다. 그러나 시인이 그려낸 봄날의 베이징은 생명력과 생동감 넘치는 모습과는 사뭇 다르다.

70 박정선, 「한국 현대시의 모더니즘과 전통－정지용과 김수영의 시를 중심으로」, 고려대학교 대학원 박사학위논문, 2010, 31쪽.

71 孫玉石, 『中國現代詩導讀』, 250쪽.

북경성 : 쓰레기 더미 위에 연을 날리다,
꽃나비 한 마리를 그리고, 독수리 한 마리를 그리고
마드리드 새파란 하늘의 중앙에
하늘이 바다와 같더라도 그대를 못 보이겠군
북경여!

재수 없군! 또 한 번 흙먼지 목욕을 했네,
자동차야, 너 얕은 물에 굴러다니더니, 참나,
나한테 무슨 장난을 치겠느냐?
(…중략…)
하하하하, 뭐가 그리 웃긴데,
히스테리, 아는가 모르는가, 히스테리!
슬프도다, 슬프도다!
정말 슬프도다, 어린아이도 늙은이한테 배우네,
그가 어리다고 생각하지 말라, 쓰레기더미 위에 연을 날리네.
그가 역시 "오래 전에 지난 일을 돌이켜 생각했어……"라고 할 수 있네.
슬프도다, 온 도시에 가득한 노목들이
쓸데없이 큰 소리로 부름,
획획, 획획, 획획,
돌아가라, 돌아가라,
고도(古都)야 고도야 너를 어떻게 할거나……

—「봄날의 도시 모습」[72]

---

72 卞之琳,「春城」. 北京城 : 垃圾堆上放風箏, / 描一只花蝴蝶, 描一只鷂鷹 / 在馬德里蔚藍的天心, / 天如海, 可惜也望不見您哪 / 京都! // 倒楣! 又洗了一個灰土澡, / 汽車, 你游在淺水里, 眞是的, / 還給我開什麽玩笑? / (…中略…) / 哈哈哈哈, 有什麽好笑, / 歇

이 시는 엘리엇의 '몰개성화(deindividuation)', '극적 특징의 영향을 두드러지게 받는 작품'[73]으로 봄 베이징의 모습과 대화를 통해 시적 의식을 표출하고 있다. 시어를 보면 '마드리드(馬德里)', '자동차(汽車)', '히스테리(歇斯底里)' 등 서구적 뉘앙스를 풍기는 외래어 사용을 통해 신시의 근대성 지향을 드러내고 있다. 내용을 보면, 봄날의 베이징은 '쓰레기 더미'와 흙먼지로만 가득한 것처럼 아무 희망도 없이 죽어가는 회색의 공간이다. 이와 같이 시인이 묘사하는 도시는 근대화된 공간이 아닌 오랜 역사를 지나온 고성인 베이징의 황량한 모습이다. 전통의 몰락, 현실의 암울, 도시의 황량함 속에서 시인은 '산책자'의 시각으로 관망하고 있다.

중국의 도시 형성과정을 보면 명나라와 청나라 때 산업이 발달하면서 수공업도 대규모 제품생산 형태로까지 발전하였으나 근대적 자본주의의 성립에까지는 이르지 못하였으므로 도시로의 발달은 미흡한 상태에 머물렀다. 그러나 19세기 중엽부터 밀어닥친 선진 자본주의 제국의 침략으로 외세에 의하여 주로 개항장을 중심으로 근대적인 도시들이 형성되었으며, 또한 중요한 개항장에는 조계(租界)가 설치되어 조계가 기반이 되어 유럽풍의 도시가 형성되기 시작하였다. 결과적으로 중국인의 생활과 밀접한 관련이 있던 전통적 도시체계는 와해되었다. 「봄날의 도시 모습(春城)」에서 형상화된 도시의 몰락한 모습에서 바로 이러한 조계지(租界地, 즉 식민지) 도시화 현실에 대한 비판의식을 드러내는 것이다.

근대적 공간으로서의 도시 이미지는 김광균과 卞之琳 시 속에 두

斯底里, 懂不懂, 歇斯底里! / 悲哉, 悲哉! / 眞悲哉, 小孩子也學老頭子, / 別看他人小, 垃圾堆上放風箏, / 他也會"想起了當年事……" / 悲哉, 聽滿城的古木 / 徒然的大呼, / 呼啊, 呼啊, 呼啊, / 歸去也, 歸去也, / 故都故都奈若何…….

73 張曼儀, 『卞之琳著譯硏究』, 香港大學中文系叢書, 1989, 37쪽.

드러진 배경으로 나타나고 있다. 김광균에 있어서 도시는 1930년대 현실과 어떠한 상관도 가지지 않는 시인의 주관적 정서를 드러내기 위해 자의적으로 조형된 이국적인 정취 가득한 공간으로 제시된다. 卞之琳이 그린 도시는 오랜 역사를 가지고 있는 도시인 베이징의 회색적인 황량한 모습이다. 시에서 근대 문명의 상징물이나 서구적 외래어의 사용을 통해 시의 근대적 지향을 드러낸다. 이러한 도시 모습에서 두 시인에게 내재된 현실비판의식을 드러낸다.

1930년대의 한국과 중국은 일본을 비롯한 선진 자본주의 제국의 식민지 침략을 겪어서 급격한 도시화가 이루어진다. 이처럼 자생적으로 발생한 도시화가 아닌 자본주의 제국의 도시화 정책으로 추진된 30년대 근대도시는 외형상 눈부신 근대도시의 풍모를 갖추고 있지만 당시 사람에게 비극적인 운명도 가져왔다. 고향(농촌)의 상실과 전통 도시의 와해, 이에 따른 도시 하층민의 출현이 그것이다. 김광균과 卞之琳 시 속에 형상화된 도시의 부정적인 모습은 바로 이러한 근대문명 현실에 대한 비판적 의식에서 출발하였다.

김광균과 卞之琳 시 속에 형상화된 이미지 유형과 이에 나타난 시 의식은 많은 유사성을 보여주었다. 타자 이미지와 죽음의식에서부터 시간적 이미지와 소멸의식까지, 그리고 공간적 이미지와 현실비판의식까지 『와사등』과 『십년시초(十年詩草)』는 유사한 점이 많지만, 시인에 따라서 차이점을 보이는 점도 있었다.

결론

본 논문의 목적은 1930년대 한국의 대표적 모더니즘 시인인 김광균(金光均, 1914~1993)과, 같은 시기 중국의 대표적인 모더니즘 시인 卞之琳(1910~2000)의 시세계의 본질과 특성을 구명하는 데 있다. 아울러 두 시인의 시세계에 관한 비교 연구를 통해 각기 다른 문화적 환경에 처한 1930년대 한국과 중국에서 양국의 모더니즘 시가 어떠한 유사성과 차이성을 드러내며 형성되는지를 고찰하고자 하였다.

한국과 중국의 현대문학에서 1930년대는 우연의 일치처럼 같은 시기에 이미지즘과 주지주의로 대표되는 모더니즘 시문학의 수용과 탐색이 시도되었다. 이 시기에 세계적인 사조인 모더니즘이 일본 유학을 다녀온 지식인을 통해 본격적으로 수용됨으로써 다양한 창작과 이론의 전개로 나타나게 되었으나 단 일본을 통한 재수입이라는 점에서 일정 부분 한계를 지닐 수밖에 없었다. 그럼에도 불구하고 한 · 중 30년대에 있어 모더니즘은 양국 근대문학 형성과 정착에 핵심적인 사조이고, 아울러 현대문학사에서 모더니즘 시문학이라는 새로운 형식을 통하여 현대성의 특징을 표출함으로써 현대시의 발전에 중요한 토대를 이루고 있다. 그럼에도 불구하고 한 · 중 양국의 1930년대 모더니즘의 비교연구뿐만 아니라 시작품을 중심으로 한 본격적인 비교 연구를 찾아보기 어렵다는 것은 아쉬운 일이 아닐 수 없다.

본 논문은 이러한 현실과 한계를 인정하면서 서구문학에서 유래된 모더니즘의 경향이 1930년대 한 · 중 문단에서 어떻게 수용 전개되었으며, 양국의 모더니스트들 간에 직접적인 영향 관계는 없었으나 그들이 창작한 구체적인 시작품의 이미지에 투사된 시의식과 시적 기교 및 표현 기법에 대한 평행적 비교를 통해 당시의 문학적 세계인식의 이동성 및 의의를 가늠해보고자 하였다.

30년대 한 · 중 모더니즘 시문학사에서 대표적 시인인 김광균과 卞之琳은 여러 측면에서 많은 유사성을 보였다. 이들이 살았던 시대적 배경이 비슷하고, 당시 시대상황이 반영된 문학작품을 썼고, 이들이 영미계 모더니즘을 수용하면서 모더니즘의 핵심인 '현대성'을 비교적 강하게 드러낸 점이 그것이다. 선구적인 지식인으로서 30년대 문학사에서 중요한 모더니즘 기법을 활용하면서 그들 나름대로 독창적으로 발전시킴으로써, 형식과 내용에 있어 전시대 문학을 거부하고 새로운 현대시를 탄생시켰다는 점은 한 · 중 모더니즘의 문학사에서 비교할 만한 가치가 있다고 판단된다.

연구사를 보면 김광균과 卞之琳은 모두 본국에서 긍정적인 평가를 받고, 또 그들의 시작품에 대한 연구는 오늘날까지 꾸준히 지속되어왔다. 그러나 두 사람의 문학에 관한 비교 연구는 아직 전무한 실정이다. 이것은 아마도 한·중 양국의 근대화 방향이 다르기 때문에 적절한 비교 관점을 설정하기 어렵다는 점에 그 원인이 있다 할 것이다. 본 논문이 연구의 초점을 문학작품들 상호 간에 영향관계가 있었는지 여부가 아니라 작품을 바라보는 시인의 시각에 맞추어 진행하는 미국학파(수용연구)의 비교문학적 관점을 취하고자 하는 이유는 바로 이러한 난점을 극복하고자 함이다. 따라서 본 논문은 김광균과 卞之琳의 모더니즘 시가 지닌 공통점을 찾아냄으로써 한중 모더니즘 시문학의 특질을 밝혀낼 수 있을 것으로 기대한다.

본 논문에서는 김광균과 卞之琳의 시를 여러 면에서 비교하였고, 작가의 문학관 및 시작품을 보다 구체적으로 논의하고자 노력하였다. 본 논문은 주로 1926년부터 1930년대 말에 걸친 약 10년간에 쓰인 김광균과 卞之琳의 시를 연구 범위로 한정하였다. 구체적인 작품은 두 시인의 대표적인 1930년대 작품들이 수록되어 있는 시집 『와사등(瓦斯燈)』과 『十年詩草(1930~1939)』를 1차 텍스트로 삼아 다음과 같은 순서로 살펴보았다.

본격적인 작품 분석에 들어가기 전에 본 논문의 제2장에서는 1930년대 한·중의 모더니즘 수용양상을 살펴보았다. 한·중 양국은 지금까지 1930년대 모더니즘에 대한 논의가 초기의 외래문예사조의 무조건적 수용이라는 비판론에서 나름대로 시대상황을 극복하기 위한 모색을 시도했다는 긍정론에 이르기까지 다양하게 진행되어왔으나 모더니즘이 지닌 난해성과 개념 설정의 불확정성 때문에 대부분의 논의는 모더니즘을 제대로 규명하지 못하고 있는 점을 고려하여, 제2장에서는 먼저 서구 모더니즘의 개념과 특징에 대해 구체적으로 규명해보았다.

서구의 문예사조로서의 모더니즘은 전쟁과 경제적인 공황으로 혼란과 고통의 제1차 세계대전 전후의 유럽에서 발생한 예술사조로서, 전통이나 인습에 대한 거부와 새로운 정신에 대한 추구, 즉 모더니티(근대성)를 지향하고 있다. 하나의 구체적인 현대시 운동으로 모더니즘은 낭만주의에 대한 거부와 비판으로 등장하며 전통의식, 주지적 태도, 형식의 개혁, 객관적 태도 등을 표방한다. 외래문화의 수용과정에서 수용자가 선별적으로 수용하는 능동성 또는 적극성을 띠고 있기에, 이와 같은 서구의 모더니즘이 한국과 중국에서 수용 및 정착 과정에서 상당한 변용성을 나타낼 수밖에 없었다.

한·중 양국에서의 모더니즘 수용 및 정착과정에 있어서 양국은 수용의 시대 배경, 수용 시기, 수용 양상 등 많은 면에서 유사성을 지니는 동시에 나름의 독자성도 분명히 보인다. 양국에서의 모더니즘론 전개는 각각 김기림과 胡適를 중심으로 이루어졌다. 김기림은 시의 근대성이란 명제 속에서 꾸준히 새로운 시학을 모색했고, 후스는 시어의 일상화와 이미지, 새로운 운율과 리듬의 창조를 통해 중국을 개량하고자 하여 중국 신문학의 정체성 확립에 기여하였다. 모더니즘 시의 창작은 각각 정지용·김기림·김광균과 戴望舒·卞之琳·何其芳 등에 의해 활발하게 전개되었다. 창작 주체로서 시인들은 모더니즘 수용과정에서 이론이나 시 창작 기법에 대해 각자의 이해와 체험을 보여주었다.

본 논문의 제3장에서는 김광균과 卞之琳의 시론을 바탕으로 모더니즘 시학에 대한 추구, 새로운 표현 형식에 대한 추구, 지성에 대한 추구 등 세 가지 측면에서 두 시인의 모더니즘적 성격에 대해 살펴보았다. 모더니즘 시학에 대한 추구에 있어서 김광균과 卞之琳은 공히 감상적 낭만주의를 부정하고 시대를 비판하는 견해를 지녔다.

그리고 두 시인은 현실문제를 해결하는 방법을 제시하기보다는 새로운 시대의 가치관을 표현할 새로운 시적형식에 주목했다는 공통점이 있다. 그러나 두 시인은 시의 형식 문제에 대해 서로 다른 주장을 보이고 있는바, 김광균의 경우는 '형태의 사상성'에, 卞之琳의 경우는 신시의 율격문제에 기울어 있었다. 그 이외에 T. S. 엘리엇의 영향을 받아 두 시인이 모두 모더니스트이면서 지성적인 시를 시도했는데, 시작 방법에 있어서 김광균이 시각 이미지와 공감각 이미지 등 회화성의 추구로 시에 지성을 도입했다면, 卞之琳은 주로 중국 고전의 동양사상을 적용하여 시에 지성을 도입했다.

본 논문의 제4장에서는 김광균과 卞之琳의 시작품 속에 형상화된 이미지에 대한 비교 분석을 통해 이에 드러나는 시 의식을 규명하고자 노력하였다. 먼저 근대적 주체로서의 타자 이미지와 죽음의식에 있어서 두 시인이 다루는 타자 이미지는 단지 '여성인물'과 '소시민'이란 분류의 차이일 뿐, 이러한 인물 이미지의 특징이나 형상화 방법은 별다른 차이가 없다고 할 수 있다. 인물 이미지에 대한 형상화를 통해 죽음이란 의식이 두 시인의 시작품에서 공통적으로 드러났다. 다만 김광균 시의 죽음의식은 가족 상실의 기억에서 나오는 개인적 또는 육체적 죽음의식이라면, 卞之琳 시의 죽음의식은 현실의 절망에 따른 사회적 또는 정신적 죽음의식이라는 차이가 나타난다.

다음으로 근대적 시간으로서의 황혼·밤 이미지와 소멸의식에 있어서 두 시인이 다루는 시간적 이미지는 모두 '황혼'과 '밤'이고, 이러한 이미지를 통해 두 시인의 시에서 감상적인 분위기를 짙게 드러내면서 소멸의식이 반영되기도 하였다. 그러나 소멸의식의 표출방식에 있어서 두 시인은 뚜렷한 변별성을 보여준다.

마지막으로 근대적 공간으로서의 도시 이미지와 현실비판의식에 있어서 두 시인은 1930년대 한국과 중국 식민지 근대성을 가장 잘 보여주는 도시공간을 묘사함으로써 식민지 도시의 제반 문명 양상을 비판하였다.

이상 요약한 바와 같이 김광균과 卞之琳으로 대표되는 한 · 중 모더니즘 시세계는 여러 측면에서 유사성을 보였다. 시대적 배경이 비슷해서인지 두 사람 공히 영미계 모더니즘을 수용하였으며, 당시의 시대상황이 반영된 문학작품을 썼고, 모더니즘의 핵심인 '현대성'을 비교적 강하게 드러낸 점이 그것이다. 선구적인 지식인으로서 30년대 문학사에서 중요한 모더니즘 기법을 활용하면서도 그러한 기법을 그들 나름대로 독창적으로 발전시킴으로써, 형식과 내용에 있어 전시대 문학을 거부하고 현대시를 탄생시켰다는 점은 한 · 중 모더니즘 문학사에서 괄목할 만한 성과를 냈다고 판단된다.

지금까지 본 논문은 1930년대 한 · 중 모더니즘 시문학의 대표적 문학가와 작품을 중심으로 제한적이나마 한 · 중 모더니즘 시의 특성을 비교 분석하였다. 하지만 이러한 결론적 사항은 일종의 가설로 볼 수 있다. 1930년대 한 · 중 모더니즘 시의 비교 연구는 김광균과 卞之琳만으로 국한해서는 안 될 것이기 때문이다. 대표적 시인 두 사람의 대표시집을 선정하여 분석한 결과이므로 당연히 제한적인 시각과 결론을 보여줄 수밖에 없다. 게다가 외국인으로서 언어 실력이 부족하다는 점은 본 논문이 지닌 한계이다. 다만, 본 논문의 시도가 단초가 되어 앞으로 다양한 시인들과 유파를 포괄하는 비교 연구가 보다 폭넓게 진행되기를 기대한다.

부록

卞之琳 30년대 대표 시작품 註解

1930년대 한·중 모더니즘 시의 근대성 비교연구

「影子」

一秋天，唉，我常常覺得
身邊像丟了什麽東西，
使我更加寂寞了：是個影子，
是的，丟在那江南的田野中，
雖然瘦長點，你知道，那就是
老跟著你在斜陽下徘徊的。

現在寒夜了，爐邊的墻上
有個影子陪著我發呆：
也沉默，也低頭，到底是知己呵！
雖是神情恍惚些，我以爲，
這是你暗裏打發來的，遠迢迢，
遠迢迢地到這古城裏來的。

我也想送個影子給你呢，
奈早已不淸楚了：你是在哪兒。

「그림자」

한가을 내내, 아, 나는 늘
곁에서 무언가를 잃어버린 것처럼,
나를 더욱 외롭게 하네 : 그건 그림자였네.
맞아, 그 강남의 들판에서 잃어버렸구나.
비록 좀 마르고 길지만 그대는 알 것이니, 그건
항상 그대를 따라 석양 아래에서 배회하던 것을.

지금은 추운 밤이 되었구나, 난로가 벽에
그림자 하나 나와 함께 멍하니 서 있네
침묵하기도 하고, 머리 숙이기도 하며, 역시 나를 가장 잘 알아주는 친한 친구구나!
비록 좀 흐리멍덩하지만, 내 생각에는
이것은 당신이 몰래 보내온 것이, 멀고도 먼,
아주 먼 곳에서 이 고성까지 왔네.

나도 그림자 하나 당신에게 보내고 싶은데,
어쩔 수 없이 오래전부터 이미 알 수 없네 : 당신이 어딨는지.

「投」

獨自在山坡上，
小孩兒，我見你
一邊走一邊唱，
都厭了，隨地
撿一塊小石頭
向山穀一投。

說不定有人，
小孩兒，曾把你
（也不愛也不憎）
好玩的撿起，
像一塊小石頭，
向塵世一投。

「던지기」

홀로 산비탈 위에
꼬마야, 난 너를 보았다
걸어가면서 노래도 하고,
모두 싫증나, 아무데나
작은 돌멩이 하나 주워
산골짜기 향해 던졌단다.

아마 누군가가,
꼬마야, 이전에 너를
(사랑하지도 미워하지도 않은 채)
재미로 주워,
작은 돌멩이 하나처럼,
속세를 향해 던졌단다.

「一塊破船片」

潮來了，浪花捧給她
一塊破船片，
不說話，
她又在崖石上坐定，
讓夕陽把她的發影
描上破船片。
她許久
才又望大海的盡頭，
不見了剛才的白帆。
潮退了，她只好送還
破船片
給大海漂去。

「한 깨어진 뱃조각」

조수가 밀려 와, 물보라는 그녀에게 받쳐 들었네
깨어진 뱃조각 하나를,
말이 없이,
그녀는 다시 절벽 바위 위에 자리 잡고 앉아,
석양이 그녀의 그림자를
깨어진 뱃조각에 그리게 하네.
그녀는 한참 지나서야
또 다시 바다의 끝을 바라보았는데,
좀전의 흰 돛은 보이지 않았네.
조수가 밀려갔고, 그녀는 어쩔 수 없이 되돌려주었네
깨어진 뱃조각을
바다에게 띄워 보내.

「幾個人」

叫賣的喊一聲"冰糖葫蘆"
吃了一口灰像滿不在乎；
提鳥籠的望著天上的白鴿，
自在的脚步踩過了沙河，
當一個年輕人在荒街上沉思。
賣蘿蔔的空揮著磨亮的小刀，
一擔紅蘿蔔在夕陽裏傻笑，
當一個年輕人在荒街上沉思。
矮叫化子癡看著自己的長影子，
當一個年輕人在荒街上沉思：
有些人捧著一碗飯嘆氣，
有些人半夜裏聽別人的夢話，
有些人白髮上戴一朵紅花，
像雪野的邊緣上托一輪紅日……

「몇 사람」

행상인이 "빵탕후루요"[1]라고 외쳐
재를 뒤집어쓰고도 아무렇지도 않았네;
새장 든 새장수는 하늘의 흰 비둘기 바라보며,
자유로운 발걸음 강모래를 밟고 지나갔네,
한 젊은이 황량한 거리에서 깊은 생각에 잠길 때.
무를 파는 이가 반짝반짝 갈린 칼을 쓸데없이 휘두르고,
한 짐 홍당무는 석양 속에서 바보스럽게 웃네,
한 젊은이는 황량한 거리에서 깊은 생각에 잠길 때.
난쟁이 거지 자기의 긴 그림자를 바보같이 쳐다보네.
한 젊은이 황량한 거리에서 깊은 생각에 잠길 때:
어떤 사람들은 한 그릇의 밥을 들고 한숨짓고,
어떤 사람들은 한밤중 다른 사람의 잠꼬대를 듣고,
어떤 사람들은 백발에 붉은 꽃을 한 송이 꽂고,
마치 눈 뒤덮인 광야의 끝부분이 지는 해를 받쳐 드는 것처럼……

1 겨울에 중국 베이징 지역의 대표적인 전통 간식거리 중 하나로 산사나무 열매를 꼬치에 꿰어 달콤한 시럽을 바른 후 굳혀 만든 과자이다.

「登城」

朋友和我穿過了蘆葦，
走上了長滿亂草的城台。
守台的老兵和朋友攀談：
“又是秋景了，蘆葦黃了……”
大家凝望著田野和遠山。
正合朋友的意思，他不願
揭開老兵懷裏的長曆史，
我對著淡淡的斜陽，也不願意
指點遠處朋友的方向，
只說：“我眞想到外邊去呢！”
雖然我自己也全然不知道
上哪兒去好，如果朋友
問我說：“你要上哪兒去呢？”
當我們低下頭來看台底下
走過了一個騎驢的鄉下人。

「등성」

친구와 나는 갈대숲길을 지나,
가득 잡초가 자란 성루에 올랐다.
성루를 지니는 노병은 친구에 말 걸기를 :
"또 가을이 되었네, 갈대가 누래졌으니……"
모두들 논밭과 들판, 머나먼 산을 뚫어지게 바라본다.
친구의 마음에 꼭 맞았네, 그는 원치 않았다
노병 가슴속에 덮어있는 기나긴 역사를 떼기를,
나는 연한 사양을 향하며, 또한 원치 않았다
먼 곳에 친구의 방향을 가리키기를,
다만, "난 진짜 밖으로 가고 싶네!"라고 말할 뿐.
비록 나 자신도 전혀 모르지만,
어디로 가야 좋을 건지, 만약 친구가
나에게 "너는 어디로 갈 건데?" 묻는다면,
우리가 고개 숙여 망루 아래를 보자
당나귀 탄 시골사람 한 명이 지나간다.

「牆頭草」

五點鍾貼一角夕陽，

六點鍾掛半輪燈火，

想有人把所有的日子

就過在做做夢，看看牆，

牆頭草長了又黃了。

「담장 꼭대기의 풀」

다섯 시엔 한 조각의 석양을 부치며,
여섯 시엔 반쪽의 등불을 걸고,
누군가는 모든 세월을
그저 꿈 꾸고, 담장을 보는 동안 보냈네,
담장 꼭대기 풀이 자랐다가 또 시들었고.

「寄流水」

從秋街的敗葉裏
淸道夫掃出了
一張少女的小影；

是雨呢還是淚
朦朧了紅顏
誰知道！但令人想起
古屋中磨損的鏡裏
認不眞的愁容；

背面卻認得淸
"永遠不許你丟掉！"

"情用勞結，" 唉，
別再想古代美女的情書
淪落在蒲昌海邊的流沙裏
叫西洋的浪人撿起來
放到倫敦多少對碧眼前。

多少未發現的命運呢？
有人會憂愁。有人會說。
還是這樣好 — 寄流水。

「흐르는 물에 의탁하여」

가을 거리 낙엽 속에서
청소부가 쓸어내는
소녀의 작은 독사진 한 장;

비인가 눈물인가
흐려진 아름다운 얼굴
누가 알까! 그래도 떠올리게 하네
옛집 낡은 거울 속에
잘 보이지 않은 슬픈 얼굴;

그러나 뒷면은 뚜렷이 알아볼 수 있네
"언제까지나 당신을 잃어버리지 않겠소!"

"감정은 아픈 사랑 때문에 울적해진다." 후,
다신 옛 맹강녀의 연애편지 생각하지 마라
포창 해변가의 이동하는 모래흙속에 떠돌면서
서양의 떠돌이에게 주워서
런던의 수많은 푸른 눈들 앞에 놓였지.

발견되지 못한 운명은 얼마일가?
누군가는 슬퍼하고, 누군가는 말하겠지.
그래도 이게 좋네 — 흐르는 물에 의탁하여.

「古鎭的夢」

小鎭上有兩種聲音
一樣的寂寥：
白天是算命鑼，
夜裏是梆子。

敲不破別人的夢，
做著夢似的
瞎子在街上走，
一步又一步。
他知道哪一塊石頭低，
哪一塊石頭高，
哪一家姑娘有多大年紀。

敲沉了別人的夢，
做著夢似的
更夫在街上走，
一步又一步。
他知道哪一塊石頭低，
哪一塊石頭高，
哪一家門戶關得最嚴密。

“三更了，你聽哪，
毛兒的爸爸，
這小子吵得人睡不成覺，
老在夢裏哭，
明天替他算算命吧？”

是深夜，
又是清冷的下午：
敲梆的過橋，
敲鑼的又過橋，
不斷的是橋下流水的聲音。

「고읍의 꿈」

작은 마을에 두 가지 소리 있어
한결같이 쓸쓸하네 :
낮에는 운명을 점치라는 징,
밤에는 딱따기.

치는 소리에 남들의 꿈을 깨지는 못하고,
꿈을 꾸듯
장님이 거리를 걷는다.
한 걸음 또 한 걸음.
그는 안다 어느 돌덩이가 낮고,
어느 돌덩이가 높고,
뉘 집 규수의 나이는 몇 살인지.

치는 소리에 남들이 잠을 깊이 들고,
꿈을 꾸듯
야경꾼이 거리를 걷는다,
한 걸음 또 한 걸음.
그는 안다 어느 돌덩이가 낮고,
어느 돌덩이가 높고,
뉘 집 대문을 가장 잘 닫는지.

"삼경예요. 당신 들으세요.
모아 아빠,
이 녀석이 울어대서 잠을 들 수 없어요,
늘 꿈에서 우는데,
내일은 그의 운세를 점쳐 봅시다."

한밤중이며,
또한 쓸쓸한 오후이네 :
막대를 치는 사람이 다리를 건너가고,
징 치는 사람도 다리를 건너가며,
끊기지 않는 것은 다리 아래 물 흐르는 소리.

「秋窓」

像一個中年人
回頭看過去的足跡
一步一沙漠,
從亂夢中醒來,
聽半天晚鴉。

看夕陽在灰墻上,
想一個初期肺病者
對暮色蒼茫的古鏡
夢想少年的紅暈。

「가을 창」

한 중년이
뒤로 고개 돌려 지나온 흔적 바라보듯
한 걸음 한 사막
어지러운 꿈속에서 깨어나,
밤 까마귀 소리를 한참이나 들었네.

회색 벽에 어린 석양을 바라보며 생각하네
초기 폐병환자 한 명이
해질녘 흐릿한 낡은 거울 마주하고
꽃다운 소년의 건강한 얼굴 몽상하는 것을.

「斷章」

你站在橋上看風景,
看風景人在樓上看你。

明月裝飾了你的窗子,
你裝飾了別人的夢。

「단장」

그대는 다리에 서서 풍경을 바라보고
풍경을 바라보는 사람은 누각에서 그대를 바라본다.

밝은 달은 그대의 창을 장식하고
그대는 다른 사람의 꿈을 장식한다.

「寂寞」

鄉下小孩子怕寂寞，
枕頭邊養一只蟈蟈；
長大了在城裏操勞，
他買了一個夜明表。

小時候他常常羡艷
墓草做蟈蟈的家園；
如今他死了三小時，
夜明表還不曾休止。

「외로움」

시골 꼬마가 외로움이 두려워
베개 옆에 여치 한 마리를 길렀네.
커서는 도시에서 힘들게 일해서
그는 야광시계 하나를 샀다네.

어렸을 때 그는 항상 부러워했네
묘지 풀로 여치의 집을 만든 것을.
이제 그가 죽은 지 3시간이 자났지만,
야광시계는 아직도 멈추지 않았네.

「航海」

輪船向東方直航了一夜，
大搖大擺的拖著一條尾巴，
驕傲的請旅客對一對表 —
"時間落後了，差一刻。"
說話的茶房大約是好勝的，
他也許還記得童心的失望 —
從前院到後院和月亮賽跑。
這時候睡眼朦朧的多思者
想起在家鄉認一夜的長途
於窗檻上一段蝸牛的銀跡 —
"可是這一夜卻有二百浬?"

「향해」

배가 동쪽을 향해 하룻밤을 직항했네,
어깨 으쓱거리며 걷듯 꼬리를 끌어당기면서,
거만하게 여객들에게 시계를 좀 맞추라고 하네 —
“시간이 늦어졌어요. 15분 느려졌습니다.”
말하는 차 심부름꾼은 승부욕이 강한 듯하다.
그는 어쩌면 어릴 적 실망한 마음을 아직도 기억하고 있는 듯 —
앞마당에서 뒷마당까지 달과 겨루던 달리기 경주.
이때 졸려 눈이 가물가물한 사색가는
고향에서 하룻밤의 먼 거리를 알게 된 것 생각났네
창턱 위에서 한 줄기 달팽이의 은빛 흔적에 —
“그러나 오늘밤은 도리어 이백리가 되겠지?”

「音塵」

綠衣人熟稔的按門鈴
就按在住戶的心上：
是遊過黃海來的魚?
是飛過西伯利亞來的雁?
"翻開地圖看," 遠人說。
他指示我他所在的地方
是哪條虛線旁的那個小黑點。
如果那是金黃的一點,
如果我的座椅是泰山頂,
在月夜, 我要猜你那兒
準是一個孤獨的火車站。
然而我正對一本歷史書。
西望夕陽裡的鹹陽古道,
我等到了一匹快馬的蹄聲。

「편지」

편지 배달원이 익숙하게 벨을 누르다
곧 주인의 마음을 누른다 :
황해 바다 헤엄쳐 건너온 물고기인가?
시베리아 거쳐 날아온 기러기인가?
"지도를 펴서 보라," 멀리 있는 사람이 말한다.
그는 나에게 그가 있는 곳 가리켜 보여 준다
저 점선 옆 그 작은 흑점이란다.
만일 그것이 금색의 점이라면,
만일 내 의자가 태산의 산꼭대기라면,
이 달밤에, 난 그대가 있는 곳이
반드시 한 외로운 기차역이라 추측하겠지.
그러나 나는 마침 역사 책 한 권을 보고 있네.
서쪽으로 황혼녘의 함양고도 바라보자,
준말 한 마리의 말굽 소리 들었네.

「記錄」

現在又到了燈亮的時候，
我喝了一口街上的朦朧，
倒像淸醒了，伸一個懶腰，
掙脫了怪沉重的白日夢。

從遠處送來了一聲“晚報!”
我吃了一驚，移亂了脚步，
丟開了一片皺折的白紙：
去吧，我這一整天的記錄!

「기록」

지금 또 등불을 밝히는 때가 되었네,
나는 거리의 몽롱함을 한 숨 들이마셔,
오히려 정신이 들 듯, 기지개를 한 번 켜서
꽤 무겁게 가라앉은 백일몽에서 벗어났네.

먼 곳에서 들려오는 "완바오!"
나는 놀라, 어지러이 발걸음 옮기며,
구깃구깃한 백지 한 조각을 내버린다 :
가라, 내 온종일의 기록들아!

「奈何(黃昏和一個人的對話)」

“我看見你亂轉過幾十圈的空磨，
看見你塵封座上的菩薩也做過，
叫床鋪把你的半段身體托住
也好久了，現在你要幹什麽呢？”
“眞的，我要幹什麽呢？”

“你該知道吧，我先是在街路邊，
不知怎的，回到了更加淸冷的庭院，
又到了屋子裏，重新挨近了墻跟前，
你替我想想間，我哪兒去好呢？”
“眞的，你哪兒去好呢？”

「어찌함(황혼과 한 사람의 대화)」

"난 당신이 수십 맷돌을 헛되이 돌리는 걸 보았네,
당신이 먼지 뒤덮인 자리에 앉은 보살이 되었던 것도 보았어요,
침대 시켜서 당신의 몸 반쪽 받쳐 들게 하며
이것도 오래되었어요. 지금 당신은 뭘 할까요?"
"글쎄요. 내가 뭘 할까요?"

"당신은 알고 있죠. 난 처음에 길가에 있었는데,
어찌된 일인지 모르겠어, 더욱 쓸쓸한 정원에 돌아왔고,
또 집안에 돌아와서, 다시 벽 앞에 가까이 왔네요.
당신이 나 대신 생각해 보세요. 내가 어디로 가면 좋을까요?"
"글쎄요. 당신은 어디로 가면 좋을까요?"

「傍晚」

倚著西山的夕陽
站著要倒的廟墻
對望著：想要說什麽呢?
怎又不說呢?

馱著老漢的瘦驢
匆忙的趕回家去,
脚蹄兒敲打著道兒 —
枯澀的調兒!

半夜裏哇的一聲,
一只烏鴉從樹頂
飛起來，可是 沒有話了,
依舊息下了。

「해질녘」

서산의 석양에 기대어
무너질 듯한 사찰의 담장에 서서
서로 바라보며 : 무엇을 말하려고 하는가?
왜 또 말하지 않는가?

늙은이 실은 마른 나귀가
급히 집으로 돌아가,
발굽은 길을 두드려 —
지루한 소리 내는구나!

한밤중 '까악'하는 외마디,
한 마리 까마귀가 나무 꼭대기에서
날아오르는데, 하지만 말이 없네
여전히 쉴 따름이니.

「寒夜」

一爐火。一屋燈光
老陳捧著個茶杯，
對面坐的是老張。
老張銜著個煙卷。
老陳喝完了熱水。
他們（眼皮已半掩）
看著青煙飄蕩的
消著，又(像帶著醉)
看著煤塊很黃的
燒著，他們是昏昏
沉沉的，像已半睡……
哪來的一句鐘聲？
又一下，再來一下……
什麽？有人在院內
跑著："下雪了，眞大!"

「추운 밤」

난로 하나에 가득 찬 불, 방 하나에 가득 찬 등빛
진씨가 찻잔을 들고,
마주 앉아 있는 사람은 장씨이다.
장씨는 담배를 입에 꼬나물고
진씨는 따뜻한 물을 다 마셨네.
그들은(눈꺼풀이 반은 이미 내려앉았네)
푸른 연기가 흩날려
사라진 것을 보고, 또(취한 듯)
석탄재가 누렇게 빛을 내
태워버린 것을 보네. 그들이 몽롱하여
무겁게, 선잠 속으로 빠져든 것처럼……
어디서 들려오는 종소리인가?
또 한 번, 다시 또 한 번……
뭐? 누군가 정원으로 달려나와
"눈이 왔다, 진짜 많이도 온다!"

「夜風」

一陣夜風孤零零
爬過了山巓,
摸到了白楊樹頂,
撥響了琴絃,
奏一曲“滿城冷雨”,
你聽, 要不然
准是訴說那咽語
冷澗的潺湲;
你聽, 潺湲聲激動
破閣的風鈴,
彷佛悲哀的潮湧
搖曳著愴心;
啊, 這顆心丁當響,
莫非是, 朋友,
是你的? 你盡這樣
默默的垂頭
你聽, 夜風孤零零
走過了窓前,
踉蹌的踩著蟲聲,
哭到了天邊。

「밤바람」

한바탕 밤바람이 외롭게
산꼭대기 넘어가고
백양나무 꼭대기를 더듬어 만지고
거문고 줄을 뜯어
"만성풍우" 연주하구나,
당신이 들어봐, 그렇지 않으면
꼭 간절히 하소연하는
그 묵직하고 차가운 산골물이네;
당신이 들어봐, 잔잔히 흐르는 물소리가
낡은 처마에 달린 풍령 흔들리게 하며,
마치 슬픈 밀물처럼 물려와
슬픈 마음 흔들리게 하네.
아, 마음이 절렁절렁,
설마, 친구여,
당신이 아닐까? 당신이 늘 이렇게
말없이 고개 숙이고—
당신이 들어봐, 밤바람이 외롭게
창문 앞 지나가고,
비틀거리면서 벌레소리 밟으며,
울면서 하늘 끝까지 간다.

「長途」

一條白熱的長途
伸向曠野的邊上，
像一條重的扁擔
壓上挑夫的肩膀。

幾絲持續的蟬聲
牽住西去的太陽，
曬得垂頭的楊柳
嘔也嘔不出哀傷。

快點走吧，快走，
那邊有賣酸梅湯，
去到那綠蔭底下，
喝一杯再乘乘涼。

幾絲持續的蟬聲
牽往西去的太陽，
曬得垂頭的楊柳
嘔也嘔不出哀傷。

暫時休息一下吧，

這兒好讓我們躺，
可是靜也靜不下，
又不能不向前望。

一條白熱的長途
伸向曠野的邊上，
像一條重的扁擔
壓上挑夫的肩膀。

「긴 길」

한 줄기 밝은 빛 낼 정도로 뜨겁게 달아오른 긴 길이
광야 옆으로 쭉 뻗어 있네,
마치 하나의 무거운 멜대가
짐꾼 어깨를 짓누르는 것처럼.

쉼 없이 울어대는 한두 마리 매미소리가
서쪽으로 기울어가는 태양을 잡아끌고,
햇빛 아래 고개 숙인 버드나무가
토하려 해도 토해지지 않을 만큼 슬퍼하네.

빨리 갑시다, 빨리,
거기 산매탕이 팔리고 있네,
나무그늘 아래로 들어가,
한 잔을 마시며 시원한 바람 좀 쐬자.

쉼 없이 울어대는 한두 마리 매미소리가
서쪽으로 기울어가는 태양을 잡아끌고,
햇빛 아래 고개 숙인 버드나무가
토하려 해도 토해지지 않을 만큼 슬퍼하네.

잠시 쉽시다,

여기는 우리를 편하게 누울 수 있도록 하네,
그러나 가만히 있으려 해도 있을 수 없고,
또 앞을 바라보지 않을 수도 없단다.

한 줄기 밝은 빛 낼 정도로 뜨겁게 달아오른 긴 길이
광야 옆으로 쭉 뻗어 있네,
마치 하나의 무거운 멜대가
짐꾼 어깨를 짓누르는 것처럼.

「古城的心」

你可以聽到自己的脚步聲
在晩上七點鐘的市場
(這還算是這座古城的心呢。)

難怪小伙計要打瞌睡了,
看電燈也已經睡眼蒙朧。

鋪面里無人過問的陳貨,
來自東京的, 來自上海的,
也哀傷自己的淪落吧? —

一個異鄉人走過也許會想。

得, 得, 得了, 有大鼓 —
大鼓是市場的微弱的悸動。

「고도의 도심」

그대는 자신의 발걸음 소리 들릴 수 있단다
저녁 일곱 시의 시장에서
(여기는 뜻밖에도 이 고도의 도심이란다.)

어쩐지 젊은 점원이 꾸벅꾸벅 졸리고 싶어하더니,
전등도 이미 게슴츠레하고 있었다.

상점 안에 아무도 거들떠보지 않는 묵은 물건들
도쿄에서, 상해에서 온 것
모두들 자신의 몰락을 슬퍼하겠지? —

한 이방인이 지나갈 때 아마도 생각하겠지.

됐어, 됐어, 됐다, 큰 북이 있단다 —
큰 북은 시장의 미약한 두근거림이란다.

「春城」

北京城：垃圾堆上放風箏，
描一只花蝴蝶，描一只鷂鷹
在馬德裏蔚藍的天心，
天如海，可惜也望不見您哪
京都!

倒楣!又洗了一個灰土澡，
汽車，你遊在淺水裏，眞是的，
還給我開什麽玩笑?

對不住，這實在沒有什麽，
那才是胡鬧(可恨，可恨)：
黃毛風攪弄大香爐，
一爐千年的塵灰
飛，飛，飛，飛，飛，
飛出了馬，飛出了狼，飛出了虎，
滿街跑，滿街滾，滿街號，
撲到你的窗口，噴你一口，
撲到你的屋角，打落一角，
一角琉璃瓦吧?

"好家伙！眞嚇壞了我，倒不是
一枚炸彈 — 哈哈哈哈！"
"眞舒服，春夢做得夠香了不是？
拉不到人就在車蹬上歇午覺，
幸虧瓦片兒倒還有眼睛。"
"鳥矢兒也有眼睛 — 哈哈哈哈！"

哈哈哈哈，有什麽好笑，
歇斯底裏，懂不懂，歇斯底裏！
悲哉，悲哉！
眞悲哉，小孩子也學老頭子，
別看他人小，垃圾堆上放風箏，他
也會"想起了當年事……"
悲哉，聽滿城的古木
徒然的大呼，
呼啊，呼啊，呼啊，
歸去也，歸去也，
故都故都奈若何……

我是一只斷線的風箏，
碰到了怎能不依戀柳梢頭，
你是我的家，我的墳，
要看你飛花，飛滿城，

讓我的形容一天天消瘦。

那才是胡鬧，對不住；且看
北京城：垃圾堆上放風箏。
昨兒天氣才眞是糟呢，
老方到春來就怨天，昨兒更罵天
黃黃的壓在頭頂上像大墳，
老崔說看來勢眞的不祥，你看
漫天的土吧，說不定一夜睡了
就從此不見天日，要待多少年後
後世人的發掘吧，可是
今兒天氣才眞是好呢，
看街上花樹也坐了獨輪車[2]春遊，
看完了又可以紅紗燈下看牡丹。
(他們這時候正看櫻花吧?)
天上是鴿鈴聲 —
藍天白鴿，渺無飛機，
飛機看景致，我告訴你，
決不忍向琉璃瓦下蛋也……

北京城：垃圾堆上放風箏。

2 北平街頭常見爲豪門送花的獨輪車.

「봄날의 도시 모습」

북경성 : 쓰레기 더미 위에 연을 날리다,
꽃나비 한 마리, 독수리 한 마리를 그리고
마드리드의 새파란 하늘 중앙에
하늘이 바다와 같더라도 그대를 못 보이겠군
북경여!

재수 없군! 또 한 번 흙먼지 목욕을 했네,
자동차야, 너 얕은 물에 굴러다니더니, 참나,
나한테 무슨 장난을 치겠느냐?

미안하네, 이건 사실 별거 아닌데,
그거야말로 터무니없이 구는 거란다(가증스럽네, 가증스럽네) :

모래폭풍이 큰 향로를 휘저어
향로에 가득한 천 년 묵은 잿가루가
날아, 날아, 날아, 날아, 날면서,
말, 늑대, 호랑이가 되고,
온 거리를 뛰고, 구르고, 부르짖고,
그대의 창문에 달려들어, 그대에게 한 입을 내뿜고,
그대의 지붕 모서리에 달려들어, 한 조각을 떨어뜨리고,
한 조각의 유리 기와이겠지?

"그것 참! 날 깜짝 놀라게 하네, 그러나
한 폭탄은 아니였다 — 하하하하!"
"진짜 편안하네, 덧없는 꿈을 충분히 잘 꾸지 않겠는가?
손님을 잡지 못하면 페달 위에서 낮잠을 자고,
다행히도 기왓장이 의외로 눈이 있었네."
"새똥 또한 눈이 있었네 — 하하하하!"

하하하하, 뭐가 그리 웃긴데,
히스테리, 아는가 모르는가, 히스테리!
슬프도다, 슬프도다!
정말 슬프도다, 어린아이도 늙은이한테 배우네,
그가 어리다고 생각하지 말라, 쓰레기더미 위에 연을 날리네.
그가 역시 "오래 전에 지난 일을 돌이켜 생각했어……"라고 할 수 있네.
슬프도다, 온 도시에 가득한 노목들이
쓸데없이 큰 소리로 부름,
획획, 획획, 획획,
돌아가라, 돌아가라,
고도(古都)야 고도야 너를 어떻게 할거나……

나는 한 실이 끊어진 연이란다,
만났으면 어찌 버드나무 끝머리를 그리워하지 않으리,
그댄 내 집, 내 무덤이란다,

그대가 꽃을 날리며, 도시에 가득 차게 하는 것을 보려니,
내 용모가 나날이 초췌해져갔네.

그거야말로 터무니없이 구는 거란다, 미안하네; 천천히 보세
북경성 : 쓰레기 더미 위에 연을 날리다.
어제 날씨야말로 진짜 엉망이었는데,
방씨가 봄이 오면 날씨를 원망한다던데, 어제는 더군다나 날씨를 욕했단다
황갈색으로 머리 위에 짓누르는 건 마치 커다란 무덤과 같네.
최씨가 밀려오는 기세를 보니 참으로 상서롭지 않다고 했네, 좀 봐봐
온 하늘에 가득한 흙아, 짐작건대 하룻밤 자고 나서
더 이상 하늘과 태양이 보이지 않고, 몇 년 후
후세 사람들의 발굴을 기다려야겠네, 그러나
오늘 날씨는 아주 좋구나,
거리에서 꽃나무 또한 일륜차를 타서 봄나들이하는 걸 보고,
다 보고 나서 또한 붉은 사등롱 밑에서 모란꽃을 볼 수 있네.
(그들이 이때 벚꽃을 보고 있겠지?)
하늘에는 비둘기 울음소리 —
푸른 하늘 흰 비둘기, 아득한 비행기,
비행기가 경치를 본단다. 내가 그대한테 말하는데,
절대 유리기와를 향해 알을 나지 못하겠단다……

북경성 : 쓰레기 더미 위에 연을 날리다.

「距離的組織」

想獨上高樓讀一遍『羅馬衰亡史』,

忽有羅馬滅亡星出現在報上。[3]

報紙落。地圖開，因想起遠人的囑咐。

寄來的風景[4]也暮色蒼茫了。

(醒來天欲暮，無聊，一訪友人吧。)[5]

灰色的天。灰色的海。灰色的路。[6]

哪兒了?我又不會向燈下驗一把土。[7]

忽聽得一千重門外有自己的名字。

好累呵!我的盆舟沒有人戲弄嗎?[8]

友人帶來了雪意和五點鐘。[9]

---

3 1934年12月26日『大公報・國際新聞』倫敦25日路透社電:“兩星期前索弗克業餘天文學者發現北方大力星座中出現一新星, 玆據哈華德觀象台稱, 近兩日內該星異常光明, 估計約距地球1500光年, 故其爆發而致突然燦爛, 當遠在羅馬帝國傾覆之時, 直至今日, 其光始傳到地球雲.” 這裏涉及時空的相對關系.

4 “寄來的風景”當然是指“寄來的風景片”. 這裏涉及實體與表象的關系.

5 這行是來訪友人(即末行的“友人”)將來前的內心獨白, 語調戲擬我國舊戲的台白.

6 本行和下一行是本篇說話人(用第一人稱的)進入的夢境.

7 1934年12月28日『大公報』的『史地周刊』上『王周春開發河套訊』:“夜中驅馳曠野, 偶然不辨在什麽地方, 只消抓一把土向燈一瞧就知道到了那裏了.”

8 『聊齋志異・白蓮教』:“白蓮教某者山西人也, 忘其姓名 , 某一日, 將他往, 堂上置一盆, 又一盆覆之, 囑門人坐守, 戒勿啟視. 去後, 門人啟之. 視盆貯清水, 水上編草爲舟, 帆檣具焉. 異而撥以指, 隨手傾側, 急扶如故, 仍覆之. 俄而師來, 怒責‘何違吾命!’門人立白其無. 師曰:‘適海中舟覆, 何得欺我!’這裏從幻想的形象中涉及微觀世界與宏觀世界的關系.

9 這裏涉及存在與覺識的關系. 但整詩並非講哲理, 也不是表達什麽玄秘思想, 而是沿襲我國詩詞的傳統, 表現一種心情或意境, 采取近似我國一折舊戲的結構方式.

「거리의 조직」

홀로 높은 곳에 올라 『로마쇠망사』 한 번 읽으려는데

갑자기 로마 멸망을 알리는 별이 신문지에 나타났네.[10]

신문지 내려놓고, 지도를 펼쳐, 멀리 있는 사람의 당부가 생각나기 때문이다.

보내준 풍경[11]에도 저녁 빛 짙어 어둑어둑해졌네.

(깨어나니 날이 저물어 가고, 심심한데, 친구에게로 한 번 찾아가보자.)[12]

잿빛 하늘, 잿빛 바다, 잿빛 도로.[13]

어디까지 왔는가? 난 흙을 등불 밑에 비춰 볼 줄도 모르고.[14]

갑자기 천 겹 중문 밖에서 내 이름을 들었네.

---

10 1934년 12월 26일 『대공보(大公报)·국제신문』 런던 25일 로이터 통신 : "이주일 전에 索弗克의 아마추어 천문학자가 북방 대력성좌(大力星座)에 새로운 별 하나를 발견하였다. 이에 哈华德 관상대에 의하여, 최근 이틀 안에 이 별이 이상하게 빛을 냈는데, 대략 지구로부터 1500 광년이 떨어져 있음이 측정된다. 그렇기 때문에 그 별이 폭발해 갑가지 빛을 내게 된 것이다. 멀리 있는 로마제국이 멸망했을 당시부터 지금에 이르러야 그 빛이 비로소 지구에 도달하게 되었다고 한다." 여기서 시간과 공간의 상대관계와 연관된다.

11 "보내준 풍경"은 당연히 "보내준 풍경 엽"을 가리킨다. 여기서 실체(实体)와 표상(表象)의 관계와 관련된다.

12 이 항은 내방할 친구(즉 마지막 항에서의 "친구")가 오기 전의 내심독백으로 어조는 중국 옛 희극에서의 독백 대사를 패러디한 것이다.

13 이 항과 다음 항은 이 시의 화자(일인칭을 사용한다)가 들어가는 꿈의 세계이다.

14 1934년 12월 28일 『대공보(大公报)』의 『역사와 지리 주간(史地周刊)』에 실린 『왕주춘이 하투를 개발한 소식(王周春开发河套讯)』에서 "밤에 광야를 내달려, 갑자기 어디에 있는지 알지 못하면, 단지 흙 한 줌 쥐어 등불을 향해 비춰 보면 바로 어디까지 왔는지를 알 수 있을 것이다"고 하였다.

너무 피곤하다! 내 양푼과 배를 희롱하는 사람이 없는가?[15]

친구는 눈 내릴 기운과 다섯 시를 가져오네.[16]

15 『요재지이 · 백련교』에서 "백련교의 어떤 한 사람이 산서(山西)사람인데, 그 이름을 잊어버린다. 어느 날에 다른 곳에 가야 되는데, 대청 위에 대양 하나를 놓아두고, 또 대야 하나로 그것을 덮었다. 문하생에게 앉아 지키고 절대로 열어 보지 말라고 당부하였다. 그 사람이 간 이후 문하생은 그 것을 열었다. 보니 대야 안에 맑은 물이 담겨 있고, 물 위에 풀로 엮은 배가 있는데, 돛과 닻이 모두 다 갖추어져 있었다. 기이하게 생각해서 손가락으로 움직이자 손이 가는 데로 뒤집어엎었다. 잠깐 사이에 스승이 돌아와 '어찌 내 명에 어긋난 것이냐!' 라고 화를 내며 꾸짖었다. 문하생이 즉시 자신은 아무것도 안했다고 말했다. 스승이 말하기를 : '방금 전에 바다 속의 배가 뒤집혔는데, 어찌 나를 속일 수 있겠는가!' 여기서는 환산적인 이미지에서 미시적 세계와 거시적 세계의 관계가 연관되어 있다.

16 여기서는 존재와 감각 의식의 관계가 관련된다. 그러나 전 시는 결코 철학을 논하지는 않는다. 또한 현묘한 사상을 표현한 것도 아니라, 중국 시와 사의 전통을 답습하여 일종의 심정이나 의경을 표현하고자 한 것으로 중국 옛날 희곡과 아주 비슷한 구성방식을 취한 것이다.

「妝台(古意新擬)」

世界豐富了我的妝台,
宛然水果店用水果包圍我,
縱不費氣力而俯拾卽是,
可奈我睡起的胃口太弱?

遊絲該系上左邊的簷角。
柳絮別掉下我的盆水。
鏡子,鏡子。你眞是可惱,讓我先給你描兩筆秀眉。

可是從每一片鴛瓦的歡喜
我了解了屋頂, 我也明了
一張張綠葉一大棵碧桐 —
看枝頭一只弄喙的小鳥!

給那件新袍子一個風姿吧。
"裝飾的意義在失去自己。"
誰寫給我的話呢? 別想了 —
討厭! "我完成我以完你。"

「화장대(옛 뜻을 새롭게 구성한다)」

세계가 나의 화장대를 풍부하게 한다.
마치 과일 가게가 과일로 나를 둘러싸고
설령 몸을 굽히기만 하면 얼마든지 쉽게 주울 수 있을지라도
어찌나 잠에서 일어나던지 식용이 너무 없어나?

거미줄아 왼쪽 처마 모퉁이에 쳐놔라
버들개지야 내 대야 물에 떨어져 내리지 말라
거울아, 거울아, 넌 진짜 성가시게 하네
너의 빼어나게 아름다운 두 눈썹부터 그리게 해다오.

그러나 한 장 두 장 원앙 기와의 기쁨에서
난 옥상을 이해하고, 또한 명백히 이해했네.
한 잎 두 잎 녹엽 한 그루 큰 오동나무—
가지 끝에 부리로 깃털을 다듬는 어린 새를 보라!

그 새 두루마기에 멋을 더하라.
"장식의 의미는 자신을 잃어버리는 데 있다"
누가 내게 써준 말인가? 생각하지 말자—
싫다! "내가 나를 완성하는 거 통해 너를 완성한다."

「一個閑人」

太陽偏在西南的時候
一個手叉在背後的閑人
在街路旁邊，深一脚，淺一脚，
一步步踩著柔軟的沙塵。

沙塵上脚印也不算太少，
長的短的尖的都有。
一個人趕了過去又一個，
他不管，盡是低著頭，低著頭。

啊哈，你看他的手裏
這兩顆小核桃，多麽滑亮，
軋軋的軋軋的磨著，磨著……
唉！磨掉了多小時光？

「한가한 한 사람」

태양이 서남쪽으로 기울 때
한쪽 손 뒷짐 진 한가한 사람 한 명이
길가에서, 뒤뚱뒤뚱,
한 걸음 한 걸음 부드러운 흙모래를 밟는다.

흙모래에 발자국도 아주 적은 편이 아니고,
긴 것 짧은 거 뾰족한 것이 모두 있네.
한 사람이 앞서 나가면 또 한 사람이,
그는 상관하지 않고, 오직 고개만 숙이고 있네, 고개만 숙이고 있네.

아하, 당신이 그 손 안을 보라
두 알 작은 호두가, 얼마나 반질반질 빛나는지를,
도르륵 도르륵 문지르고, 비비고……
아! 세월을 얼마나 갈았는가?

「一個和尚」

一天的鐘兒撞過了又一天，
和尚做著蒼白的深夢：
過去多少年留下的影蹤
在他的記憶裏就只是一片
破殿裏到處迷漫的香煙，

悲哀的殘骸依舊在香爐中
伴著善男信女的古衷，
厭倦也永遠在佛經中蜿蜒。

昏沉沉的，夢話又沸湧出了嘴，
他的頭兒又和木魚兒對應，
頭兒木魚兒一樣空，一樣重；
一聲一聲的，催眠了山和水，
山水在暮靄裏裏懶洋洋的睡，
他又算撞過了白天的喪鐘。

「한 명의 스님」

오늘의 종을 치고 나서 또 하루를 치고,
스님은 창백한 꿈속으로 깊게 빠져드네 :
과거 몇 년간의 행적들이
그의 기억 속에 있는 것은 다만 온통
파손된 절 안에 가득 자욱한 향불연기이네,

비애의 잔해가 여전히 향로 안에 남아
선남신녀의 괴로운 사정을 담으며,
싫증 또한 영원히 불경에서 구불구불하네.

흐리멍덩하게, 잠꼬대가 또 입에서 용솟음쳐 나오고,
그의 머리는 또 목탁과 대응되어,
머리와 목탁은 똑같이 텅 비고, 무거워;
소리 하나하나가 산과 물을 잠에 빠지게 하며,
산과 물은 저녁안개 속에서 기운 없이 잠을 자고,
그는 드디어 또 한 번 낮의 조종을 울렸네.

1930년대 한·중 모더니즘 시의 근대성 비교연구

| 참고문헌 |

1. 기본자료

오영식 · 유성호 편, 『김광균 문학전집』, 소명출판, 2014.

卞之琳, 『卞之琳文集』, 安徽教育出版社, 2002.

_____, 『卞之琳集』, 中國社會科學出版社, 2009.

2. 한국의 논서

1) 저서 및 학술지

고영복, 『사회학사전』, 사회문화연구소, 2000.10.

구광범, 「淺談卞之琳早期詩歌」, 『중국어문학』 제18집, 2005.8.

김기림, 『김기림 전집』 2, 심설당, 1988.

_____, 「삼십년대 悼尾의 시단 동태」, 『인문평론』, 1940.12.

_____, 『시론』, 1994.

_____, 「詩作에 있어서의 주지적 태도」, 『신동아』 3권 4호, 1933.4.

김상태, 「김광균과 이상의 시 그 대비적 고찰」, 『논문집』 14, 전북대학교, 1972.

김성기, 『모더니티란 무엇인가』, 민음사, 1994.

김용직, 『한국현대시사』, 한국문연, 1996.

김용희, 『정지용 시의 미학성』, 소명출판, 2004.

김욱동, 『모더니즘과 포스트모더니즘』, 현암사, 1992.

김유중, 『김광균』, 건국대학교 출판부, 2000.

김윤정, 「김광균 시에 나타난 자아 정체성 연구」, 『한국시학연구』 3, 한국시학회, 2000.

김은전, 「김광균의 시풍과 방법」, 『30년대의 모더니즘』, 범양사, 1987.

김재홍, 「김광균－방법적 모더니즘과 서정적 진실」, 『한국 현대 시인 연구』, 일지사, 1986.

김장호, 『한국시의 전통과 그 변혁』, 정음사, 1984.

김종길, 『시론』, 탐구사, 1981.

김종원, 『한국 식물 생태 보감』 1, 자연과생태, 2013.

김종철, 『시와 역사적 상상력』, 문학과지성사, 1978.
김준오, 『시론』, 삼지원, 1992.
김진희, 「1930년대 중·후반 김광균 시의 낭만과 모던」, 『한국시학연구』 41, 한국시학회, 2014.
김창원, 「김광균과 소멸의 시학」, 『先淸語文』 제19권 1호, 1991.
______, 「김광균론-김광균과 소멸의 시학」, 『한국 현대 시인론』, 시와시학사, 1995.
김춘수, 「기질적 이미지스트-김광균과 30년대」, 『30년대의 모더니즘』, 범양사, 1987.
김태진, 『김광균과 김조규 비교 연구』, 보고사, 1996.
김하림 외, 『중국 현대문학의 이해』, 한길사, 1991.
김학동 외, 『김광균 연구』, 국학자료원, 2002.
김해성, 『한국현대시인론』, 금강출판사, 1973.
문덕수, 『한국 모더니즘 시 연구』, 시문학사, 1981.
______, 「김광균론」, 『30년대의 모더니즘』, 범양사, 1987.
박철희, 『한국현대시사 연구』, 일조각, 1980.
박태일, 「김광균 시의 회화적 공간과 그 조형성」, 『국어국문학』 23, 부산대 국문학과, 1986.
______, 「김광균과 백석 시에 나타난 친족 체험」, 『경남어문논집』 1, 경남대학교, 1988.
박현수, 「형태의 사상성과 이미지즘의 수사학」, 『한국모더니즘 시학』, 신구문화사, 2007.
박민영, 「김광균 시 연구-이미지의 조형성을 중심으로」, 『돈암어문학』 23, 돈암어문학회, 2010.
백철, 『新文學思潮史』, 민중서관, 1957.
서동욱, 『차이와 타자』, 문학과지성사, 2000.
손종호, 『근대시의 영성과 종교성』, 서정시학, 2013.
심성보, 『도덕교육의 새로운 지평』, 서현사, 2008.
신익호, 「김광균론」, 『한국현대시인연구』, 한국문화사, 1998.
엄홍화, 『한·중 모더니즘 시문학 비교연구』, 심지, 2015.
오상순, 「時代苦와 그 犧牲」, 『白潮』 창간호, 1922.1.
유성호, 「김광균론-이미지즘 시학의 방법적 수용과 그 굴절」, 『1930년대 한국 모더니즘 작가연구』, 평민사, 1999.
윤호병, 『비교문학』, 민음사, 1994.
윤홍로, 「공감각 은유의 구조성」, 『국어국문학』 49·50 합병호, 1970.9.
이명자, 「김광균의 공간 분석」, 『심상』, 1976.8.
이병각, 「향수하는 小市民-'와사등'의 세계」, 『시학』, 1938.10.
이사라, 「김광균·윤동주 시의 상상적 질서-'눈 오는 밤의 시'와 '눈 오는 지도'의 구조 분석」, 『이화어문논집』 6, 이화여대 국문학과, 1983,10.
이선옥, 「변지림의 抗戰前 시에 대한 소고」, 『중국 현대시와 시론』, 한국중국현대문학회, 1994.

이승훈, 『모더니즘 시론』, 문예출판사, 1995.
______, 『문학으로 읽는 문화상징사전』, 푸른사상, 2009.
이어령, 『저항의 문학』, 문학사상사, 2003.
이유식, 「김광균 시의 플롯 구조 연구」, 『세종어문연구 3 · 4』, 세종대학교 세종어문학회, 1987.
이은봉, 『시와 생태적 상상력』, 소명출판, 2000.
이철범, 『한국신문학대계』(下), 경학사, 1980.
임춘성 편역, 『중국근현대문학운동사』, 한길사, 1997.
장도준, 『현대시론』, 태학사, 1995.
장송건, 「形式詩學的洞見與盲視－卞之琳詩論探微」, 『중어중문학』 제48집, 2011.4.
장윤익, 「한국적 이미지즘의 특성」, 『문학이론의 현장』, 문학예술사, 1980.
정성은, 「변지림 시에 나타난 물의 이미지 분석」, 『중국어문학』 제13호, 1997.12.
______, 「변지림의 애정시 해독」, 『중국어문학』 제13집, 2003.6.
______, 『변지림 시선』, 문이재, 2005.
정우광, 「『漢園集』에 나타난 변지림의 시－서구 모더니즘의 수용과 그 변용」, 『중국어문학』 제4집, 1997.12.
정의홍, 「생명 상실의 감상적 공간－김광균의 「추일서정」」, 『문학과비평』, 1990.6.
정태용, 「김광균론」, 『30년대의 모더니즘』, 범영사, 1987.
정한모, 『현대시론』, 민족사관, 1973.
정형근, 「죽음에로 흘러드는 삶, 삶에로 흘러나오는 죽음」, 『김광균 연구』, 국학자료원, 2002.
제해만, 『한국 현대시의 고향의식 연구』, 시세계, 1994.
조동민, 『김광균론』, 범양사 출판부, 1987.
조연현, 『한국현대문학사』, 성문각, 1978.
조영복, 「모더니즘 시의 '현실'과 그 기호적 맥락－김광균의 「서정시 문제」를 중심으로」, 『한국현대문학연구』 6, 한국현대문학회, 1998.
최동호, 「형성기의 현대시」, 『현대시의 정신사』, 열음사, 1985.
최재서, 「서정시에 있어서의 지성」, 『조선문예작품연감』, 인문사, 1938 · 한국시인협회 편, 『한국현대시사』, 민음사, 2007.
한영옥, 「장만영 · 김광균 시의 특질 비교」, 『연구논문집』 15, 성신여자대학교, 1982.
허세욱, 『중국현대시연구』, 명문당, 1992.
홍성순, 「김광균 시의 이원적 구조」, 경기대학교 대학원 석사학위논문, 1990.

2) 학위논문

강양희, 「조지훈 시의 시간과 공간 연구」, 충남대학교 대학원 박사학위논문, 2001.
고명수, 「한국 모더니즘시의 세계인식 연구－1930년대를 중심으로」, 동국대학교 대학원 박사학위논문, 1995.
고봉, 「정지용과 볜지린(卞之琳)의 모더니즘 시 비교 연구」, 대전대학교 대학원 석사학위논문, 2011.
권오욱, 「김광균 시의 기호론적 연구」, 명지대학교 대학원 박사학위논문, 1998.
김동근, 「1930년대 시의 담론체계 연구－지용 시와 영랑 시에 대한 기호학적 담론분석」, 전남대학교 대학원 박사학위논문, 1996.
김두수, 「김광균의 시의식 고찰」, 조선대학교 대학원 석사학위논문, 1986.
김윤태, 「1930년대 한국 현대시론의 근대성 연구」, 서울대학교 대학원 박사학위논문, 1999.
김진아, 「김광균 시의 이미지 연구」, 조선대학교 대학원 박사학위논문, 2002.
박정선, 「한국 현대시의 모더니즘과 전통－정지용과 김수영의 시를 중심으로」, 고려대학교 대학원 박사학위논문, 2010.
박정인, 「한국 모더니즘의 사적 전개」, 조선대학교 교육대학원 석사학위논문, 2001.
______, 「1930년대 한국모더니즘 시 연구－정지용, 김기림, 김광균을 중심으로」, 서남대학교 대학원 석사학위논문, 2002.
백지운, 「卞之琳 시를 통해 본 30년대 모더니즘 시문학 연구」, 연세대학교 대학원 석사학위논문 1996.8.
선효원, 「한용운 · 김광균 시의 대비 연구」, 동아대학교 대학원 박사학위논문, 1999.
신은경, 「김영랑과 김광균 시를 통해 본 1930년대 시의 두 방향」, 한국정신문화연구원 석사학위논문, 1982.
엄홍화, 「김광균과 何其芳의 비교 연구」, 충남대학교 대학원 박사학위논문, 2010.
의건미, 「卞之琳 시 연구」, 고려대학교 대학원 석사학위논문, 1994.2.
이사라, 「김광균 시의 현상학적 연구－그의 시에 나타난 물질적 상상력의 탐구」, 이화여자대학교 대학원 석사학위논문, 1979.
이영주, 「김광균 시의 기호학적 연구－시집 『와사등』을 중심으로」, 명지대학교 대학원 석사학위논문, 2001.
이인주, 「최재서 문학비평 연구」, 이화여자대학교 대학원 석사학위논문, 1998.
이희현, 「新月詩派 硏究」, 성균관대학교 대학원 박사학위논문, 2005.
장현경, 「김광균론－「와사등」에 나타난 자아표현양상을 중심으로」, 동아대학교 대학원 석사학위논문, 1983.
정지연, 「모더니즘 시에 나타난 죽음의식」, 계명대학교 교육대학원 석사학위논문, 2009.
조달곤, 「김기림 연구」, 동아대학교 대학원 박사학위논문, 1991.
조상준, 「김광균과 김조규 시의 비교 연구」, 성균관대학교 대학원 박사학위논문, 2008.
진림, 「한 · 중 근대시에 나타난 노장사상 연구」, 충남대학교 대학원 박사학위논문, 2013.
최문준, 「김광균 시 연구－도시 이미지를 중심으로」, 연세대학교 대학원 석사학위논문, 2000.

최영규, 「김광균 시 연구 – 회화성과 metaphor를 중심으로」, 안양대학교 대학원 석사학위논문, 2003.
최자경, 「卞之琳詩研究 – 현실 대응 태도에 따른 시 변화」, 가톨릭대학교 대학원 석사학위논문, 2001.
홍성순, 「김광균 시의 이원적 구조」, 경기대학교 대학원 석사학위논문, 1990.

3. 中國의 論書

1) 著書 및 學術誌

卞之琳, 「新文學與西洋文學」, 『世界文藝季刊』 1卷 1期, 1945.8.
______, 『滄桑集(雜文散文1936~1946)』, 江蘇人民出版社, 1982.
______, 『人與詩 – 憶舊說新』, 安徽教育出版社, 2007.
馮炳文, 『談新詩』, 人民文學出版社, 1984.
屠岸, 「精微與冷雋的閃光 – 讀卞之琳詩集『雕蟲紀歷』」, 『詩刊』, 1980.
李宇明, 『漢語量範疇研究』, 華中師範大學出版社, 2000.
李廣田, 「詩的藝術 – 論卞之琳的『十年詩草』」, 『李廣田文集第三卷』, 山東文藝出版社, 1984.
李健吾, 「『魚目集』 – 卞之琳先生作」, 『李健吾文學評論選』, 寧夏人民出版社, 1983.
羅振亞, 「一支蘆笛兩色清音 – 現代派中主情與主知的審美分野」, 『北方論叢』, 2002.2.
藍棣之, 「論卞之琳詩的脈絡與潛在趨向」, 『中國現代文學研究叢刊』 1, 1990.
高慶琪, 「探索新路的詩人 – 略談卞之琳的『雕蟲紀歷』」, 『青海湖』, 1981.1.
胡適, 『胡適留學日記』, 上海商務印書館, 1948.
____, 「談談胡適之體的詩」, 『獨立評論』, 1936.12.
____, 『胡適文集』(第1卷), 北京大學出版社, 1998.
____, 『胡適文集』(第2卷), 北京大學出版社, 1998.
____, 「白話文學史(自序)」, 『胡適文集』(第8卷), 北京大學出版社, 1998.
____, 『嘗試集』, 安徽教育出版社, 2006.
黃維樑, 「雕蟲精品 – 卞之琳詩選析」, 『中外文學』, 1980.
徐揚尚, 「打通研究 – 一種於比較文學的研究方法」, 『鹽城師範學院報』(哲學社會科學版), 2000.1.
朱自清, 『秋草清華』, 延邊人民出版社, 1966.
章品镇, 「从神往到亲炙 – 卞之琳同志给我的教益」, 『寻根』 第2期, 2003.
張曼儀, 『卞之琳著譯研究』, 香港大學中文系叢書, 1989.
中國社會科學院語言研究所詞典編輯室編, 『現代漢語詞典』(第5版), 商務印書館, 2005.
沈從文, 「『寒鴉集』 附記」(『創作月刊』 1931年 5月 第1卷 第1期), 『沈從文文集』 11, 花城出版社, 1984.
孫康宜, 『劍橋中國文學史(下卷, 1375~1949)』, 生活・讀書・新知三聯書店, 2013.6.
孫玉石, 『中國現代詩導讀』, 北京大學出版社, 2008.

尹海燕,「關於金光均詩歌之意境的研究」,『韓國文化研究』, 1995.8.
袁可嘉,「略論卞之琳對新詩藝術的貢獻」,『文藝研究』, 1990.
袁可嘉・杜運燮・巫寧,『卞之琳與詩藝術』, 河北教育出版社, 1990.
楊匡漢・劉福春,『中國現代詩論』(上), 花城出版社, 1985.
王聖思,「詩誼如水－辛笛與卞之琳的多年交往」,『詩探索』第1～2輯, 2001.
王澤龍,『中國現代主義詩潮論』, 華中師範大學出版社, 2008.
王潤華,「從“新潮”的內涵看中國新詩革命的起源－中國新文學中一個被遺漏的脚注」,『中西文學關係研究』, 臺北 : 東大圖書有限公司, 1978.
王佐良,「中國新詩的現代主義－一個回顧」,『文藝研究』, 1983.4.

2) 學位論文

金豪,「1930年代朝鮮意象主義詩歌研究－以金起林・鄭芝溶・金光均爲中心」, 延邊大學, 碩士學位論文, 2010.
玄春妍,「中韓現代主義詩人卞之琳和鄭芝溶詩歌之比較」, 延邊大學碩士論文, 2009.
夏瑩,「卞之琳詩歌語言藝術研究」, 華中師範大學 碩士學位論文, 2010.
易莉,「梁岱宗與卞之琳的詩學思想比較研究」, 湖南師範大學 碩士學位論文, 2014.

4. 해외논저 및 번역도서

Achilles Fang, “From Imagism to Whitmanism in Recent Chinese Poetry－A Search for Poetics That Failed”, Indiana University Conference on Oriental-Western Literary Relations, Ed. Horst Frenz and G.L.Anderson. Chapel Hill : U of North Carolina.
Henry H. H. Remark, “Comparative Literature. Its Difinition and Function”, Comparative Literature, southern Illinois Univ. Press, 1973.
H. Meyerhoff, Time in Literature, 김준오 역,『문학과 시간현상학』, 삼영사, 1987.
H. R. 야우스, 장영태 역,『挑戰으로서의 文學史』, 文學과知性社, 1986.
Marshall Berman, 윤호병・이만식 역,『현대성의 경험』, 현대미학사, 1994.
M.Calinescu, 이영욱・백한울・오무석・백지숙 역,『모더니티의 다섯 얼굴』, 시각과 언어, 1996.
Peter Faulkner, 황동규 역,『모던이즘 Modernism』, 서울대학교 출판부, 1980.
R. Magliola, “Phenomenology and Literature－An Introduction”, Purdue Univ. Press, 1977.
R. Wellek, “The Name of Nature of Comparative Literature”, Discriminations, Yale Univ. Press, sencond Printing, 1991.

R. Wellek & A. Warren, "Theory of Literature", Penguin Books, 1949.
Sean Lucy, 『T. S. Eliot and the Idea of Trandition』, London : Cohen and West, 1960.
T. S. Eliot, 『After Strange Gods－A Primer of Modern Heresy』, London : Faber and Faber, 1934,
________, 『Tradition and the Individual Talent－Selected Essays』 · 卞之琳 외 편, 『傳統與個人才能－ 艾略特文集 · 論文』, 上海譯文出版社, 2012.
Ulrich Weisstein, 이영유 역, 『비교문학론』, 弘盛社, 1981.
W. Y. Tindal, The Literary Symbol, Indiana Univ. Press, 1955.

저자약력

▌趙萍 (1988~)

中國 山東省 泰安市 출생.
한국 한남대학교 국어국문학과 대학원 졸업, 문학박사.
2017년 2월 『1930년대 한·중 모더니즘 시 비교 연구』로 박사학위 받음.
2017년 3월~현재 한국 김천대학교 교양학과 조교수.

1930년대 한·중 모더니즘 시의 근대성 비교연구

초판인쇄 2018년 02월 12일
초판발행 2018년 02월 19일

저　　자 조평
발 행 인 윤석현
발 행 처 도서출판 박문사
책임편집 박인려
등록번호 제2009-11호

우편주소 서울시 도봉구 우이천로 353 성주빌딩 3층
대표전화 02) 992 / 3253
전　　송 02) 991 / 1285
홈페이지 http://www.jnc.jncbms.co.kr
전자우편 bakmunsa@daum.net

ISBN 979-11-87425-79-3 93810 정가 18,000원